庫

魚影の群れ

吉村昭

筑摩書房

目次

魚影の群れ

海の鼠

一

海沿いに低い軒をつらねる家並の中から、ささやかな葬列が湧《わ》いた。

白木の坐棺が天秤棒《てんびんぼう》でかつがれ、その上に竜の彫物のきざまれた大きな天蓋《てんがい》がかざされている。碗に盛られた飯や、香炉、香箱、菓子などが人々の手にした高坏《たかつき》にのせられ、坐棺にしたがって進んでゆく。

島は、まばゆい夏の陽光につつまれていた。

凪《な》いだ海は明るい色をたたえ、島をおおう緑は濃く、深くくびれた小さな湾にのしかかるように迫る傾斜地には、段々畠《だんだんばたけ》が美しい縞紋様をえがいていた。

島は四国の西南方に位置し、近くには多数の島々が点在している。陸地部との交通は、わずかに一日一度島々を縫うようにやってくる定期船のみで、海が荒れると数日間も便は絶えた。

村には船着き場がもうけられ、海岸の正面には島を支配していた旧庄屋のいかめしい建物が長々と横たわっている。平安時代の初期に朝廷に叛旗《はんき》をひるがえした一豪族が九州、瀬戸内海、山陽方面を襲う海の根拠地として使用したというが、島々の点在する海は身をひそませるのに恰好な地であったのだろう。

旧庄屋の建物に沿って進んだ葬列は、朽ちかけた上納蔵の傍《そば》から鋭く傾斜した道にかかった。人々の歩みは急ににぶくなって、男たちは袴《はかま》をたくし上げ、女たちも喪服の裾をつかんで背をまるめて細い道をあがってゆく。

墓地は、斜面の中腹にあった。大小さまざまな墓石は一様に海にむかって並んでいて、葬列は、その一郭にたどりつくと坐棺を土の上におろした。

墓石は潮風にさらされて粉をふいたように風化したものが多かったが、墓地には、所々に木肌の新しい卒塔婆《そとば》が突き立てられていた。その数は異様なほど多く香華《こうげ》も供えられていて、村に多数の死者が一時に出たことをしめしていた。

土に鍬《くわ》やスコップが突き立てられ、坐棺がうがたれた穴におろされた。鉦《かね》をたたく僧の読経《どきよう》の流れる中で土塊が棺の上に落され、やがて盛り上った土の傍に数本の卒塔婆が立てられた。

土葬を終えた人々は、うつろな表情で墓地に林立する卒塔婆の群れをながめた。村人たちにとって、それほど多くの死者を葬ったことは初めての経験であった。

不慮の事故は、一カ月ほど前に起った。

平坦地に乏しく耕作に多くの収穫を望めぬ島の住民は、生活の糧を海にも求めていた。付近の海は豊かな魚介類に恵まれ、鰯《いわし》、鯵《あじ》、鯛《たい》、サワラ、ブリ等の魚が群れ、アワビ、サザエ、ヒジキ、天草《てんぐさ》などが島々をつつむ岩礁に棲息《せいそく》していた。殊に鰯は、古くから付近一帯の海を絶好の回游地《かいゆうち》としていて、島の生活をうるおしていた。

終戦の日から四年が経過していたが、依然として食糧不足は深刻だった。島の耕作物といえば段々畠でとれる麦と甘藷《かんしよ》程度で、住民はイモ入りの麦飯を主食としていたが、それだけでは間に合わず陸地部から穀物を運びこまねばならなかった。しかし、陸地部の農村も肥料不足で収穫も乏しく、島の住民に食糧を供給できる余裕はなかった。島の者たちが穀物を入手できる唯一の方法は、海で得られる魚介類と交換に陸地部の農村から食糧を入手することのみであった。

住民たちは、飢えからのがれるために海へ舟を出した。幸い大漁がつづいていて、島の者たちは海のあたえてくれる恩恵で平穏な日々を送っていた。

六月に入ると、宇和海の南方に長く突き出た佐田岬《みさき》半島付近一帯に例年通り鯵が群れはじめたという情報が入った。島々の漁師たちは、網元を中心に漁船を組んで出漁した。

漁の方法は、三隻の船が火をたいて魚を集め、双手巾着《きんちゃく》網と称する網を海面に張る。網船は二隻で、鯵を揚げると運搬船が魚市場にはこび、他《ほか》に一隻の曳船《ひきふね》も加わって計七隻が一団を組んで行動する。島では五船団が佐田岬半島にむかい、近くの日振《ひぶり》島でも七船団が出漁した。

季節的に海はおだやかで、漁場に集まった漁船の放つ篝火《かがりび》が一面に海上をいろどり、その中で鯵の群れが網の中でひしめき合いながら引き揚げられていた。

漁師たちを最もおそれさせていたのは、台風に遭遇することであった。

南方洋上で発生した台風は北上すると、必ずと言っていいほど島の近くを通過してゆく。その勢いはすさまじく、島々の住民たちは、家を吹きとばされることを恐れて瓦を漆喰《しっくい》でぬりかため石塊をのせ、軒をカスガイで固着して防備につとめていた。また漁船の群れは、貧弱な設備しかもたぬ島の港をはなれて、遠く陸地部の港の奥深く避難するのを常としていた。

しかし、例年六月は無風の日がつづき、台風の襲来も皆無であった。漁師たちは、なんの不安もなく凪いだ海上で鯵をとることに専念していた。

六月十三日、カロリン群島に台風が発生し北西にむかって進みはじめた。そして、十九日には沖縄の南方四百キロの海上に達したが、漁師たちは、その気象情報にも全く危惧《きぐ》はいだいていなかった。かれらは、長い海上経験から六月に台風が襲来するなどとは考えもしなかったし、島にも、「六月にはヨモギの葉もそよがぬ」という言い伝えすら残されていて、台風が他の方向にそれるにちがいないと信じこんでいた。

しかし、台風は、進路を急に北北東に転ずると同時に、毎時六十キロメートルという異常な速度で進みはじめた。そして、二十日夜半には九州南端に上陸し、その日のうちに早くも九州を縦断して玄界灘《げんかいなだ》から日本海にぬけてしまった。

その高速台風に海上には激浪が逆巻き、愛媛県下のみでも一六五五隻の漁船が遭難し、八四九隻が沈没、八〇六隻が破壊されて、死者二三四名、重軽傷者二二九名という四国地方でも類のない大被害をうけた。

佐田岬半島の三崎沖合で漁をしていた漁船群も、台風の猛威の中に巻きこまれた。二十日午後六時、漁をはじめた漁船は、急に荒れはじめた海上で互いにロープを結び合い激浪とたたかっていたが、二十一日午前一時ごろロープが切断されて漁船は四散し、各漁船は怒濤《どとう》にもてあそばれながら次々に転覆していった。

島から出漁した漁船にも沈没事故が続出し、三十八名の漁師が行方不明になった。そして、台風が通過後、佐田岬半島一帯に遺体収容作業がおこなわれたが、まず島出身の行方不明者中十遺体が発見されて島に送り返されてきた。腐敗どめの氷にうもれた遺体は、各家々で坐棺におさめられると、その日のうちに墓地へはこばれ土葬された。

村には天蓋が二本しかなかったので、埋葬が終ると天蓋はすぐに村に引き返し、新たに組まれた葬列とともに斜面をのぼっていった。

その後、遺体の発見はつづいて、墓地に卒塔婆の数は増していった。

海に船を出す者もなく段々畠に人影も絶えて、村全体が喪に服す日がつづいた。人々は、葬列に加わることで日を過し、かれらの喪服も薄汚れていった。

遺体の数は徐々にへって、葬儀のおこなわれることも稀《まれ》になった。そして、その日墓地へむかった葬列が、台風による遭難事故の最後のものであった。

その日土葬された若い漁師の遺体は、波にもまれながら岩礁に何度も激突したらしく、右腕はちぎれ顔も白骨が露出するほどそこなわれていて、その識別は困難だった。が、奥歯にはめられた金冠と左手の薬指が失われていた特徴から、遺体が島の漁師であると確認された。

遺体は腐爛していたので収容地で焼骨され、島へ送られてきた。が、死者を土葬にする習慣をもつ島の者たちは、形通り骨壺を坐棺におさめると墓地へ運び上げたのだ。

墓地に立ち並ぶ新しい卒塔婆をながめる村人たちの顔には、悲嘆に堪えた表情と三十八体の死者の葬儀がすべて終った安堵《あんど》の色とが入りまじって浮んでいた。

死者は、村の得がたい働き手ばかりで、遺族のみならず村の生活にとっても大きな痛手であった。喪服を着た者たちの眼には、生活に対する不安の色が濃くにじみ出ていた。が、かれらには一種の慰めにも似た感情も湧いていた。三十八名の漁師が一時に死者となったことは島全体の悲しみであったが、その被害は、四キロ西方にうかぶ日振島にくらべればむしろ最小限度に食いとめられたと言っていい。

日振島では、五十三隻の漁船、曳船が佐田岬半島方面に出漁し、台風に遭遇して三二八名中一〇六名という多量の死者を出している。漁船の大半は沈没又は破壊されて、遺体のうち未発見のものも数多いという。

日振島では、連日のように葬儀がつづけられ、未発見の肉親の遺体をもとめて多くの遺族たちが佐田岬半島で日を過している。そうしたことを耳にしていた島の者たちは、葬儀がおこなわれる度に悲嘆にくれながらも日振島の悲運を口にし、それを一つの心の支えとしていたのだ。

天蓋がたたまれ、葬列に参加していた者たちは、思い思いに墓地をはなれると細くうねった路《みち》を下りはじめた。かれらは時折足をとめ、襟《えり》をはだけて汗に濡れた胸元に風を入れた。

海は明るく輝き、点々とつらなる島の後方に四国の山なみが望まれる。かれらは、口をつぐんで眼になじんだ風光をみつめていた。

二

島に、平穏な生活がもどった。

人々は野良着をつけると段々畠にのぼり、漁師たちも、沖に船を出すようになった。遭難した漁師の遺族には、収入の途《みち》がたえた。生命保険に加入している者は皆無で、わずかに網元から見舞金の支出されることを望むだけであった。が、多くの船と網を失った網元には借財のみが残されていて、見舞金を支払う金銭的余力はなかった。

しかし、遺族の者たちは、不満そうな態度をとることもなく些細《ささい》な賃雇いの仕事を見つけてきては飢えをしのいでいた。かれらの表情には諦《あきら》めの色が濃く、網元に路上で会った時も深く頭をさげて挨拶し、恨みがましい言葉を口にする者もいなかった。

村人たちには忍従という気質が身にしみついていた。それは血から血にうけつがれたもので、村の後方にせり上るようにひろがる段々畠の労働によってつちかわれたものでもあった。

島には平坦地がなく、丘陵が海岸線にせまっている。島の住民の先祖たちは、必然的に耕作地を斜面にもとめるようになって段々畠が徐々にひろがっていったが、それが急速に斜面一帯に拡大されるようになったのは、島を藩領として統治していた陸地部の藩の意向によるものであった。

旧庄屋の屋敷近くには上納蔵、俵物蔵が残されていて、島でとれる産物が年貢として保管されていた。殊に多量に得られる鰯は、領内の耕地に配布される貴重な肥料として藩に上納されていたが、さらに農作物も年貢の対象としてつけくわえられるようになった。

その処置は、平坦地のない島にとって無謀な要求だったが、庄屋は藩の怒りを買うことをおそれて、島の者たちに丘陵の斜面の開墾を命じた。

無力な農民たちは、庄屋の命令にしたがって斜面を下方から耕し、掘り起した岩や石を使って土止めの石垣を組んでいった。そして、そこに大豆や小豆を蒔《ま》き、収穫するとそれを庄屋に年貢として提出した。

段々畠は、年とともに上方へとのびて親から子へとうけつがれ、遂には村の近くの丘陵の頂《いただき》まで何十層となく石垣がきずかれた。それは、「耕して天に至る」と表現された通り島の斜面に段々畠の縞紋様が一面にえがかれた。

明治以後、段々畠は、年貢のためではなく村人たちの食物を得る場所となった。主として耕作物は、麦と甘藷であった。

段々畠の耕作は、苛酷な労働を強いた。

人々は、水や肥料を桶《おけ》にみたし、天秤棒でかついで二〇〇メートルも上方にひろがる畠まで急斜面をのぼってゆく。家督をつぐ長男は、海岸線に近い畠をあたえられるが、次男、三男はその上方の畠を耕作しなければならない。かれらは、連日のように斜面に刻まれた道を登りおりすることをくり返していた。

そうした労働は、耕作に従事する者の肉体を変形させて、五十歳を過ぎた男女の背や腰を彎曲《わんきよく》させてしまう。その上、肩には荷瘤《にこぶ》と称する固くしこった筋肉がもり上っていた。

しかし、労働のきびしさの代償として得る恵みは少なかった。斜面はすべて耕されていたが、平均六人の家族をかかえる農家一戸の耕地面積はわずかに三反弱で、そのため村人の二十パーセント以上が生活保護を受けなければならず、その生活は貧しかった。

それでもかれらは島をはなれることはせず、天秤棒を肩に斜面を登りおりすることをつづけていた。それが、かれらにとって先祖代々うけつがれた日常的な農耕作業であり、労働に対する不満をもらす者もいなかったのだ。

そうした島の生活の中で、台風によって家の働き手を失った遺族たちは、たちまち飢えにさらされたが、或る者は、島に生育するヨシ竹を刈って菅笠《すげがさ》作りをし、他の者は磯に出て岩礁にこびりつく海苔《のり》をかき落し簾《す》に張って天日にさらした。その他、ヒジキ、天草などの海草を拾って歩く者もいて、島にはかれらを辛うじて飢えからまぬがれさせるだけの自然の恵みはそなわっていたのだ。

秋が、やってきた。

島の網元は、県庁の助力を得て再建資金を手にすることができた。そして、漁船をととのえ網を入手して網漁をおこなうことも可能になったが、長期返済の恩典をあたえられたとはいえ多額の借財を背負ったことに変りはなかった。

その年の秋は台風の襲来もなく、凪いだ日がつづいた。

鰯は付近の海に群れ、漁師たちは回游する鰯に新しい網をはった。鰯は小型のカタクチイワシで、網から船に移される。たちまち鰯は船べりまであふれ、吃水《きっすい》を深く沈ませた船が村にむかって急ぐ。

海岸にあげられた鰯は、次々に大きな釜に入れられて茹《ゆ》でられ、浜におかれた簀棚《すだな》の上で天日に干される。その煮干しは、イリコと称され、陸地部からやってくる商人に売られていた。

村は鰯のにおいに満ち、ようやく活気をとりもどした。そして、段々畠にも一家総出の人の姿がみられるようになった。春に種芋を植えた甘藷の収穫期がやってきたのだ。

その年の生育は例年にもまして順調で、人々は、よく熟した甘藷を掘り上げると俵につめた。それは、村人たちの主食に供されると同時に、生切干《きりぼし》甘藷としても保存されるのだ。

俵を背負った人の姿が、急斜面を村の方へおりてくる。杖《つえ》をついて道をたどるかれらは、一歩足をふみ出すたびに体を硬直させ、次に足をふみ出す姿勢をととのえる。それは動きのきわめて緩慢なゼンマイ仕掛けの人形のようにもみえた。

甘藷の一部は、畠の所々にうがたれた穴の中に貯蔵された。それは、来年の甘藷栽培のもとになる種芋に使用されるのだ。

甘藷の収穫が終ると、畠は耕され肥料もほどこされて整えられた。そして、段々畠一帯に麦が蒔かれた。

島とその周辺は、冬にも霜さえおりることのない温暖地であったが、台風の襲来に加えて島に水の乏しいことが耕作物の種類を制限していた。甘藷と麦以外に収穫されるものは、玉蜀黍《とうもろこし》、大豆、小豆と人家周辺に栽培される少量の野菜のみであった。

異変は、麦の種子《たね》蒔きを終えた直後にきざした。

或る朝、段々畠にのぼっていった一人の農夫が、畠の表土にかすかな乱れが生じているのを眼にとめた。かれが指先で土をとりのぞいてみると、蒔かれたばかりの麦の種子が点々と消えていた。

島には、鴉《からす》、鳶《とび》、雀等の鳥類が多い。それらの鳥は、時折畠の作物を荒すので、かれは麦の種子がついばまれたのだと思った。そして、村にもどると再び種子を手にして畠に赴いた。

しかし、そうした現象は、かれの畠だけにかぎられたことではなかった。他の畠でも同様の被害がみられ、ほとんどの農家が種子を蒔き直さねばならなかった。

しかし、被害といっても、それは些細なことであった。台風による風水害と旱魃《かんばつ》になれているかれらは、麦の種子の一部が消えたことなどほとんど痛痒《つうよう》も感じてはいなかった。鴉が麦をほじくり返してついばんだのだと思いこんでいた。

しかし、注意深い農夫は、表土の乱れを入念に見つめ、それが鴉による被害とは異質のものらしいことに気づいていた。鴉の嘴《くちばし》でついばまれたなら当然土をほじくり返したくぼみがあるはずだったが、それがない。その代りに、微細な鍬で土を掘り起したような筋が所々にひかれていて、麦をあさった形跡がはっきりと残されていた。表土にかれは、そのような行動をした小動物がなんであるのか思い当らなかった。

きざまれた筋も細々としていて、しかもそれは遠慮がちな行為に思えたし、あさられた麦の種子の分量もきわめて少なかったので、かれはそれ以上詮索《せんさく》することはしなかった。


麦の芽が出て、それは日増しに段々畠をおおっていった。

その冬も例年のように海は波立つ日が多く、漁船の出漁も稀ではあったが、陸地部の物資不足も徐々にではあったが回復しているとつたえられ、定期船ではこばれてくる生活必需品の品数も多くなってきていた。

浜にあげられる魚介類は、どこからともなくやってくる商人によって買いあさられていた。鰯の煮干しをはじめ鯵、イカの生干しや海草類を競うようにかき集めると、多額の金銭を置いて去ってゆく。段々畠の麦の生育も順調で、村人たちの表情は明るかった。


昭和二十五年が明け、村では松明《たいまつ》をともし新年を祝った。が、半年前の漁船遭難事故の遺族の悲しみを考慮して、正月行事は控え目だった。

一月下旬、冬期には珍しく台風に似た暴風雨が島とその周辺を襲った。が、村人たちは低気圧接近の報をいち早くとらえ、出漁する漁船もなく被害は皆無だった。

二月に入ると、梅の蕾《つぼみ》がほころんだ。海面も徐々におだやかになって、湾を出てゆく漁船の数も増していた。

三

島はY字形をしていて、西方に突き出た岬は長崎鼻とよばれていた。

三月上旬の曇天の午後、漁からもどる一隻の漁船が長崎鼻沿いに村の方向へむかっていた。海は凪いでいて船足は早く、漁師は岩礁を避けながら船を走らせていた。

かれは、眼を海岸線に向けていたが、不意に体が硬直したように動かなくなった。

かれは、一瞬地震に類した天変地異がおこっているのかも知れぬと思った。海岸の岩石や砂礫《されき》が、一斉に動いている。眼の錯覚かと疑ったが、上方の斜面は静止しているのに磯だけがかなり長い距離にわたってゆらいでいる。

地震が発生して、島が陥没するのか隆起現象を起しているのか、いずれかにちがいないと、かれは思った。

かれは、焼玉エンジンをとめて磯を凝視した。

その時、かれの耳に異様な音がきこえてきた。それは、物を曳きずるような音でもあり、樹木の枝をなびかす強風の過ぎる音にも似ていたが、それは今まで耳にしたこともない得体の知れぬ騒音であった。

かれは、櫓《ろ》をあやつって恐るおそる舳《へさき》を磯に向けた。近づくにつれて、黒々と動くものは岩や砂礫ではなく、おびただしい生き物の群れであることに気づいた。それは、折り重なるようにひしめきながら磯づたいに西から東へと移動している。岩を乗りこえ石の間を縫い、中には押されて海水を泡立《あわだ》たせながら泳いでいるものもいる。

さらに漁師は船を磯に近づけたが、櫓をあやつるかれの手の動きがとまった。かれの眼は露出し、その口は半開きになった。

黒くうごめいているのは、互いに押し合いながら移動する鼠の大群だった。海草や貝をあさっているらしくふみとどまっている鼠の一群もあるが、後方からつづく鼠がその一群の体をのりこえて進んでゆく。その動きには、物に憑《つ》かれたような殺気に似たものが感じられた。

漁師は、顔をひきつらせて舳をかえした。今にも鼠の大群が海面を泳いできて、船中になだれこんでくるような恐怖におそわれたのだ。

かれは、岩礁の外に船を出すとエンジンをかけた。磯は、鼠の群れにおおわれている。異様な音は、鼠の大群が磯を移動する音だったのだ。その群れの進む方向には、村がある。船は、エンジンを全開して村にむかって急いだ。

漁師の報告は、すぐに各家々につたえられ、村の主だったものが傾斜地に建つ村長の家に集まってきた。

かれらは、眼を血走らせて長崎鼻で目撃した情景を口にする漁師の顔を、無言で見つめていた。それは、信じがたい話であった。

たしかに付近一帯の島々には、約二十年を一周期に鼠による被害があらわれていた。古老の口にする言いつたえによると、近くの無人の島になっている黒島と呼ぶ島も鼠の害によって放棄された島であると言い、猫を放したという話も残されている。

かれらの住む島でも鼠除《よ》けの念仏が現存しているし、島にぞくする離れ小島にまつわる民話が親から子に語りつたえられている。

その小島は、長崎鼻の西方沖合に浮んでいる無人の島で、鼠の害におそれをなした村の先祖が小島を鼠様にささげたという話なのだ。その民話の影響もあって、村人たちは、離れ小島を鼠島と称して足をふみ入れる者もいない。

漁師は、鼠の大群が長崎鼻を磯づたいに西から東にむかって移動していたと証言したが、それは民話の内容と符合するようにも思えた。

鼠が、小島でなにかの原因で異常繁殖し、岩礁をつたわって長崎鼻にとりつき、さらに村にむかって進んでくる。民話にもなにかの根拠があったはずだし、鼠が大移動を開始したのではないかとも思えた。

しかし、磯を黒々とおおうほどの鼠の大群をみたという漁師の話は、非現実的なものに感じられた。鼠が二十年を一周期に異常繁殖する現象も、天井をかけまわる鼠の足音が幾分ふえてそれと知れる程度で、その実害もとるに足らない。その都度鼠取り器でもかければ、一年もたたぬ間にその姿は消えてしまうのだ。

村の主だった者たちは、村長を中心に意見を交わし合った。記憶をたどってみると、前回の鼠の害はほぼ二一年前で、鼠が発生する条件もそなわっている。

漁師の話によると、鼠の大群が東進して村をおそう可能性も考えられたが、それに対抗する適当な予防策も思いつかなかった。結局、協議の末一応村長名で各戸に鼠の害が発生するおそれがあることを警告し、鼠取り器を準備するよう周知させることになった。

その指示にしたがって、各家々では物置から鼠取り器を出して補修し、台所などに設置した。

村内には、重苦しい空気がひろがった。漁師が幻影をみたのではないかと言う者もいたが、鼠が西から東にむかって移動していたという話は、かれらに恐怖をあたえた。西方には鼠に提供されたとつたえられる小島があって、そこから東へ漸進するという説はなんとなく村の者に信じこまれていたのだ。

段々畠にひろがる麦の穂が黄ばみはじめた。天候は良好だったので、麦の生育もよく前年の甘藷と同じような豊作が見こまれた。

鰯の回游が本格的になって、網船が連日のように出漁し、浜ではアワビ、サザエ、トコブシなどもとれるようになった。また苗床では種芋が植えられ、村は春を迎えて活気づいた。

五月は麦の収穫期で、その畠のかたわらには玉蜀黍や大豆の種子も蒔かれた。

五月下旬の麦のとり入れ期がせまった。結実状態からみて、前年の二割近い増収が期待された。

しかし、思わぬ災害が、丘の斜面の麦畠にあらわれていた。

麦の状態を見に畠にのぼっていった村の者たちは、畠が無残な光景を呈しているのを眼にして立ちすくんだ。波打っていた麦の穂がところどころ付け根から切りとられたように欠落している。畠の表土も荒されていて、その上には麦の実をつつんでいた殼が散乱していた。

他の畠でも同様のことが起っているらしく、随所に悲痛な声があがっていた。かれらは、段々畠を上下し左右に走って互いの麦畠をたしかめ合った。そして、一斉に傾斜した道を村にむかって駆け下りた。

村内は騒然とし、村長をはじめ多くの男女が段々畠に急いだ。

被害は、下方の畠に全くみられなかったが、斜面をのぼるにつれて激しさを増し、急斜面の頂に近い部分の畠では、麦の約二十パーセント近くが穂を失っていた。上方の畠での耕作は重労働を課せられるだけに、畠の持主の失望は大きかった。かれらは、言葉もなく麦畠を見つめていた。

村人たちは、二カ月前に長崎鼻の磯を移動する鼠の大群を目撃したという漁師の話を思い起していた。鼠の群れは、磯をつたい丘や谷を越えて村にやってきたのではないだろうか。鼠は、その特有な鋭い本能で餌《えさ》の所在を知り、ひたすら村に向って進んできたのではあるまいか。

麦は、収穫寸前で成熟しきっていた。それをねらって一夜のうちに麦をあさったのは、鼠の知恵から発したもののようにも思えた。

それにしても麦が穂のつけ根から切りとられたように欠けている現象は、不可思議であった。麦の茎は細く、鼠が這《は》い上ることはできるはずもない。鼠以外の小動物、たとえば鳥類によってついばまれたのではないかと言う者もいた。

しかし、その推測はすぐに否定された。畠の表面には多くの小さな糞《ふん》が散っていて、それらは黒々とした鼠の排泄物《はいせつぶつ》であった。

村の者たちは、恐れていたことが現実のものになってあらわれたことに呆然とした。しかも、前日まで異常のなかった畠が一夜をすごしただけで著しい被害をこうむったことは、鼠の脅威が尋常なものではないことをしめしていた。

村長をはじめ村の者たちは、斜面をおりると役場に集まった。被害状況から推して鼠は段々畠の麦をつぎつぎに荒してゆくにちがいなかった。被害を最小限度にとどめるには、麦を収穫するにかぎるが、麦は、とり入れをするほどに十分な結実をしめしていない。早目に刈り取るとしても、それは少なくとも一週間か十日後でなければならなかった。

かれらは、鼠に関してなんの知識も持ち合せてはいなかった。畠に鼠の姿をみなかったことをあげて、それほど鼠の数も多くはないのではないか、と楽観的なことを口にする者もいた。そして、それに同調する声も多かったが、かれらは鼠が夜間に行動する性格をもつものであることすら知らなかったのだ。

かれらには、鼠の群れにどのように対処してよいのか適当な方策は思いあたらなかった。鼠に対抗できる器具といえば、村の家々にある金網でつくられた鼠取り器だけで、それも三十個足らずしかない。駆鼠剤《くそざい》のたぐいは全くなく、段々畠の鼠を駆逐する方法は皆無に近かった。

不安にみちた夜がすぎ、翌朝暗いうちに農夫たちは、懐中電燈や提灯《ちょうちん》を手に段々畠へ急いだ。斜面に灯が這いのぼり、それが畠にたどりつくと左右に動いた。

かれらは、すさまじい情景を眼にして後ずさりした。

畠にたどりつくまでの斜面の道でも、かれらは灯に照らされた土の上を走る黒いものにおびえた。それは、尖《とが》った耳をもちうるんだ眼を光らせた鼠の群れで、灯の動きにつれて左右に走る。中には、路上であたりの気配をうかがうように身を動かさぬものもあった。

ようやく畠にたどりついた者たちは、そこがすでに鼠の跳梁《ちょうりょう》している世界であることを知った。鼠は大小さまざまであったが、成育したものは一様に大きく、しかもその動きは素早い。そして、鼠の群れは畠の中をあわただしく往き交いながら、口吻《こうふん》を小刻みに動かして麦の穂をあさっていた。

鼠の動きを身をすくめてながめていた農夫は、その齧歯《げっし》類《るい》の思いもかけぬ頭脳のすぐれた働きをみた。それは、前日人々を不審がらせた麦の穂の切りとられた現象を解き明かすものであった。

所々で、鼠は奇異な動作をくり返していた。

まず鼠は麦の根に立つと、上方に眼をあげて穂のあることを確認するような仕種《しぐさ》をする。そして、両趾《りょうあし》をひろげて麦の根をはさみこむと、茎をかかえこむようにしながら歩いてゆく。麦の茎は自然と鼠の腹部におされて地に伏し、穂も土の表面におりてくる。鼠は、茎の上にまたがって進むと、穂に尖った口吻を近づけていった。

鼠は、所々で茎をかかえこみながら穂のつけ根に鋭い歯を突き立てている。そして、穂を完全にかみ切ると、片側の趾を茎の外方に出す。と同時に、茎ははね上って再び直立した。

農夫は、体に冷たいものが走るのを意識した。鼠が穂のつけ根をかみ切るまでの動作は、人間の行為そのもののように感じられる。殊に片側の趾を茎の外方に出す仕種は鼠のものとは思えず、趾と臀部《でんぶ》の動きには、人間の体との激しい類似があった。

沖にうかぶ小さな島の丘の頂が明るみはじめ、朝の陽光が射してきた。村はまだ夜の色の中に沈んでいたが、段々畠には明るさがひろがった。

鼠の数は急激にへって、畠に朝の陽光がさす頃にはその姿は消えていた。

農夫たちは、体をかたくして立ちつくしていた。秋にまかれた種子は発芽し、冬の日を浴びて結実期を迎えたが、その麦も穂をかみ切られ無残な姿をさらしている。地表には麦の殻と鼠の旺盛《おうせい》な食欲をしめすおびただしい糞が散乱している。すでにそこは畠ではなく、汚れきった廃棄物の集積所と化していた。

被害にあったのは、丘陵の頂に近い段々畠にかぎられていたが、畠の五十パーセントを越えた麦の穂がかみ切られてしまっていた。

村では、再び集会がひらかれた。人々の顔にははげしい苛立《いらだ》ちの色があらわれ、眼は落着きなく光っていた。

なんとかしなければならぬ、と、かれらは言い合った。鼠は、朝の陽光が畠をあかるませると同時にその姿を消した。鼠たちが麦を襲うのは夜間で、日没とともに一斉に行動を開始するらしい。

やがて太陽は頭上を通り過ぎて、西に沈んでゆき、鼠たちは再び麦を倒し穂をかみ切るだろう。残された麦も、鼠の群れによって咀嚼《そしやく》され、畠は穂のない麦の茎のみとなることは疑う余地がなかった。

なんとかしなくてはならぬ、と、かれらは同じ言葉を繰返した。が、その言葉はただうつろな響きをのこすだけで、それに答える者はいなかった。

重苦しい沈黙が、かれらの間にひろがった。かれらは、黙々と役場を出てゆくと、血走った眼を畠に向けていた。

翌朝、再び農夫たちは、畠の被害が一層悲惨なものになっているのを眼にした。鼠の数は前日よりもさらに増していて、多量の麦の穂が失われていた。

農夫たちは、頂に近い段々畠の麦を食いつくした鼠の群れが、徐々に下方の畠に移動してきていることに気づいていた。そして、夜も懐中電燈を手に麦を守るために畠へ行き、棒を手に鼠の群れを追い散らした。が、麦畠の被害は、ゆるやかな雪崩のように下方へ下方へとひろがっていって、一週間後にはついに村の近くの畠まで食いつくされてしまうようになった。

村人たちの顔に生色は失われた。島での主な農作物は麦と甘藷で、それが島の者たちの主食になっている。麦がすべて失われたことは、村の者を飢餓におとしこむことにもつながるのだ。

麦畠についで、被害はさらに甘藷の苗床にも及んだ。

島では、三月頃種芋を苗床に埋めて発芽させる。そして、生育した苗を六月の梅雨時に麦の刈入れをすました段々畠に移植して、秋の収穫を期待するのだが、苗床にうめられた種芋が鼠の群れにおそわれたのだ。

島の農夫たちは、段々畠の労働と水不足と年々襲ってくる台風の風水害にも堪えてきた。耐え忍ぶことは、かれらの習性であり、さまざまな障害を排して生さることを可能にしてきた。しかし、鼠の大群の襲来は、かれらを完全に萎縮《いしゆく》させてしまってい た。

畠の農作物を食いつくした鼠の群れは、村の中にも姿をみせ、やがて浜へもおりてくるようになった。そこには、鼠たちにとって良質の餌がひろがっていた。

鰯漁《いわしりよう》は最盛期に入っていて、漁船は連日のようにつらなって湾を出てゆき鰯を満載してもどってくる。浜にあげられた鰯は加工場にはこびこまれ、釜に投げこまれる。そして、浜におかれたおびただしい簀棚にのせられ、天日にさらされるのだ。

鼠の群れが浜に姿をみせはじめた時、加工業者は、恐れていたことが現実化したことに顔色を変えた。干されている鰯は、良質の煮干しとして商人に引きとられてゆく。かじられたものはすべて選別し取りのぞくことができても、もしも鼠の糞がまじったりしていれば、島の煮干しの声価は失墜する。それに鼠の媒介する病原菌でも付着すれば、煮干し加工業は営業停止を命じられ、鰯漁そのものも大打撃をうける。

幸い浜に煮干しのくりひろげられる昼間には鼠も行動せず、段々畠の農作物のような潰滅《かいめつ》的な被害を受けることはなかった。が、それでも鼠は、浜の石垣の間に巣をつくったらしく、陽光を避けるように簀棚の下の日陰をえらんで走る。そして、棚の下から煮干しに口吻をのばしたり、細い支柱をかけ上ったりしていた。

煮干し加工に従事する者は、棒を手に鼠を追った。が、鼠の動きは早く、またたく間に石垣の間隙《かんげき》に姿を消してしまった。

鼠にとって、むろん人家も一種の餌場にすぎなかった。台所に姿をみせはじめたと思った時には、すでに家は鼠の棲《す》みつく場所になっていた
家族たちの食事に供されるものは鼠の食欲の対象になり、天井裏や壁の中は快適な巣でもあった。仕掛けられた鼠取り器には毎日のように鼠が入ったが、それは逞《たくま》しい繁殖力をもつ鼠の群れを減らす方法としてはなんの意味ももちはしなかった。

鼠は、夕方になると活発な動きをしめし、土間を走り、天井を荒々しく走りまわる。板戸や壁や土間の土にまで通路の穴をつくり、さらに急速に伸びる歯の形をととのえるため、家財も手当り次第にかじる。

簞笥《たんす》に穴をつくった鼠は、内部の衣類に尿をふりまき引き裂く。ラジオの箱も傷つけられ、コードまでかみ切る。人家の被害も急激に増していた。

村には、鼠がみちた。人の住む地域に鼠が棲みついたというよりは、鼠の棲む領域に人が住んでいるという形容の方があたっていた。

岸に舫《もや》われる漁船にも、おびただしい鼠が入りこんだ。

夕方になると、鼠は岸と船の間に張られたロープに尾をまきつけて船の中に走りこむ。そして、鼠は船とともに沖への鰯漁に出掛けてゆくのだ。

村人たちは、ようやく大量発生した鼠に自分たちだけの力で対抗することは到底不可能であるとさとった。

村役場では集会が何度もひらかれ、六月下旬の或る夜、県に窮状をうったえることに決した。その夜も、役場の天井には鳴き声をあげて鼠の走りまわる音が絶えず、鼠は、旺盛な交尾と出産をくり返していた。

四

村長をはじめ五名の土だった者が県の郡事務所を訪れたのは、その翌日の午後だった。かれらは、物慣れぬおどついた眼をして机の間を縫い経済課長の机の前に立った。

村長は、

「鼠が湧《わ》きました」

と、言った。

「湧いた?」

机の向う側に坐っていた課長が、眼をあげた。

村長が、再び湧いたという言葉をくり返した。

農耕に従事している老人が、

「浜を歩きますと、鼠を踏みしゃぎます」

と、うわずった声をあげた。

村長たちは、鼠の数がいかに多いかを口々に述べたてた。村は鼠で充満し、麦も種芋も荒され浜の煮干しも被害を受けている。しかも、鼠の数は果てしなくふえつづけていると、興奮した口調で説明した。

突然のかれらの甲高い声に、係長と課員が机の前をはなれて課長の机の傍《そば》に立った。そして、村人たちの説明をきいていたが、課長をはじめかれらの顔には、かすかに笑いの表情がうかび出ていた。

終戦後五年間、郡事務所には各町村からさまざまな訴えが殺到していた。戦時中荒廃した町や村が、終戦と同時に少しでも人間らしい生活をとりもどそうと積極的な働きかけをしてくるのだ。

それは、雨漏りのする小学校の校舎の補修であったり、銃爆撃をうけて破壊された船着き場の復旧工事であったり、いずれも補助金の交付をねがうものばかりであった。請願の内容は、町や村にとって必要なことにかぎられてはいたが、郡の予算額はきわめて乏しく、それに応ずることはできない。

そのため郡事務所では、請願書の不備をついて何度も字句の訂正をさせたり、多忙を口実に実情調査の日を遅延したりして、受理した後も書類戸棚の中に未決書類として積み上げていた。

書類は山積していて、決裁がおりるのはそのごく一部にかぎられる。島の者が突然やってきても、その訴えにすぐ応じられる態勢にはない。それに、村長をはじめ村人たちの説明は、余りにも現実ばなれした唐突なものに感じられた。

「踏みしゃぐというが、そんなにいるのかね」

課長が、眼鏡の奥の眼に笑みをたたえながらたずねた。

「踏みしゃぐのです。道を一間も歩かぬうちに鼠が右から左から横切るのです」

村人が、答えた。

課長は、眼鏡をとると机の中からとり出した手拭でレンズの曇りをふきはじめた。

鼠は、人の住む場所にはどこにでも棲みついている。道を鼠が横切ることもあるし、農作物に被害の出ることもある。鼠をふみつけることも決してないとは言えず、おそらくふみしゃがれた鼠は傷ついた鼠か病んだ鼠で、それを誇張して訴えの材料にしているようにも思える。

島の者たちは、陸地部から遠くはなれた場所に住んでいることで、とかく疎外されているような卑屈感をいだいている。たしかに県や郡の施策は離島に薄いが、かれらは鼠の発生をきっかけに県や郡の関心を島にむけさせようとしているのかも知れない。鼠が湧いたことは、島に食糧が豊かにあふれていることをも意味している。一般的に食糧事情の好転が思うままにならぬ実情を考え合せてみると、鼠が発生したということはむしろ恵まれた生活環境にあると解することもできる。

「信じられんかも知れませんが……」

課長の不熱心な表情をうかがっていた村長が、しわがれた声で言った。

課長は、徐《おもむ》ろに眼鏡をかけ直した。

「だれも信じてはくれんでしょう。私たちさえ、自分の眼を疑っているのです。ともかく島にきて調査してみて下さい。島の実情を、ともかく見てやって下さい。麦も種芋もやられましたし、これでは村の財政は破壊します。村の者は飢え死にする以外にありません」

村長は、低い声で言った。

沈黙が、かれらの間にひろがった。課長は古びた椅子に背をもたせて、腕を組んだ。

「いずれにしても、請願書を出してもらわなくては……」

課長の傍で口をつぐんでいた中年の係長が、言葉を添えた。

課長はうなずくと、

「そうしてもらおう。郡の予算はかぎられているし、島の被害が実際に大きければ県の協力をあおがねばならぬが、そのためには鼠の発生状況、被害状況を書類で県に提出しなければならないからね。十分に調査した上で、請願書を出して下さい」

と、村長の顔を見上げた。

村人たちは、口をつぐんだ。役所の組織は、すべて書類によって運用されている。それは十分承知しているが、果して郡事務所を納得させる書類が作成できるかどうか不安であった。

村長は、役場の書記を同行させてこなかったことを悔いた。書記を連れてくれば、請願書の書式もたずねさせることができ、書類の作成にも便利であるはずだった。

「それては、明日にでも書記をこちらに連れて参りますから、よろしく御指導願います」

村長は、課長と係長に頭をさげた。そして、村人とともに課の者たちに頭をさげながら部屋を出て行った。

かれらが去ると、係長と主事が課長の机に近づいた。かれらの顔には、一様に苦笑がうかんでいた。

「ふみしゃぐか」

課長がつぶやくように言うと、係長と主事の眼に可笑《おか》しそうな光が浮び出た。

その夜から風雨が激しくなって海上は荒れ、島への定期船は欠航になった。村では、村長が書記とともに郡事務所へ赴くことになっていたが、それも延期になった。

定期船がやってきたのは三日後で、村長ら村の主だった者は書記を連れて島をはなれ、郡事務所へ行った。課長は出張で留守であったが、係長が応対してくれて書類の書式について指示してくれた。

まず島と村の沿革と人口、行政、財政、衛生状態を記した上で、鼠の発生時、場所、棲息《せいそく》状況を詳細に調査の上要領よく記載する。また被害状況については決して誇大な表現を使わず、具体的な数字によって報告書を作成するように指示された。

書記は、係長の言葉を克明にメモし、質問もくり返したが、その顔には不安そうな表情が濃くにじみ出ていた。

鼠の発生は、「湧いた」という表現につきていた。島の西方に突き出た長崎鼻の海上から一漁師が磯を移動する鼠の大群を発見したことが最初の兆候といえるが、鼠がどのような過程をへて村に出現したのか、かれらにもわかってはいなかった。段々《だんだん》畠《ばたけ》に被害があらわれたことに気づいた時には、すでに無数の鼠が村の丘陵に充満し、なだれのように村の中へも流れこんできたのだ。

被害状況にしても、麦の被害度はつかめても種芋などは土中から掘り起してみなければ正確な数字ははじき出せない。煮干しの場合も、被害をうけた数量は鼠の胃袋におさまった量をさすもので、むろんそれを的確につかむことはできるはずもない。さらに人家の食物、家財、電線等の鼠による損害も数字としてあらわすことは不可能だった。

鼠の発生時、場所、その推定数、被害状況等すべてが、数字などの具体的なものを越えた抽象的な尺度でしか表現できないものばかりであったのだ。

郡事務所を出た村長たちの表情は、暗かった。鼠が発生したことは事実であるが、それを書類の中で表現できるかどうか自信はなかった。

しかし、島を救うためには書類を作成する以外に方法はなかった。

島にもどったかれらは、連日役場に集まって書類作りにつとめた。被害度を手分けして調査し、夕方になると役場に集まってくる。が、被害は日を追うて増し、数値の訂正がひんぱんにくり返された。

書記は、夜おそくまで書類の整理に努力し、二十日ほどしてようやく請願書をまとめることができた。

村長たちは、書記とともに郡事務所に赴き請願書を提出した。

しかし、書類はそのまま受理されはしなかった。他の多くの請願書がそうであるように書類の点検は遅々としていて、やがて表現方法や用語のあやまちに対する指摘がはじまった。

その度に、書記は島と陸地部の間を往復し、苛立った村長たちも郡事務所へ何度も足を運んだ。そして、吏員の指摘通りに書類を書き直していた。

七月を迎えて、島はまばゆい夏の陽光につつまれた。

畠に移植された甘藷《かんしょ》の苗は少なかったが、葉は逞しくしげり、玉蜀黍《とうもろこし》の茎も日を追うて伸びていた。

鼠は段々畠にも棲みついていたが、鼠の関心は、もっぱら浜に干される煮干しと人家の食物に向けられているようだった。

夕方になると、鼠は巣から出て人家や浜を走りまわる。路上を歩くと、夕闇の中を鼠が左右に走り、電線や軒端にも鼠の列がつづいた。飯櫃《めしびつ》には穴が開けられ、蓋をとると数匹の鼠が飯にまみれてうごめいている。野菜をかじり、魚にむらがる。家の中には、鼠の体臭がみちていた。

役場では、書類の書き直し作業がおこなわれていたが、そのうちに人身事故が発生した。幌蚊帳《ほろがや》の中にねかされていた嬰児《えいじ》の耳たぶが、鼠にかみ切られたのだ。

その事故は、村の者たちに新たな恐怖をあたえた。鼠は、村の者たちの食物をかすめとるだけではおさまらず人間にも危害を加えてきた。さらに鼠が繁殖をくり返してゆけば、やがては島も鼠に占められ、村人たちは島を追い立てられることにもなる。

島民たちは、役場に集まった。

かれらは、口々に村長の怠慢を責め、積極的な対策をとるように迫った。

村長は、村人たちの非難に何度もうなずいていた。郡事務所に提出した書類は係員の手で訂正をくり返されているが、その間に、鼠の数は増し人身事故まで起るようになった。かれは、郡事務所の熱意の乏しさに苛立ち、整えられぬままの書類を手に郡事務所へ出立することを村人たちに約束した。

しかし、その翌日は、台風の接近が報じられて定期船は欠航になった。そして、翌々日の朝から風雨が強まり正午近くには大暴風雨となった。激浪が沖合から高々と波頭を白く泡立てながら押寄せてくると、海水の飛沫《しぶき》は強風に乗って島一帯にふり撒《ま》かれる。中には丘陵の頂を越えて飛び散る水しぶきもあった。

その日、午後五時には東南東の風が風速三十四・五メートルに達し、島はたたきつける雨水と海水で白く煙った。

雨風が衰えはじめたのは夜も遅くなってからで、朝を迎えても雲の流れは早かった。

その日、鮮やかな夕焼けが西の空を染め、翌日は雲一つない快晴になった。が、潮に打たれた耕作物や樹木の葉は萎《な》え、島は茶色く変色していた。

定期船がやってきて、村長たちは陸地部に向ったが、郡事務所におもむいたかれらは経済課の空気にいちじるしい変化が起っていることに気づいた。

課長は、村長のさし出した請願書を受けとると島の鼠害状況をたずねた。その顔には、それまでの不熱心な表情は消えていて、村長の説明にうなずきながら紙片に鉛筆を一心に走らせていた。

「日振《ひぶり》でも湧いたよ」

と、課長は言った。

日振島は、村長たちの島に最も近い島で、そこからも鼠の大量発生が報告されてきたという。経済課では、日振島からの訴えを受けて、ようやく事態が宇和海一帯にひろがる尋常なものではない現象であることに気づいたようだった。

「明日、係長を県庁の農務課へ出張させて説明させる。近々のうちに県庁と合同調査をしに現地へ行くから待っていて欲しい」

課長は、鉛筆をにぎりしめながら言った。

村長たちは明るい表情で郡事務所を出ると、翌日朝の便で島へもどった。

郡事務所が県庁の協力を仰いで本格的な対策に乗り出してくれるという報は、たちまち村の家々につたえられた。潮にうたれて変色した段々畠の甘藷の葉もようやく緑の色をとりもどし、やがては秋の収穫期を迎える。が、土中で芋が熟れれば、鼠にたちまち襲われるにちがいなかった。

麦が無収穫に近く、その上芋畠が荒されれば島で栽培される主食物は全滅する。それだけに、郡事務所が動き出してくれることは、村の者たちにとって大きな朗報だった。

その月の下旬、再び台風が島を襲った。が、総雨量も二〇〇ミリ程度で、最大風速も十四メートル以下の豆台風であったため被害は軽微であった。

丘陵をおおう段々畠では、甘藷の葉が生い繁り、玉蜀黍も順調な生育をしめしていた。

五

県農務課の技師が郡事務所の経済課員と定期船で島にやってきたのは、八月上旬の午後であった。

かれらは、船着き場に待っていた村長たちに案内されて役場に入った。そして、休息をとった後、段々畠へのぼっていった。

村長は、麦が穂をかみ切られて全滅したので刈る必要もなくすべて茎を焼き払ったと、畠を見まわしながら説明した。

県の技師たちは、芋畠に入って葉や茎に指先をふれたりしていた。

「種芋の六割がやられましたので、移植した苗も例年の半分です」

村長は、沈んだ表情でつぶやいた。

段々畠の石垣のひそみから鼠の姿がのぞき、芋の葉のかげを伝うように走る。

「甘藷の収穫期が心配です。芋は鼠の好物ですから、必ず土を掘り起して食い漁《あさ》ると思います」

村長の説明に、技師たちは口数も少なくうなずいていた。

日が、西に傾いた。

一行は段々畠をおりたが、村にもどったころには道に夕色がひろがりはじめていた。吏員たちは、路上をよぎるおびただしい鼠の姿に立ちすくんだ。それは、想像以上の鼠の数だった。鼠は、どこへ行こうとするのか路面を右に左に走っては物かげに消えてゆく。路面そのものが動いているように錯覚されるほどの鼠の数であった。それに鼠は、人家でみられるものよりもはるかに大きく動作も素早い。

吏員の一人が、短い叫び声をあげた。鼠がかれの靴の上をふんで通りすぎていったのだ。

技師たち一行は、なれた足どりで路上をゆく村長たちの後からおびえきった眼でついて行った。鼠はかれらの進むにつれて左右に走り、まるで鼠の群れを押し分けて歩くようにさえ感じられた。

浜の路上に立った村長が、磯の一郭に突然懐中電燈の光を向けた。そこは、屑捨場《くずすてば》になっていて朽ちた漁網や板きれが積まれていたが、光芒《こうぼう》が注がれると同時に激しいざわめきが起った。

そこには何百匹とも思われる鼠がむらがっていて、突然の光に驚き激しく動きまわっている。体をぶつけ合うもの、体を回転し倒れるもの、それらがたちまち光の輪から夜の闇の中に消え、石垣に光を移動してみると、鼠がその間隙に走りこむ姿がとらえられた。

「煮干しをねらって、浜にも鼠が棲みついているのです」

と、村長は言って、懐中電燈の光を磯に向けた。

光のとどく範囲の磯一帯に、鼠の群れが走っている。中には、いぶかしげに光を浴びこちらに顔を向けて立ちどまっている鼠もいた。

吏員たちは、言葉を発する者さえいなかった。磯も足元の路上も鼠で充満している。鼠を踏みしゃぐ……という言葉も、決して誇張ではないことを知った。

その夜、かれらは島に一軒しかない宿屋に泊ったが、そこにも鼠が充満していた。家の中には鼠の壁や家財をかじる音が満ち、鴨居《かもい》や壁ぞいに鼠が走る。湯殿にも手洗いにも廊下にも鼠の姿があった。

宿の電燈が消えると、鼠の物をかじる音は一層はげしくなり、天井を駆け廻る音が絶え間なくつづく。恐怖におそわれて部屋の電気をつけると、畳の上には眼を光らせた数匹の鼠が競うように壁にうがたれた穴にむかって走りこむのがみえた。

翌朝、吏員たちの眼は、睡眠不足のため一様に充血していた。かれらは、うつろな表情で朝食をとると、村役場に行った。

かれらは、村長をはじめ村の農耕者、煮干し加工業者から被害状況をきき、浜に案内された。そこには、まばゆい夏の陽光の下に簀棚《すだな》がぎっしりと並べられ、干された鰯からは強い匂いが発散していた。

吏員たちは、簀棚のかげからかげをつたわって走る鼠を見つめていた。

さらに煮干し製造所に入った吏員たちは、その被害に唖然《あぜん》とした。製造所とはいっても屋根をさしかけただけの建物で、そこで干された鰯が叺《かます》につめられているが、叺は至る所に穴があけられ煮干しがこぼれ出ている。

吏員たちは、想像をはるかに越えた鼠の数に意見や助言を述べる気も失せたらしく、ただ村の者たちの説明にうなずいているだけであった。

午後になって、かれらは、村の出した漁船に乗って次の調査地である日振島へ去っていった。

吏員たちの報告は、県農務課と郡事務所に衝撃をあたえたらしく、その後も島への調査がつづけられた。が、かれらは鼠についての知識も乏しいらしく、鼠をどのように駆除すべきかその方法について指示することはしなかった。

かれらは、ただ鼠の群れを途方にくれてながめているだけで、来島しても被害状況をまとめて去ることをくり返していた。

八月中旬の台風についで九月三日にも台風が通過し、九月十二日には大型台風の接近がつたえられた。陸地部では雨量八〇〇ミリに達する個所も出て、島は風速四十四メートルの激しい風にさらされた。屋根は吹き飛び漁船は破壊して、島は激浪のしぶきに包まれた。

甘藷、玉蜀黍、大豆なども強風とまき散らされた海水の飛沫に被害を受け、村の者たちは畠の整備につとめなければならなかった。


日射しもやわらいで、秋の収穫期が近づいてきた。なんの駆除方法もなく迎える収穫期に、村の者たちは鼠の跳梁《ちょうりょう》をおそれた。

やがて秋の日が島をつつんだ頃、鼠の動きが活発になった。村人たちは、呆然と鼠の動きを見つめていた。

それは、恐ろしい光景だった。島全体が沸き立つように無数の鼠が走り、耕作物を胃の腑《ふ》の中に果てしなく送りこんでゆく。

まず初めに鼠たちに襲われたのは、玉蜀黍であった。玉蜀黍は甘藷畠のふちに植えられていたが、人家のまわりにも栽培されていた。

村の者たちは、或る夜突然のように起ったざわめきに眼をさまし、戸外に走り出た。その音は玉蜀黍畠から起っていて、茎も葉も激しく揺れていた。

夜の闇の中で、玉蜀黍の太い茎を素早い動きで上下する黒いものが眼にとらえられた。茎はかたむき、葉はふり落されている。そして、土の表面には小刻みに口吻《こうふん》をうごかす鼠の群れがあった。

村人たちは畠に足をふみ入れることをおそれ、金盥《かなだらい》やバケツをたたき新聞紙に火を点じて鼠の群れを追いはらうことにつとめた。が、玉蜀黍の動揺はやまず、鼠の群れは一層増してゆくようだった。

夜が明けた頃、玉蜀黍畠は静けさをとりもどした。

村人たちは、畠を前に立ちつくしていた。畠に立っているのは、葉をそぎ落された茎だけで、玉蜀黍の実は消えていた。土の上には赤い穂毛や葉が散乱し、鼠の糞《ふん》がばらまかれていた。

ようやく気をとり直した農民たちは段々畠に急いだが、そこにも同じ光景がひろがっていた。人家の近くの玉蜀黍畠よりも鼠の群れは多かったらしく、這《は》いのぼる鼠の群れの重量に堪えられなかったのか、折れてしまっている茎もかなり目立った。

その日、農民たちは鼠に食い残された玉蜀黍をもぐ作業に専念した。それは大半が完全には結実しないものばかりで、集計してみると、玉蜀黍の八割近くが鼠に食い荒されていることがあきらかになった。

玉蜀黍が襲われた頃から、鼠の数はさらに増したように思えた。段々畠では、昼間も多くの鼠が日陰を伝って走り、人家のまわりにも鼠がむらがっていた。また浜にも鼠が煮干しに口吻を動かし、夜間には天井を走る鼠の足音が一層激しくなった。

鼠が玉蜀黍についで襲うのは、甘藷であると予想された。甘藷は、度重なる台風で被害を受けてはいたが、天候状態は良好でその生育もほぼ順調だった。

農民たちは、畠の土をわずかに掘っては甘藷のみのり具合をしらべていた。鼠は、集団的に畠をおそう。一夜にしてという表現がそのままあてはまるように、おそらく甘藷の成熟期をねらって短時日の間に食いあさるにちがいなかった。農民たちは、鼠の来襲前に芋を掘り起したかった。

芋が肥えはじめると、農民たちの中には匆々《そうそう》に芋を掘り上げる者も出てきた。それは、かなり早目の不本意な取入れではあったが、鼠に荒されるよりはましだと思えたのだ。

しかし、芋の取入れの開始は、同時に鼠の群れの来襲でもあった。甘藷畠に鼠が走り、土を掘って芋を露出させ競うように鋭い歯をあてる。農夫は棒きれをふって鼠を追い払ったが、その間に掘り起し集めた芋の山に、すでに他の鼠がむらがっていた。

芋の十分な成熟を待っていた農民たちは、芋が襲われはじめたことを耳にして急いで段々畠にのぼって芋の掘り起しにかかったが、それはすでに手遅れであった。鼠は、本能的な鋭い勘をはたらかせて、十分に熟した芋に集中的に襲いかかっていてその大半が全滅状態になっていた。

　甘藷の収穫は、惨めな結果に終った。農民たちが得た量は、予想収穫量の一割程度で、それも品質の劣った甘藷が多かった。

　農民たちは、やむなく鼠に半ばかじられた甘藷を拾い集めて村に持ち帰ったが、それらは、かじられた部分から変色して、個残らず腐敗してしまった。

　秋の主要な収穫物である玉蜀黍と甘藷が大被害を受けたことは、村にとって致命的な打撃であった。春に麦を食い荒された村の者たちは、食物を節約しながら秋の収穫期を待ちのぞんでいたが、その期待も全く空《むな》しいものになってしまったのだ。

　かれらにとって鼠を駆除することは第二義的なものになり、眼前に迫った飢餓をどのようにして乗り切るかが最大の課題になった。かれらが口にするため栽培していた耕作物は、その大半が鼠たちの胃にのみこまれてしまったのだ。

　村役場からの報告を受けた郡事務所の吏員が、すぐに調査に来た。かれらは、茎のみが立つ玉蜀黍畠の光景に啞然とし、無残にも荒された甘藷畠を眼に顔をこわばらせていた。

村長をはじめ村の者たちは、吏員たちをとりかこんだ。鼠の大量発生に対する処置を陳情してからすでに四カ月がたっているのに、県や郡の吏員たちは、いたずらに調査をつづけるだけで鼠駆除の方法についてなんの対策もたててはくれない。そうした吏員たちの傍観的な態度によって、島の秋の収獲物はほとんど潰《つい》えてしまったのだ。飢餓に対する恐怖が、村人たちの感情を激しくたかぶらせた。かれらは、吏員たちに県庁と郡事務所の鼠害に対する施策を鋭く問うた。

吏員たちは、当惑したように郡事務所の動きを説明した。郡事務所では、島に氾濫《はんらん》する鼠の被害を重大視して県庁へ報告し、それによって県庁と郡事務所との合同視察になったわけだが、県庁も鼠の大量発生が社会衛生上好ましくないと判断して、厚生省へ報告書を提出した。

県庁も郡事務所も、出来得るかぎりの手を打ってはいるが、実際問題として鼠の生態等について知識をもっている者は皆無で、想像を絶した島の鼠の大量発生について、どのようにして駆除すべきかその方法をつかめないでいるという。

吏員の説明をきいていた村人たちの眼からは、怒りの色が徐々に消えていった。鼠を駆除できる方法はありそうにも思えるが、その数が余りにも多くたしかに吏員の言葉通りそれを消滅させることは至難かも知れない。

吏員も村人たちも、口をとざした。

「しかし、これでは島の者たちが飢え死んでしまう」

中年の男が、うわずった声をあげた。

その声に、村人たちは顔をあげ、吏員たちに苛立《いらだ》った眼を向けた。

「それがさし迫った問題です。なんとか郡や県のお力添えを得てこの急場を乗り切らないと、村は全滅します。どうか、このことを早急に検討していただきたい」

村長は、顔をひきつらせて吏員に懇願した。

翌朝、吏員たちは、定期船で島を去っていった。かれらを見送る村人たちも、吏員たちの顔にも、沈鬱な表情がうかんでいた。

村に、静寂がひろがった。農民たちは家から外に出ることもなく、うつろな眼をして家の中にとじこもったままであった。

村に人の気配が感じられるのは、鰯漁の船がもどってくる時だけであった。漁師の家族たちは籠に鰯を入れて加工所へ運搬したが、その周辺には巣から続々と出てきた鼠がむらがっていた。

吏員たちが去ってから十日ほどした頃、段々畠にのぼってゆく人の姿がみえた。そして、それは次第に数を増して、やがて段々畠に一斉に鍬《くわ》がふるわれはじめた。農民たちは、荒された甘藷畠を耕し、麦の種蒔《たねま》きの準備にとりかかったのだ。

かれらは、麦を栽培しても再び鼠に食い荒されることを知っていた。が、先祖代々甘藷の収穫期が終れば、畠を整備して麦の種蒔きに入るのが島の習慣になっている。その仕来《しきた》りを乱すことは、かれらにはできなかったのだ。

かれらの唯一の願いは、鼠が自然消滅するかいずれかに去ってゆくことだけであった。突然のように姿を現わした鼠の群れは、突然のように姿を消す可能性があるようにも思えたのだ。

郡事務所から食糧救済についての回答がもたらされたが、それは村の予想に反した僅かな食糧の特配のみであった。県財政は貧困で、その上、陸地部の食糧難も依然として好転せず島の住民をうるおすほどの量を割く余裕はなかったのだ。

しかし、村人たちは、郡事務所にそれ以上の要求を願い出ることはしなかった。食糧の特配ということで、自分たちの訴えが一応現実の形をとったことに諦《あきら》めの感情をいだいていた。

かれらは、親戚《しんせき》をたよりに陸地部へ赴いて穀類や芋のたぐいをわけてもらったり、家にある衣類などを手に食糧との物々交換に出掛けていったりしていた。かれらは、あくまでも島にしがみついて生きようとしていたのだ。

畠に蒔かれた麦の種子は鼠に掘り起されて荒されたが、村の者たちは飽くことなく麦を蒔きつづけた。

島に初冬のやわらかい日射しがひろがった。

空気は冷えを増していたが天候は安定していて、やがて畠の表土に麦の芽が一斉に出揃《でそろ》うようになった。

昭和二十六年が、明けた。

村の者たちは羽織、袴《はかま》で年始まわりをし、的射《まとい》り、お日待ちなどの正月行事がつづき、各戸の軒には無病息災をねがう大きな草履が垂らされた。

網漁も終って、村の者たちは島の南斜面に群生するヨシ竹で菅笠《すげがさ》を編む作業をつづけていた。食糧の絶えた村の者たちは、その菅笠を陸地部に売ってわずかながらでも収入を得ようとしていたのだ。

一月下旬、島に十数名の男たちが定期船に乗ってやってきた。それは、厚生省の委嘱を受けた調査団で、県庁と郡事務所の吏員が随行していた。島での鼠の大量発生は、ようやく中央官庁を動かし、鼠駆除専門家の現地調査となって実現したのだ。

調査団の中には、鼠の生態研究にとりくむ京都大学教授と、鼠駆除専門家として神戸市立衛生研究所の生物学博士号をもつ次長と駆鼠剤《くそざい》製造会社の技師が加わっていた。

一行は、村の者たちの案内で段々畠にのぼり、浜におりて調査を開始した。専門家たちの顔には一様に驚きの色が濃く、

「稀有《けう》の発生数だ」

と、互いにつぶやき合っていた。

京都大学教授は、精力的に歩きまわり鼠の大量発生の原因や現状についての資料の収集にとりくんだ。そして、県庁や郡事務所の吏員たちも教授と同行して、鼠に関する教授の意見に耳をかたむけていた。

教授は、島に発生した鼠を即座にドブネズミと判定した。

ドブネズミの原生地は中央アジアで、ボルガ河を渡ってヨーロッパに侵入し、わずか四十年間に全世界へひろがったという。日本へは朝鮮半島から渡ったとされているが、本土産ドブネズミにヨーロッパ産のドブネズミが交配し、体格も大柄なものになった。

ドブネズミは、鼠の種族の中で最も獰猛《どうもう》で行動範囲はひろく、食欲もきわめて旺盛《おうせい》で日に自らの体重の三分の一の食物を食い、しかも動・植物の差なく藁《わら》や樹木まで食いあさる。

殊にその繁殖能力は、異常なほどの激しさをもっているという。

ドブネズミの雌は、妊娠すると二十一日後に十匹近い仔《こ》を生み落し、翌日から早くも交尾に応じて、新たな妊娠期に入る。

生れた仔の雄は、二十五日もたつと性行為も可能なまでに成熟し、雌と激しく交尾する。また仔の雌も五十日後には発情して、雄とからみ合う。

妊娠率は厳冬期と酷暑の夏には少ないが、原則としてドブネズミは四季をえらばず果てしない交尾をつづける。その結果、ひとつがいのドブネズミは、一年後に一万匹以上にも達してしまうという。

それは、島の者たちの口にする「湧《わ》く」という表現そのままの激しい繁殖だが、その発生原因は、むろん環境その他が影響し、その事情は複雑で、これといった一定の規準はないという。

日本では、古来から笹《ささ》の花が咲き実を結ぶと鼠が異常発生するといわれているが、事実、笹の花の一斉開花によって鼠が急増した例は多い。

しかし、発生原因はむろんそれだけではない。地震や台風等の天災が起った後、異常発生する例も多く、些《さ》細《さい》な環境の変化に乗じて鼠は島の住民の表現通り湧いてくるのだ。

調査団は、金網製の鼠取り器によって捕えた鼠を検査した結果、島に発生したドブネズミは、平均して体重三七〇グラム、体長二一・七センチ、尾長一九センチ、後足の長さ三・六センチという数値をまとめた。

また教授は、段々畠、人家とその周辺、浜を詳細にしらべて鼠の巣穴や地表に印された鼠の通り路《みち》の数などから推定して、島に棲息するドブネズミの数を五十万匹以上と判定した。

この数は、県庁、郡事務所の吏員のみならず村の者たちを驚かせた。島の住民は約二千名で、教授の算出した数が正しければ、住民一人に対してドブネズミが二五〇匹も棲息していることになる。

ドブネズミは日に体重の三分の一の食糧を口に入れるというが、五十万匹の鼠がのみこむ餌《えさ》は毎日六十トンにも達する。しかも鼠は果てしなく繁殖をつづけているし、やがては村の食糧すべてが鼠の餌として食いつくされることはあきらかだった。

教授は、島に鼠が大量発生した原因について一つの結論をくだした。

まず教授は、島の自然環境が鼠の棲息と繁殖に最も適した条件をそなえている、と指摘した。

島は、四国と九州の間にあって海洋の影響を受け、四季を通じて温暖な気温に恵まれている。夏の日射しは強いが気温も一定温度以上にはあがらず、冬に霜のおりることも皆無で、全島常に青草におおわれている。

酷暑と厳寒に鼠の繁殖率は低下するのが常だが、島の場合にその定義はあてはまらない。鼠は、快い環境の中で、なんの障害もなく交尾・妊娠をくり返しているのだ。

それに、鼠にとって最大の生活必要条件である食糧も、その発生と繁殖をうながすのに十分な潤沢さをそなえている。鼠の側からみれば、島の食糧は野ざらしの状態にある。段々畠は人家から遠く、麦、甘藷をはじめ耕作物がゆたかなみのりをくりひろげている。冬期には春に植えつける甘藷の種芋が穴に貯蔵されていて、その穴にもぐりこめば芋を食い荒すこともできる。いわば段々畠は、人におびやかされることも少なく食糧をあさることのできる場所であるのだ。

また海浜には、沖合からとってきた鰯が簀棚にひろげられて天日に干され、加工所にも倉庫にも煮干しをつめた俵が山積みされている。その上、潮が干けば貝類、海草などが磯に寄せられて、それをあさることもできる。

つまり村とその周辺は、鼠にとって餌をふんだんにあさることのできる豊かな食糧庫で、澱粉《でんぷん》、蛋白質《たんぱく》、カルシウム、脂肪その他栄養価の高い食物を摂取できるのだ。

さらに鼠の棲息する巣をつくるのにも、適当な条件がそなわっている。

段々畠を調査した教授は、畠を段状に仕切る石垣の穴か鼠の巣と化していることを確認した。石と石の間にできた間隙《かんげき》は、鼠の趾《あし》や体をすりつけて通った跡が歴然としていて、入口の石のふちは艶々《つやつや》と黒光りしている。

また強風をふせぐために海方向に植えられているヨシ竹の根も、鼠たちの巣や通路と化していた。張られた根の下方はうつろになっていて、鼠の糞がつもり、中には生み落されたばかりの桃色をした鼠の仔がうごめいている所もあった。

浜の場合も同様で、海岸線の石垣が鼠の恰好な巣と化していて、その奥には迷路のように通路が四通八達し入り組み合っていると想像された。そして、水をいとわぬドブネズミは、潮が満ちて石垣の下方が海水にひたされても痛痒《つうよう》を感じることなく往き交っているにちがいなかった。

さらに人家も、鼠の棲息には好適な場所であった。人家の大半は隙間の多い板壁づくりの家で、鼠が自在に出入りできる。天井、押入れ、土間、家財等は、すべて鼠の身をひそませるのに適していて、軒からは電線をつたわって隣家にも往来できる。しかも、そこには人の食べる食物も貯蔵されているのだ。

このようなさまざまな要素が、鼠の生存と繁殖に最も適した環境を作り上げているという。

鼠の発生原因について、教授は、台風による環境の変化がその重要な要因になっているはずだと述べた。

島は、しばしば台風に見舞われるが、樹の枝は折れ、結実した木の実が地表に落ち、磯には海草や貝が多量に打ち寄せられる。それらは鼠の餌になり、さらに倒れた樹木や草などは、鼠に恰好な住処《すみか》をあたえることになる。

鼠は、恵まれた環境の中で急激な繁殖をつづけ、やがて餌不足におちいって食物を求め村の周辺に移動してきたにちがいないという。

駆除方法については、教授の意見も参考にしながら神戸市立衛生研究所次長と駆鼠剤製造会社の技師が当った。

かれらの意見は、鼠の数から考えて、鼠を島から根絶させるにはかなりの努力を必要とするということで一致していた。

まず鼠の数が異常なほど多く、しかも捕えた鼠の体をしらべてみると、栄養価の高い食物を十分にとっていることがあきらかで、鼠は今後も旺盛な繁殖力で加速度的にその数を増してゆくと推定された。

鼠の駆除数は、当然鼠の増殖数を上廻ることが要求されるが、それは至難なことであり、さらにそれを根絶にまで追いこむことは不可能に近い作業と判断された。

さらに鼠の棲息状況が、駆除を一層困難なものにすると予想された。鼠は、段々畠、海岸そして人家とその周辺におびただしい巣を作って棲《す》みついている。鼠の棲息範囲はひろくひろがっていて、しかもその巣は複雑に入り組んでいる。

効果的な駆除方法は限られた地域に集中しておこなうのが望ましいが、島に棲みついた鼠の場合は最も好ましくない状況にあると断定された。

しかし、手を拱《こまぬ》いて駆除をおこなわなければ、鼠は果てしなく増加してゆく。耕作物、漁獲物の被害はさらに増して、結局は住民たちを飢えにさらすことにもなる。

かれらは、種々協議した末、まず金網製の鼠取り器を各戸に配布して人家の鼠の数を減らし、一般的駆除方法としては、駆鼠剤製造会社から黄燐《おうりん》製剤を大量に購入して鼠を毒殺することに決定した。

調査団は、三日間島に滞在した後、定期船に乗って去っていった。

村人たちは、海岸線に立って遠ざかる定期船を見つめていた。大学教授や生物学博士が来島したのは初めてのことであり、多数の県庁、郡事務所の吏員がやってきたのも島はじまって以来のことであった。しかもかれらは、朝早くから日没後まで熱心に島内を歩きまわり、鼠の駆除についても積極的な実施方法を指示してくれた。

村の者たちは、郡事務所に請願したことが県庁を動かし、厚生省にも及んだことに感謝した。と同時に、島の将来に光明もみとめて、かれらの表情は一様に明るんでいた。

六

調査団が去ってから四日後、郡事務所の久保という小柄な吏員が、金網式鼠取り器二百個を定期船に積んでやってきた。その数は、四一六戸の村の戸数の半ばにも達しなかったが、島にとっては鼠駆除の開始であった。

久保は経済課の課員で、村の者たちが郡事務所に初めて請願に来た時もかれらの訴えを耳にしたし、その後の調査にも必ず他の吏員と同行して島を訪れていた。かれは、その間に鼠の棲息《せいそく》状況や村の鼠害状況についてかなりの知識を得るようになっていた。また熱心に鼠の生態をしらべ、大学教授の口にする言葉も克明にメモしていた。

久保は、村の主だった者を集めると鼠取り器の使用法について説明した。

まず鼠には定った通り路があって、それ以外に歩くことは少ない。当然鼠取り器は通路に仕掛けるが、簡単な方法としては巣の出入口の近くに置くことが望ましい。

餌は、魚肉を練って油揚げにしたものが適当だが、それ以外の食物でもよい。鼠は、夜行性だから夕方仕掛けて翌朝鼠が入っていたら殺し、その後は必ず鼠取り器を水で洗い、再び餌をつけて仕掛けるように指示した。

早速その日のうちに鼠取り器が各戸に配布され、久保の指導にしたがって巣穴の出入口近くに仕掛けられた。

翌朝、村内におかれた二百個の鼠取り器には、一個残らず鼠がとらえられていた。中には、どのようにして入ったのか二匹入っている籠さえあった。

久保も村長たちもその成果を喜び、その日の夕刻にも鼠取り器が仕掛けられた。翌朝の結果も同じで、村内には明るい空気がひろがった。鼠取り器を数倍、数十倍とふやしてゆけば、鼠はそれだけ大量に捕殺できる。鼠の駆除も比較的容易ではないかという楽観的な空気さえ生れた。

しかし、そのうちに久保たちは、捕えられた鼠が或る一定の限られたものだけであることに気づくようになった。それは、鼠が例外なく中型以下の小さいものだけであることだった。

十分な食物に恵まれたドブネズミは一様に大柄で、中には仔猫《こねこ》以上もある体長三十センチメートル近い大鼠も走りまわっている。そのような大型の鼠は、捕えられた鼠の中には見当らず、家鼠のような小さいものしか入っていなかった。

その理由は、すぐにあきらかになった。鼠取り器の入口が小さく、小型の鼠しかくぐりぬけられないのだ。

その臆測を裏づけるような村人たちからの報告が相ついだ。それによると、鼠取り器の餌をねらって内部に入ろうとする大鼠が、入口で体を持て余したようにもがいている姿をしばしば目撃したという。

久保たちの顔には、失望の色がうかんだ。中型以下の鼠しか捕えられぬ鼠取り器は、鼠を根絶する駆除器として無力に近いことをしめしている。繁殖をうながしているのは、性的に成熟した大型鼠で、それを捕えることができなければ鼠の数は増加することはあっても決して減少はしない。

ただ未成熟の鼠もやがては性行為可能の鼠に成長することを考えれば、鼠取り器も軽視はできなかった。そのため予定通り、四百十六戸の人家に一個ずつ鼠取り器を無償配布したが、その器具に対する期待は早くも失われたのだ。

村の者たちは、駆鼠剤製造会社から送られてくる黄燐製剤の到着を待った。それは猫イラズと俗称される駆鼠剤で、一般的に広く使用されその著しい効果も保証ずみであった。

駆鼠剤製造会社の動きは、役所とことなって敏速だった。戦時中から戦後にかけて殊に都会では鼠の発生がいちじるしかったが、窮乏《かんぼ》生活を強いられていた人々は鼠を駆除する精神的なゆとりもなく、駆鼠剤の売行きも芳しいものではなかった。

そうした折に、島での鼠の異常発生によって県庁から大量の薬剤の発注があったことは、会社側にとって願ってもないことであった。会社では残業につぐ残業で、短期日の間に黄燐製剤の注文量をトラックで郡事務所に運びこみ、使用法の指導のため社の技師も派遣されてきた。

事務所の倉庫に薬剤をつめた石油罐《かん》が山積みされ、それは続々と定期船で島に送られた。そして、駆鼠剤製造会社の技師も県農務課の課員や久保と連れ立って島におもむいた。

技師は、村人たちを集めると、まず黄燐製剤の効果について説明した。

この薬剤は、鼠の体内にのみこまれると消化器を焼けただれさせ、二十四時間後には確実に死亡させてしまうという。

「使用法としては……」

と言って、技師は石油罐のふたを切りひらいた。中には、淡黄色の粘液状をした薬剤がみたされていた。

かれは、マッチ棒のような細い棒で薬剤を少量すくいとると、小麦粉に魚粉をまぜた小さなダンゴの中に入れて丸めた。

「これを、鼠の巣穴の近くか通路におくだけでよいのです」

と、かれは微笑しながらダンゴを手に村人たちの顔を見まわした。が、すぐに表情をひきしめると、

「ただ一つ、これだけは十分注意しておきますが、この黄燐製剤は毒薬で、人間がまちがってのめば不幸な結果をまねくことにもなります。当局でも取扱いは慎重にと指示しておりますので、殊に子供さんには口にしたりすることのないよう注意して下さい」

と、つけ加えた。

この点について、すでに技師は、村長と久保に黄燐製剤が青酸カリについで自殺に多用されていることをひそかに告げていた。が、もしも村人たちに公表すれば、それに刺戟《しげき》されて自殺に利用する者が出ることも考慮され、村人たちに伝えることをはばかったのだ。

村人たちの質問にこたえて、技師は鼠の通路を識別する方法についてもふれた。一定の場所しか通らぬ鼠の通路は、当然鼠の趾で踏みかためられていて、通常黒光りしている。また鼠は、絶えず食物を口中に送りこみ、さかんに糞も排出するので、糞の有無によっても容易に鼠の通路を発見できると答えた。

村長たちは、技師の説明を克明にメモし、その日から毒入り餌の製造に着手した。

猛毒をもつ薬剤なので、村役場が薬剤を厳重に管理することになった。そして、ダンゴを作るのも村役場にかぎり、物置き場に大きな釜が持ちこまれ、小麦粉と魚粉が練られた。

村長たちは、釜から練られたものをつまんでは石油罐の中の薬剤をまぜて球状にまるめ、それをバケツの中におとしこんでいった。

大量のダンゴが練り上げられ、村長たちはバケツを手に四方に散った。

或る者たちは段々畠にのぼってゆき、他の者たちは人家の周囲や浜に散ってダンゴを撒《ま》いて歩いた。その日は眩《まばゆ》い陽光がさしていて巣から姿をみせている鼠は稀《まれ》であったが、早くも撒いたばかりのダンゴをかかえて口吻をうごかしている大きな鼠もあった。

その日、夕方までに大釜で二度練られたダンゴが部落一帯にまかれ、翌日も村長たちはバケツを手に歩きまわった。

久保も村人たちも、薬剤の効果に期待した。二日間でまかれた毒入りダンゴは約三千個で、それが一匹でも多くの鼠を殺すことをねがった。

三日目は終日雨が降ったので、ダンゴがとけて流されることをおそれ作業は中止されたが、その日の午後あたりから鼠の群れにいちじるしい変化が起っているという村人たちの報告が、つぎつぎに役場につたえられてきた。

鼠は相変らず敏捷《びんしょう》に走りまわっているが、その中にひどく弱々しげな動作をしめす鼠の姿が眼にとまるようになったという。よろめきながら歩いている鼠もいれば、石垣や人家の板壁に身をすりつけてうずくまっている鼠もいるという。

久保は、村長と傘をさして段々畠への道をのぼっていった。

畠にひろがる麦の葉は雨に濡れて緑の色を一層冴《さ》えさせ、あたりには鼠の姿もなく静まり返っている。麦の結実までにはまだ間があったが、段々畠には草の実や穴に貯えられた種芋を食って棲みついている鼠もいる。その証拠に、土の上には鼠の糞が点々と散っていた。

「いたぞ」

村人の一人が、声をひそめて言った。

久保たちは、雨傘を手にその村人の傍《そば》に近づいた。

男は、畠を風から守るために植えられたヨシ竹の根もとを指さした。そこには、かなり大きな鼠が身をかがめるようにうずくまっていた。

死んでいるのかと思ったが、鼠は時折物憂げに眼を開け閉じしている。眼をしばたたくのは、ヨシ竹の葉からしたたる雨滴が頭部に落ち、その飛沫《しぶき》が眼に飛び散るからであった。

鼠は、全身雨に打たれ、毛先からは雨水が流れ落ちている。

村人がゴム長靴で土を強くたたくと、鼠はおびえたように体を動かし、雨の中をよろめきながら走って石垣の穴の闇に消えた。その動作は、いつも眼にする鼠とは異ってひどく大儀そうであった。

久保たちは、さらに人家の周辺や浜をまわり、ヨシ竹の下でみた鼠と同じようにうずくまった多くの鼠を眼にした。

役場にもどったかれらは、上機嫌だった。駆鼠剤製造会社の技師の口にした通り、黄燐製剤混入の餌はかなり多くの鼠の胃にのみこまれ、体に異状をあたえているらしい。おそらくそれらは間もなく死を迎えるはずだし、すでに多量の鼠が死亡しているとも想像された。

久保は、ようやく鼠駆除の有力な手がかりをつかむことができたと思った。

黄燐製剤は、耳かきですくうほどの微量で鼠を死におとし入れる効果がある。練りダンゴに要する穀類や魚粉は惜しいが、鼠の被害の甚大さを考えればとるに足らない量である。ダンゴを作ることに一層熱を入れて、村とその付近一帯にばらまけば、鼠は大量に殺害できるにちがいない。そして、それを飽くことなくつづければ、島の鼠も根絶できると思った。

村長たちも同意見で、あらたに青年団員も加えて毒餌作りを積極的に推しすすめることになった。

また幼児が毒餌をあやまって口にしないように、役場から注意書きを村内にまわし、鶏の毒殺を予防するため鶏舎等の近くに餌を置かぬよう指示した。さらに村全体に徹底的な駆除をおこなう必要から、毒餌を役場から各家庭に配布することも決定した。

久保は、人畜に危害をあたえることをおそれて、人家とその周辺に毒餌を配置するのは日没後にかぎるべきだと主張した。鼠は主として夜間に餌をあさるし、その間子供たちは就寝していて毒餌を口にすることもない。ただ夜が明けてから鼠の食い残した餌を子供が拾うおそれがあった。

久保は、危険防止のため夜明けと同時に人家とその周辺の食い残された毒餌を、一個残らず回収することに定めた。それは人命事故を未然にふせぐと同時に、鼠の餌を食う率を算出できるという利点もあった。

村長は、久保の意見をそのまま受け入れて、毒餌の配置時刻と回収についての注意を村人たちにつたえた。

久保は、日振島にもおもむいて同様の指示をした。日振島での鼠の被害もはげしく、すでに毒餌が島内一帯にばらまかれていた。

島では、毒餌づくりが活発におこなわれ、久保もひんぱんに郡事務所から出張してきて、黄燐製剤の効果を見守っていた。

しかし、人家の近くや段々畠に鼠の死骸を眼にすることはあっても、その数は想像していたよりもはるかに少なかった。

その点について、久保が駆鼠剤製造会社に手紙で問い合せると、黄燐製剤をのんだ鼠は、暗所にひそんで死を迎える傾向が強いという回答がもどってきた。そして、もしも十匹の鼠の死骸を眼にすることができれば、二〇〇匹から三〇〇匹が人の眼にふれぬ場所で死んでいることは確実だともつたえてきた。

久保たちの疑惑は、解消した。島の鼠は、黄燐で胃をやけただれさせ暗い巣の中で悶死《もんし》するにちがいない。それに段々畠のはずれからは鬱蒼《うつそう》と生い繁った森や細々と清流の流れる谷々がある。毒ダンゴをのみこんだ鼠は、森や谷の暗いひそみに身を横たえて死を迎えるのだろう、とかれらは思った。

人家とその周辺で回収される食い残された餌は、午前中に各家々から村役場に持ち寄られた。

久保は、それらの回収量を計算して、撒かれた毒餌の九十パーセント近くが鼠に食いつくされていることを知った。駆鼠剤製造会社の説明書に記載されている鼠の喫食率と比較すると、その数値はきわめて高率で、島の鼠が毒餌を食いあさっていることがあきらかになった。

ただしその説明書には、やがて鼠が餌に飽いて喫食率も次第に低下する傾きがあるので、そのような兆候がみえた折には餌の質を変える必要があるとも記されていた。

村役場で回収量に注意してみていると、説明書通りわずかではあるが毒餌の食われる率は低下していて、半月後には八十パーセントを割ってしまっていた。そのため村長は、小麦粉と魚粉をねりまぜたダンゴに魚油を塗ることを命じ、それを撒くとたちまち喫食率は回復した。

村人たちの表情は、明るかった。鼠の死骸を多く眼にすることはできないが、たしかにかなりの量の鼠が死んでいるらしい。かれらは、巣穴や丘陵の眼にとまらない暗いくぼみに鼠の死骸が充満している光景を思いえがき、その想像を楽しんでいた。

段々畠では、麦の緑が日増しに濃くなっていた。前年の麦はほとんど全滅状態に近かったが、黄燐製剤の餌をまいたことによって鼠の数は減っている。たとえ鼠を根絶することができなくても、三カ月後の収穫期までに鼠を激減させることに成功すれば、麦の刈入れには明るい期待がもてる。

「今年こそ麦を荒されることもあるまい」

村人たちは、互いにはげまし合って毒餌作りに専念していた。

二月中旬の或る夜、村の者たちは甲高い叫び声に戸外へ飛び出し海岸に走った。西南方の沖合の空が、赤々と染まっていた。島影がその部分だけ黒々と浮び上っていて、火山が噴火でもしているように火の粉がふき上っている。その島影は、四キロへだたった位置に浮ぶ日振島にちがいなかった。

その付近一帯に散在する島々に、火事の起った例は少ない。島でも日振島でも、何十年に一度か二度小火はあっても、火災とよべるほどの事故はない。

しかし、夜の闇に舞い上る火の粉の量から察して、日振島で起った火災は、小火程度のものでないことはたしかだった。

村人たちは、海を渡ってくる冷たい潮風に身をふるわせながら、日振島の方向を凝視していた。炎は、次第に高々と立ち昇りはじめている。

火の粉もしきりに舞い、家が焼け落ちたのか、おびただしい火の粉が眩い光を放って瞬間的にふき上った。波音しかきこえぬはずだったが、互いに叫び合う人声と木材の焼けはじけるような音がきこえてくるような気さえした。

「大火事だ」

村人たちは、ひきつれた顔を見合せた。

かれらの中には、日振島の者と親しく付き合っている者も多く、同じ海上に浮ぶ島の住民たちは連携をたもち親密感も深い。

数名の男たちが走り出すと、それを追うように他の者も海岸をはなれた。そして、家に入るとあわただしく身仕度をととのえ、海岸に引返して船を海に突き入れた。

海岸に焼玉エンジンの音が重なり合うように起って、四隻の漁船が岸をはなれた。船にはバケツや鳶口《とびぐち》が積みこまれ、船はつらなって暗い湾外に消えていった。

翌朝もどってきた漁師たちの話に、村人たちは眉をしかめた。日振島の火災は想像以上の大火で、島の全戸数一二〇戸のうち二十三戸が全焼し、村役場、農業協同組合のほか島での唯一の寺である海円寺も焼け落ちた。さらに旧庄屋の屋敷も燃え、甲冑《かっちゅう》、刀剣等も焼尽して、日振島村の中心部は焦土と化してしまったという。

村人たちは、日振島の度重なる悲運に眼をうるませた。

二年前の六月には、佐田岬半島付近で一〇六名の漁師が台風に遭遇して水死し、さらに鼠の大量発生によって経済的な打撃も受けている。その上村の主要部が焼失してしまったことを考えると、日振島の機能は完全に麻痺《まひ》してしまったように思えた。

日振島からもどってきた漁師の話によると、罹災者《りさいしゃ》たちは、放心したように焼け跡を見つめているだけだという。火災の皆無に近い島では火災保険契約をむすんでいる者もなく、自力で生活を建て直さなければならぬが、辛うじて生きているだけのかれらに、そうした余力はないはずだった。

同情した村人たちは、だれからともなく食糧、衣類等を村役場に持ち寄った。そして、村長は村の有志とともにそれらを船に積みこんで日振島に向った。

気温がやわらいで、桃が一斉に開花した。

鰯《いわし》の回游期《かいゆうき》がせまり、磯ではアワビやサザエもとれるようになった。

毒餌は連日のように撒かれ、鼠の数も幾分へってきているように感じられた。村人たちは、麦の収穫期前に鼠を可能なかぎり駆除しようと、互いにはげまし合いながら毒餌づくりにつとめていた。

しかし、村人たちは、三月に入って間もなく島にやってきた郡事務所の吏員の口から思いがけぬことを耳にして顔色を変えた。それは、日振島の大火に関することで、その後消防関係者の調査によって村役場が火元であることが判明し、しかもその発火原因が役場の倉庫に山積みされていた黄燐製剤ではないかと推定されているという。

黄燐は発火点が低く、なんらかの原因で発火し大事を招くおそれが多分にある。他に原因となるものも見出《みいだ》せないので、疑いはきわめて濃厚だというのだ。

日振島の罹災者には災害救助法が適用されて、一戸当り五万から十万円の補助金が出されたというが、それで再建することは不可能に近い。

もしも自分たちの島で火災が起れば、家屋が密集し水利に恵まれぬ村はたちまち炎につつまれ、村人たちの生活は根底からくつがえされてしまう。

村の黄燐製剤を入れた罐は、日振島と同じように村役場の倉庫に積み上げられている。

日振島の災厄をくり返さぬためには、黄燐製剤を島から運び出すことが最も確実な方法だが、鼠を駆除しなければならぬ村としては、それもできない。麦の収穫期が近づいているだけに、それまで推し進めてきた毒餌の配布を中止するわけにはゆかなかった。

村長は、郡事務所の吏員と協議し、黄燐製剤の保管を一層厳重なものにする以外に適当な方法はないことをさとった。

黄燐製剤は、むろん石油罐におさめられていれば発火原因になる危険はない。問題は罐のふたをあけた使用途中のもので、それさえ完全に扱えば火災をひき起すこともないはずだった。

そうした判断から、村長は一度ふたをあけた鑵の中の薬剤はその日のうちに残らず使いつくすか、使用半ばの薬剤は引火物のない安全な場所に置くことにし、使用ずみの空鑵も土中に埋めて処理することを定めた。

毒餌づくりは、その注意事項にもとづいて続けられたが、村の者たちは黄燐製剤に薄気味悪さを感じるようになっていた。黄燐は暗所におくと燐光を放ち、ほのかな炎をひらめかせているようにさえみえる。

日が没すると、村内には淡い燐光が点々とみえた。中には鼠がダンゴを曳《ひ》きずるらしく、動く燐光もある。人々は、日振島大火の発火原因を耳にしてから家屋の中に毒餌をまくことをやめていた。

三月に入ると、動物学者や農業大学の教授らが学術調査に来島し、県農務課員らもひんぱんに姿をみせた。黄燐製剤の使用効果はたしかにいちじるしく、その繁殖率も低下していると判定された。

麦の刈入れ期が近づき、村人たちの緊張感は増していった。鼠の数が漸減していることはあきらかだが、島に鼠が充満していることに変りはない。鼠たちは、前年と同じように麦畠をおそうにちがいないと思われた。

麦の収穫期が、やってきた。

予想通り段々畠には鼠の群れがむらがり、朝、畠にのぼっていった農夫たちは穂をかみきられた麦を眼にした。

ただ前年と異っていたのは、段々畠の被害が上方から下方にひろがってゆくようなことはなく、段々畠一帯に平均に鼠が散っていたことであった。そのため被害が集中することはなく、一夜にして畠の麦が全滅する現象はみられなかった。

農夫は、鼠と競い合いながら麦の刈入れを急いだ。そして、三日後には段々畠から麦の穂は消えた。

村役場で集計すると、鼠による被害は推定収穫量の六十パーセント強で、前年にくらべると被害度はかなり少なくなっていた。

村人たちは気落ちした表情をしていたが、幾分でも被害が軽減したことにわずかな希望も見出していた。黄燐製剤を混入した餌を撒いた努力によるものであることは、疑う余地がなかった。

農夫たちは黙々と畠を耕し、肥料をほどこして畠の整備にとりかかった。麦が終った畠には、芋の苗が移植されるのだ。

しかし、その頃から毒餌の喫食率の低下が目立ちはじめていた。

黄燐製剤を混入したダンゴの質を同じものにしていると必ず喫食率が次第に低下し、その度に他の穀物などに変えて喫食率の回復をはかる努力をくり返していた。使用した餌は、小麦粉、魚粉、食用油、魚肉、押麦、玉蜀黍《とうもろこし》等多岐にわたっていた。

しかし、朝各戸から村役場に持ちこまれる回収餌は増加する一方で、鼠が食う率はばらまかれた餌の五十パーセント程度にすぎなくなっていた。

来島した郡事務所の久保も、その喫食率に顔をしかめ、さらに餌の質を変えるよう命じた。

村役場では、やむなく貴重な配給米を各戸から供出させて魚粉をまぜ、ダンゴに練り上げた。それは、食糧の乏しい村の者たちにとって大きな苦痛だったが、鼠を駆除するためにはやむを得ない処置であった。

餌に白米を使用したことによって、回収される残り餌の量は減ったが、それも数日間だけのことで、再び旧に復してしまった。

村長は苛立《いらだ》ち、蜂蜜《はちみつ》をまぜたり魚肉を練って油で揚げたものも加えたりしたが、それも短期間効果がみられただけで、撒かれた餌の半ばは放置されたままであった。

久保や村長たちは、その原因について検討した。

鼠の数は多く、常識的に考えれば、撒かれた餌は一個残らず食いつくされても不思議はない。餌の質を変えれば鼠の食う率はたかまるのだが、初めから毒餌を見向きもしない鼠がかなりいるらしい。

動物学者の説によると、鼠の警戒心は殊のほか強いという。鼠が食うことをためらっているのは、餌そのものの性格にもひそんでいるように思えた。

「光るからじゃないのか」

若い農夫が、思いついたように言った。

黄燐製剤の露出した餌から発するかすかな燐光は、夜行性の鼠の眼にもとまるはずだし、鼠の大半はその光をおそれて近づくこともしないのではないかという。

その意見に異論をとなえるものはいなかった。光を最もいとう鼠が、燐光を放つ餌に警戒心をいだくことは当然のことに思えたのだ。

しかし、燐光を発するのは黄燐製剤の本質的な特徴で、それを防ぐ方法はない。

久保は、黄燐製剤に大きな期待をかけすぎていたことを悔いた。すべての点で完全な性格をもつ薬剤があるはずはない。毒餌の半ばが食われ鼠を毒殺しているだけでも、黄燐製剤は駆鼠剤《くそざい》として十分な効果を発揮していると判断すべきではないのか。

久保は村長に、黄燐製剤の使用についていたずらに不信感をいだくことはないと説いた。島の鼠を駆除するという作業は、専門家が指摘したように至難なことで、それを成しとげるには根気以外にない。鼠が減少していることは確実で、それだけでも黄燐製剤使用による駆除対策は十分な成果をあげているとはげました。

村長は、気分をとり直したようにしきりにうなずいていた。他に駆除方法もない島には、ダンゴを練り薬剤を混入すること以外に鼠の数を減らす手段はなかったのだ。

村長は、村の者たちを督励して毒餌作りをつづけさせた。かれは、その作業を持続することに唯一の精神的な支えを見出していたのだ。

幸い毒餌の喫食率は五十パーセント前後を上下するだけで、それ以下に大きく低下することはなかった。

しかし、毒餌の撒布《さんぷ》は、鼠以外の動物にも犠牲を強いるようになっていた。餌が良質なものに変えられた頃から犬や猫がそれを食うことも多くなり、それらの死骸を眼にするようにもなっていた。

また近くの丘陵では、時折鳶《とび》の死骸も発見された。毒餌を食った鼠は、山中に死場所をもとめて移動してゆく。それらの鼠は動きも緩慢で、その鼠に鳶がおそいかかる。むろん鳶は、鼠の体内にある黄燐におかされ絶命するのだ。

鳶は鼠の天敵で、それを死にまきこむことは村にとって一種の損失であった。

梅雨の季節がやってきて、段々畠では甘藷《かんしょ》の苗の移植がはじまり、蒸し暑い日がつづくようになった。鰯漁は本格化し、イカも大型のものが得られるようになって、晴れた日にはそれらが浜一帯に干された。

鼠は、気温の上昇につれてその数を再び増しているようだった。浜や人家には、蠅《はえ》や蚊が飛び交った。殊に浜では、簀《す》棚《だな》に干された煮干しに無数の蠅がむらがっていた。

六月中旬をすぎた頃、家々の天井に蛆《うじ》がはいまわるようになった。初めの頃は天井の板と板との間隙《かんげき》に白いものがうごめく程度で、人々は箒《ほうき》ではらい落したりしていたが、日を追うてその数は急激に増していた。そして、梅雨があけた頃には、天井一面に蛆が這《は》い、鴨居《かもい》から柱をつたわり列をつくっておりてくるようにもなった。

蛆は絶えず天井から畳に落ち、それは昼夜の別なく食膳の上にも蚊帳の上にも落ちた。

村の者たちは辟易《へきえき》し、天井裏をしらべた。異臭が闇の奥から流れ出ていて、そこに懐中電燈の光を向けてみると、蛆におおわれた白いものがいくつもみえた。眼をこらしてみると、それはおびただしい鼠の死骸で、そこから蛆が一斉に湧《わ》いているのがみえた。

駆鼠剤製造会社の説明書に、黄燐製剤をのんだ鼠は主として暗所に身をひそめて死ぬと記されていたが、人家とその周辺で毒餌を口にした鼠は、天井裏に這い上って死をむかえていたのだ。

村人たちは、人家が鼠の住処《すみか》であると同時に蛆の発生所にもなっていることに戦慄《せんりつ》した。

村人の訴えを受けた村役場では、ただちに全戸に対して天井裏の清掃を命じると同時に、郡事務所に対して黄燐製剤の使用を一時中止するとつたえた。黄燐製剤の効果も期待通りではないし、天井をおおうほど湧いた蛆におびえきってしまったのだ。

そうした現象は、日振島でも同様で、両島から相ついで報告を受けた久保は、県庁の吏員と連れ立って島へ実情調査にやってきた。

すでに天井裏の清掃を終え黄燐製剤の使用を中止した島の人家には、蛆を眼にすることはできなかったが、久保は、薬剤使用を中止した村の処置に反対しなかった。喫食率は五十パーセント程度にすぎず、初夏をむかえて駆除数は繁殖推定数以下に低下している。それに、日振島での大火の原因が黄燐製剤によるものであるということもあって、すでに県庁も郡事務所もその使用を疑問視していたのだ。

思いがけぬ蛆の発生によって、駆除対策は大きな壁にぶつかった。

久保は、次の対策をとるため匆々《そうそう》に島をはなれていった。

七

夏が、やってきた。

鼠の交尾が最もはげしい時期をむかえたらしく、天井には鋭い鳴き声がみち、荒々しく走りまわる音が絶えなかった。神経質な者は、夜も眠らず箒の柄で天井をたたきつづけていた。

その夏の天候は、不順だった。

七月に入って間もなく、ヤップ島付近に発生した台風が大隅《おおすみ》半島沖を通過、島の近くをかすめて四国を縦断した。最大風速二十メートルの強風が吹きつけ、島は潮しぶきにおおわれた。またそれから十日後には低気圧が接近し、島に豪雨がおそった。その雨は四日間おとろえる気配もなくつづき、計四〇〇ミリの降雨量を記録した。

段々畠の土は流され、石垣はくずれた。甘藷の根は浮き、もろくも土の上に倒れているものも多かった。また海も荒れつづけ、小さな湾に舫《もや》われた漁船が一隻流失して大破し、他の船にも被害が及んだ。

農夫たちは、雨が去ると畠をととのえ、漁師たちは船の破損個所の修復につとめた。

しかし、災害はその後もつづいて七月下旬に入ると降雨が絶えた。連日のように暑い夏の太陽が照りつけ、島は乾燥し草木は萎《な》えた。

島は水源にめぐまれず、段々畠にまかれる水は天水にたよる以外にない。農夫たちは、雨水を貯めた水槽《すいそう》から水をくんで段々畠に運び上げたが、その貯水槽の底も白く乾いてしまった。

無降雨は四国一帯に共通したもので、十日たち二十日たっても雨は降らない。畠の土はひび割れ、甘藷の葉も茎も茶色く変化した。旱魃《かんばつ》は二十七日間にも達し、その後もわずかに雨が降っただけで甘藷畠は大きな打撃を受けた。旱魃がすぎて辛うじて生色をとりもどしはしたものの、秋の収穫は多くを望めそうにもなかった。

ただ連続的な好天は、煮干しの乾燥にとって幸いだった。鰯漁も豊漁がつづき、十分に干された煮干しは叺《かます》にいれられて続々と出荷されていった。そして、鼠の群れも浜に集中して、煮干しやイカの生干しを食いあさっていた。

郡事務所の指示で、野鼠撲滅対策委員会が組織され、村長も日振島村長とともに副会長に任じられた。そして、郡事務所側からは駆除対策に最も熱意をもった久保が、指導責任者として加わった。

対策委員会では、黄燐《おうりん》製剤につぐ鼠駆除方法を協議し、パチンコ式罠《わな》の使用を決定した。

その器具は、餌をねらって近づいた鼠をバネで支えた太い針金ではさみつける罠で、構造も簡単で持ち運びにも便利であった。島ではすでに金網式鼠取り器を使用した経験をもっていたが、その器具が中型以下の鼠しかとらえられなかったのとは異って、パチンコ式罠は、大小に関係なく鼠をとらえることができる。それに小型でもあったので、段々畠に大量に設置できる利点があった。

久保は、その決定にもとづいて県公衆衛生課からパチンコ式罠一三五〇個を借用し、ただちに島と日振島の両村に平等に配布した。

島では、子供や犬、猫等を傷つけることをおそれ、パチンコ式罠を主として段々畠に配置することにした。餌《えさ》は、鼠の好む魚肉を練り油で揚げたものを使うことに定め、村人たちは交代で魚肉を練り、煮えたぎった釜の油に投げこんだ。そして、それをとり出すとこまかく切り裂き、罠にとりつけて段々畠に置いて歩いた。

試験的に仕掛けられた罠のほとんどはその性能を忠実に発揮し、上々の成果をしめした。落下する金属の威力は強烈で、鼠の頸部《けいぶ》をはさみつけて即死させていた。捕獲率は、八十五パーセントという高率であった。

このパチンコ式罠は、村人たちに好評だった。黄燐製剤のように発火するおそれはなく、蛆を湧かせることもない。それに死骸を確実に視認できることは、久保や村役場関係者にとって駆鼠効果を把握《はあく》できる上で好都合だった。

しかし、そのパチンコ式罠にも欠点があらわれはじめた。罠は段々畠に仕掛けられていたが、首をはさまれ即死している鼠を鳶がねらい、器具ごと持ち去ってしまうのだ。

村長たちは、それを防止するため罠を近くの樹木に針金でかたく結びつけ、それによって罠の損耗は減少したが、鳶や鴉《からす》は、息絶えた鼠の肉をついばみ器具を血だらけにしてしまう。

村人たちは、傷だらけの鼠の死骸を回収して餌を新たにつけるが、警戒心の強い鼠は罠に付着した血におびえて餌に近づくこともしなくなった。

村の者たちに新たな作業が課せられた。かれらは段々畠から鼠の死骸と罠を集めて運びおろす。そして、罠にこびりついた血を十分洗い清め、段々畠に仕掛けにゆかねばならなくなったのだ。

村人たちは、その煩わしい作業に顔をしかめていた。そして、鳶にさらわれることも血に汚されることもない金網式鼠取り器を再び使用すべきだという意見を口にするようになった。鼠取り器の欠陥は大型の鼠をとらえられぬことだが、それを補うために侵入口を広くしたものを特別に作れば支障はなくなるというのだ。

対策委員会でも、その意見を採用して郡事務所を通じ、県に特別誂《あつら》えの鼠取り器の配布を要望した。

島と日振島の鼠の大量発生は、いつの間にか社会的関心をよぶようになっていて、県議会の農林委員長たちが現地調査のため来島し、また農林、厚生両省からも吏員が県庁に出張し鼠駆除について協力を約してくれていた。

そうした状況にあったので、県庁では対策委員会の要望をそのまま受け入れ、入口のひろい金網式鼠取り器を製作させて島へ大量に送りこみ、各戸に二個ずつの鼠取り器を貸与した。

しかし、鼠取り器も、鼠の体臭がこびりついたものに鼠のかかる率は低かった。県公衆衛生研究所の意見によると、鼠をとらえた器具は一回ごとに洗滌《せんじよう》する必要があり、それを怠れば捕獲は望めないという。

村人たちは、その指示通り鼠をとらえる度に器具を入念に洗った。が、水の乏しい村では清水を使うことはできず、人々は磯に出て鼠取り器を海水で洗い清めた。

海水は、たちまち鼠取り器を錆《さ》びつかせた。殊に金網の部分は腐蝕《ふしよく》する速度が早く、一カ月もたたぬ間にその大半が破れてしまった。

村では、新しい鼠取り器の貸与を申請し入手したが、その損耗のはげしさに金網式鼠取り器に対する期待もうすらいだ。

しかし、村の鼠駆除に対する熱意は衰える気配もなかった。かれらにとって、鼠は例年やってくる台風の風水害や旱魃とは比較にならぬほどの被害をもたらす存在であり、その駆除に成功するか否かは、島の死活を左右するものだということを自覚していたのだ。

中央官庁、県庁、郡事務所の駆除対策も本格化し、また学者の間にも島の鼠の異常発生に注目する者が多く、殊に高知女子大学の生物学教授は、島にしばしばやってきて熱心な調査をくり返していた。

教授は、まず島に棲息《せいそく》する鼠の数を正確に把握することから手をつけた。

かれは、段々畠、人家付近、浜の三地域に大別し、さらにそれを細分化して多くの調査区域を設定した。そして、各地域に十メートル間隔で日没前に金網式鼠取り器を碁盤の目のように配置した。

そして、翌朝助手や村の者たちとともに、調査地域を巡回した。

鼠取り器の金網の中にはほとんど鼠が入っていて、教授はそれらの性別、体長、体重などを記録させ、鼠一匹ずつに記号をつけさせた。

その記号は、前後四本の趾《あし》についている指の爪を切りおとすことによってしめし、一定数以上の鼠の記号は二本の爪をおとすことによってその組合せを拡大し、一匹ずつの番号を記載してゆく。それでも間に合わない折には、鼠の耳を小部分切りおとして組合せ数をふやしていった。そして、切り落した個所には赤チンキを塗布し、それを終えると鼠を放してやった。

教授は、さらにその日も鼠取り器を調査区域に設置し、翌朝再び各区域をまわって捕えられた鼠を調査した。金網の中には、前日爪をきり耳をきり落された鼠も数匹まじっていた。

教授は、あらたにかかった鼠に記号をつけてまたも放してやった。そして、その記号法による調査は次の日にもおこなわれたが、それを最後に終了した。教授の言によると、その記号法調査は出来るだけ長い日数にわたって繰返されることが望ましいが、ドブネズミは頭脳的にもすぐれていて、何度もくり返し鼠取り器にかかることはないという。

計算方法は、記号のつけられた鼠と新たにかかった鼠の数との比率から割り出すもので、集計の結果、島に棲息する鼠の数は六十万匹弱という数字がはじき出された。

教授は、鼠の棲息範囲とその数を比較して、島の鼠発生状況は日本のみならず世界的にも稀有《けう》なものだと述べた。

また島のドブネズミは、他の地方でみられるドブネズミよりも栄養状態がきわめてよく、体格も逞《たくま》しい。また繁殖率の点でも、通常雌の生む仔《こ》の数は平均一回で八・五匹だが、島のドブネズミはその倍以上も出産している。これも良質の食糧をふんだんに摂取している結果だという。

教授は、日振島へも調査におもむき、記号法による調査で同島の鼠棲息数を約五十万匹と判定した。

駆除方法について教授は、有効と思われる方法を積極的に採用し、一つの駆除法にこだわることなくいくつかの方法を併用する方がよいと助言した。鼠も、性別、老幼、形態がさまざまで性格もそれぞれに異っている。その相違に応じて駆除方法も多様であるべきで、金網式鼠取り器などは消耗がはげしいという短所はあってもそれによる駆除は続行すべきだと主張した。

対策委員会では、教授の意見を容《い》れて金網式鼠取り器の使用をつづけることになった。

このような鼠の大量発生と駆除対策についての動きは新聞報道されるようにもなった。

たが、その駆除について陸地部の工業高校の一教諭が自分の体験を新聞に投書した。それによると、かれは戦時中台湾の精糖会社に勤務していたが、砂糖黍《きび》畠、砂糖集積所に大量発生する鼠の処理に悩まされたという。精糖会社ではさまざまな方法をとって駆除につとめたが、結局弓張り式竹罠が最も効果があったと書き記していた。

その罠は台湾の高砂《たかさご》族の間で古くから使用されていたもので、横に穴をあけた竹筒の底に餌をおき、鼠が穴から頭を入れて餌にふれた瞬間、竹筒の上の弓にとりつけられた強靭《きょうじん》な竹が、放たれた矢のように鼠の頭部をたたき即死させる。この罠け、竹製なので腐蝕することもなく製法も簡単で、台湾以外に沖縄の精糖会社でも採用され成果をあげていたという。

この投書を眼にした久保は、早速教諭を訪れ、弓張り式竹罠について教えを乞《こ》うた。金網式鼠取り器は海水で洗うと錆びついてしまうが、竹製の罠は海水で洗っても腐蝕するおそれはない。幸い県内には竹林が随所にあるので、製作費も安価にすむはずだった。

新聞記事から或る程度察しはついていたが、教諭の鼠に対する知識は豊富だった。台湾には鼠がしばしば異常発生し、或る夜道路を疾走していたトラックが、道路上を移動する鼠の大群をふみつけ転倒したという事故すら起ったともいう。

久保は、教諭に弓張り式竹罠の製作指導を依頼するとともに、民間有識者として野鼠撲滅対策委員会の委員に加わって欲しいと懇願した。

教諭は快諾し、早速罠の図面をつくり、竹製品の職人を動員して大々的に罠の製作にとりかかってくれた。

やがて出来上った罠は郡事務所に続々と集められ、注文通り千台の弓張り式竹罠が積み上げられた。

試験は事務所の裏庭でおこなわれたが、その結果はすばらしく、鼠が餌にふれた瞬間張られた弦から放たれた竹が鼠の頭部を叩きくだいていた。郡事務所の吏員は、その性能に感嘆した。高砂族の考案になるというその器具は原始的なものだが、それだけに神秘性をおびているもののように感じられた。

久保はその罠を島に送り、使用法については教諭の指導を仰ぎ、翌日から村一帯に罠を仕掛けさせた。

しかし、罠にかかった鼠の数は予想よりもかなり下廻っていた。頭脳的にすぐれたドブネズミは、罠の異様な形態に警戒心をいだくのか、仕掛けた罠のうち鼠がかかっていたのは三分の一程度にすぎなかった。しかも、鼠は、竹を放つ鋭い弦の音におびえて近づくものは少なく、鼠の捕獲率は日増しに低下していった。また村人たちが取扱い方法を十分知らないためか、破損するものが続出した。

対策委員会の弓張り式竹罠に対する期待は薄れた。それでもその後約五百台の竹罠が配布されたが、やがてそれを仕掛けることもなくなった。

暑熱がやわらいで、玉蜀黍の収穫期がやってきた。その実りは、旱魃の影響からぬけきれず不調だったが、鼠は前年につづいて玉蜀黍の実を食いつくした。

村人たちは、放心したように日を過した。黄燐製剤、パチンコ式罠、金網式鼠取り器、弓張り式竹罠と各種の駆除方法がおこなわれたが、いずれも欠陥があってわずかに金網式鼠取り器のみが辛うじて使用されているにすぎない。黄燐製剤を混入した毒餌をまいた頃にはたしかに鼠の数も減少したらしいが、その使用を中止してからは再び増加しはじめて、前年の秋よりも繁殖の度はかなり進んできている。

村人たちの中には、鼠を駆除することは到底不可能だと悲観的な言葉をもらす者も出てくるようになった。

そうした村の空気を察知したように、黄燐製剤を提供した駆鼠剤製造会社の社員が島に姿を現わした。

かれは村役場に村の者たちを集めてもらうと、たしかに黄燐製剤が蛆の大量発生をうながしたのは遺憾だが、それは蝿の発生する初夏から初秋にかけての夏季にかぎられることで、それ以外の季節にはそうした心配もないと言った。黄燐製剤は、鼠の数をかなり減少させたことはたしかだし、駆鼠剤としての効果が高いことは広く立証されている。そうしたことから考えても、黄燐製剤を夏季以外の季節に使用することは島の鼠を駆除する最良の方法だと力説した。

また黄燐製剤が火災を誘発するおそれのある点については、一層安全度をたかめるため薬剤を少量ずつチューブに入れ各戸にそなえられるような工夫をほどこしたいと述べた。そして、近く会社では、チューブ入り黄燐製剤を景品つきで発売する構想があると発表した。

社員の説明に対する村人たちの反応は、さまざまだった。或る者は、会社側の誠意をくんで実効のあった黄燐製剤を再び使用すべきだと主張し、他の者は蛆に対する嫌悪感から顔をしかめて使用する意志のないことを口にした。殊に女たちは、黄燐製剤の使用に強い反発をしめした。

島を去った駆鼠剤製造会社の社員は、十日ほど過ぎてから景品つき販売の趣意書を手に再び島にやってきた。そして、その販売内容を家々につたえたが、十五グラムチューブ入り黄燐製剤を特に一本二十五円の価格で提供し、二〇〇本お買い上げごとに左記の記念品のいずれかを贈呈するとして、

一、置時計又は茶器
二、鼠に関する教育用掛図一組
三、駆鼠啓蒙《けいもう》費として金六〇〇円也
と、記されていた。

教育用掛図は十枚つづりで、鼠の害、駆除方法などが画で説明され、学校、役場以外に一般の家にもかけておくべきだという注意書きが添えられていた。

久保は、会社側が記念品にその掛図を加えていることに苦笑したが、村長をはじめ村の者たちは笑う者もいなかった。かれらにとって鼠の存在は、生活を根底からおびやかす重大関心事であったのだ。

しかし、会社の宣伝にもかかわらず二〇〇本も薬剤を買うような者は一人もいなかった。かれらは、一年半に及ぶ鼠の被害にうちひしがれて、それを入手できる金銭的ゆとりはなくなっていた。ただ数人の者が、社員の強いすすめで十本程度の黄燐製剤を買い入れただけであった。

晩秋に入ると鼠の数はさらに増し、夕方には人家付近の道を通ることもできないほどになった。浜にあげられた漁網に魚の匂いがこびりついているためか、漁網が食い破られる被害も目立つようになった。

また人家の中に棲《す》みついた鼠は、金属と陶器をのぞいて手当り次第に歯を立てた。なぜかわからぬがラジオの被害が大きく、ケースはかじられ、電線やアースがかみ切られた。

鶏舎にも鼠が出没し、卵を金網の外に引き出す鼠も多かった。鶏はその鋭い嘴《くちばし》で鼠を追いちらしていたが、やがて鼠の群れにおそわれ、食い裂かれた。部落に、鶏の姿は絶えた。

村の鼠対策は、完全に停滞した。

鼠の駆除方法はすべて失敗し、わずかに金網式鼠取り器に鼠がかかる程度になっている。が、とらえられる鼠の数は旺盛《おうせい》な鼠の繁殖数にくらべると微々とした数でしかなく、村の者たちは、ただ果てしなく増加してゆく鼠を傍観しているのみであった。

久保は村長と新しい駆除方法について検討をつづけていたが、かれらに一つの示唆をあたえてくれたのは、記号法による鼠棲息数を算出した高知女子大学の教授であった。

教授は、天敵を重視すべきだと助言した。

動物世界では、さまざまな種族の動物が互いに牽制《けんせい》し合うことによって、秩序正しい均衡が維持されている。鼠の特徴は旺盛な繁殖力だが、それを抑制するものが存在しなければ、地球上は鼠によって占められているはずだ。が、そうした現象が起らないのは、鼠の繁殖力を利用して生きている動物が実在しているからで、それが鼠の天敵なのだという。

天敵が鼠を制圧している地域には、鼠禍の起ることもない。天敵は、鼠の繁殖を一定限度内にとどめる重要な働きをするが、島にはそれらの動物が棲息している気配はなく、それが鼠の大量発生を許した原因にもなっていると思われる。

鼠の天敵としては、イタチ、テン、狐、鷹《たか》、モズ、梟《ふくろう》、蛇などがあるが、島のようにかぎられた地域にもしもこのような動物を送りこむことができれば鼠は激減するはずだし、世界の鼠発生地でも、天敵の導入によって絶滅にまで追いこんだ例が数多くあるという。

教授の言葉に耳をかたむけていた久保は、ふと一カ月ほど前玉蜀黍の被害地をまわっていた折のことを思い起した。

どの畠の玉蜀黍も一本残らず実を食い荒され茎の倒れているものも多かったが、その中で段々畠の頂に近い畠のみは、玉蜀黍が赤い穂毛をたらし実もゆたかにみのっているのに気づいた。

久保が不審に思って、畠の草取りをしている老人になぜ被害を受けぬのかと問うと、

「私の畠には、山守り様がおるんですよ」

と答え、畠の隅に久保を案内した。

老人の指さす草むらに眼を向けた久保は、一瞬足をすくめた。そこにはかなり大柄な蛇がとぐろをまいていて、朱色の舌をひらめかせている。それは二メートル近くもある青大将だった。

老人は、青大将が畠に棲みついているため鼠は恐れて近づかぬという。麦も甘藷も玉蜀黍も、ほとんど被害を受けることもなく収穫していると言った。

その折の記憶を思い出した久保は、蛇を島に放つにかぎると思った。

かれは、声をうわずらせて教授にその畠のことを話し、青大将を導入してみたいがどうかと問うた。

教授は、久保の言葉に即座に同意した。

蛇は、夜も行動するので夜行性の鼠をとらえるのに適しているし、事実蛇は鼠を絶好の食物としている。それに鼠の巣穴にも巧みに入りこんで、生れたばかりの仔を食うこともできる。蛇の中では、マムシが最も鼠を食うが、青大将も鼠を食う率はかなり高い。しかも青大将は無毒なので、人に危害をくわえることもなく導入する天敵と

しては好適だと言った。

久保は、教授の言葉に力を得て対策委員会をひらくと、青大将を出来るだけ多く島に送りこむべきだと提案した。玉蜀黍畠の実例から考えてみても、その方法は十分効果を期待できる妙策だと思った。

しかし、村長は久保の提案に同意しなかった。

島は一年を通じて青草の絶えぬ無霜地で、蛇の棲息する条件を十分にそなえてはいるが、蛇がほとんど姿をみせないのは、村人たちの蛇に対する激しい嫌悪が原因だという。

村では、働きざかりの男の大半が漁師として海へ出てゆき、留守をまもる女や老人が段々畠の農耕に従事する。

背負っていった幼児を日陰で昼寝させたりすることが多いが、かなり以前に蛇が幼女の陰部に入りこみ、引きぬくこともできず幼女を悶死《もんし》させた例があった。その話が現在にもつたえられて、村人たちは蛇を忌み嫌い、見つけ次第たたき殺すのが常になっているという。

「蛇はだめです」

村長は、頭を何度もふった。

しかし、久保はひるまなかった。蛇をきらう部落の風習は決して賢明なものではなく、無毒の蛇はむしろ人間を利することが多い。たとえば陸地部では、土蔵などに青大将が棲みついているのを縁起がよいと喜んでいる。土蔵に青大将が棲みついていれば忍びこむ鼠もなく、土蔵にしまわれている家財、食糧なども害にあうことはない。

「この際、蛇に対するあやまった考えを是正して欲しい」

と、久保は力説した。

熱心な久保の言葉に、頭をふりつづけていた村長も動かされて、村の者たちに対して蛇が天敵であることを啓蒙することに同意した。

久保は、まず村にただ一つある小学校におもむくと、教師に蛇が人間を利する動物であることを児童に教えて欲しいと依頼した。そして、蛇を殺したりすることは絶対に禁じてもらいたいと懇願した。

ついで久保は、村役場に村人たちを集めると、蛇を導入する計画があることを口にした。かれは、陸地部で無毒の蛇が尊重されていることを述べ、さらに村内でも青大将が棲みついている畠では鼠の害がほとんどみられない実例をあげた。そして、青大将を島に導入することが、鼠駆除の最良の方法だと力説した。

従順な村人たちは、久保が言葉をきると同時に意外なほど強い反発をしめした。

或る男は、

「もしも蛇を入れるようなことをしたら、女房子供は畠へやらぬ」

と、腹立たしげに顔を紅潮させて叫んだ。

その男の言葉に、同調する声が随所で起った。

「女が畠に行かなくなれば、耕作物はなくなる。そんなことになればおれたちは飢え死にする。蛇など入れたら、必ずぶち殺す」

と、声をふるわせて言う者もいた。

久保は、村人たちの蛇に対する嫌悪感が予想以上にはげしいものであることを知った。たしかに蛇の形態は薄気味悪いしそれをいとう感情も無理はないが、鼠の大量発生に大被害を受けている村の者たちが、鼠の天敵である青大将を島に入れることにそれほどの強い反発をしめすことが理解できなかった。

かれは、村人たちを翻意させるため、次の日の夜も説明会をひらいて青大将を導入することに同意して欲しいと懇願した。が、村人たちの反応は冷たく、説明会に出てくる者も少なくなった。そして、そのつぎの日の夜にひらいた説明会には、村長と役場関係者のみが坐っているだけで、一般の者たちは一人も出席してはくれなかった。

久保は、腹立たしさを感じた。

鼠の繁殖率は、さらにたかまっている。このまま放置すれば、村人たちの口にする食糧は皆無になり、かれらが島をはなれなければならなくなるおそれもある。そうした深刻な事態が目前にせまっているというのに、村人たちは、幼女が死亡した過去の例におびえて蛇の導入案を受け入れようとはしない。

久保は、鼠駆除の責任を課せられた郡事務所の吏員としてあくまでも青大将を島に送りこまなければならぬと思った。そして、村長に協力をもとめ、村人たちには内密に青大将を放つ計画を実行に移すことになった。

久保は、島をはなれると県内の山間部の小学校に赴き、学童たちの手で青大将を出来るだけ多くとらえてもらいたいと依頼した。謝礼金という名目で金銭を支払うことはできないが、鼠駆除の社会事業であるので一匹について百円の奨励金を出すこともつたえた。

学童たちは、小遣銭を得ることができるのを喜んで、競い合うように山野を走りまわり、青大将をとらえることに熱中した。その結果、捕獲を依頼した四つの小学校では十日ほどの間に計一九一匹の青大将がとらえられた。

郡事務所では、峯村という所員が蛇を引き取る役目をひき受けた。かれは、山間部の出身で幼児の頃から蛇に親しみ、その取扱いにもなれていたのだ。

かれは、小型トラックで山間部の小学校へ出発し、翌日鰻《うなぎ》を入れる籠を荷台に多量に積んでもどってきた。ふたをあけると、十数匹の青大将が籠の口から一斉に鎌首を持ち上げた。

周囲で見守っていた史員たちは、悲鳴をあげた。が、峯村はなれた手つきで蛇の首をもち、次々に用意してあった四個の頑丈な木箱の中に入れていった。

すべての蛇が箱におさめられると、久保は箱に縄をかけ、そこに駆鼠剤《くそざい》という荷札をつけた。むろん村人たちにさとられぬための処置だが、もしもそれが蛇であるとわかれば、箱はかれらの手でつぎつぎに海中に投じられてしまうにちがいなかった。

翌日、久保は峯村をともない箱を定期船に積みこんで島へ向った。

かれは、峯村と箱のかたわらに腰をおろした。が、しばらくするとかれはエンジンの音にまじって奇妙な音がきこえてくるのに気づいた。あたりをうかがってみるとその音は箱の中から起っていて、寝息のようにきこえる。

かれは、峯村の顔を見つめた。

「ああ、箱の中の音ですか。蛇は鼾《いびき》をかくんですよ」

峯村が、笑った。

久保は、呆気《あっけ》にとられた。

「正確に言うと、鼾というよりは呼吸音といった方がいいかな」

峯村は、久保の驚きにみちた顔を可笑《おか》しそうにながめながら言った。

蛇も呼吸はするにちがいないが、その音がこれほど大きくきこえるとは、久保も知らなかった。それは、峯村の表現する通り呼吸音というよりは鼾の音と酷似している。かれは、峯村の笑いにつられて頬をゆるめたが、その音が村の者たちを不審がらせることも十分に考えられ、激しい不安をおぼえはじめていた。

船が島の桟橋につくと、村の男たちが駆鼠剤と書かれた荷札のついている箱をかついで村役場にはこんでくれた。久保は、蛇を必要以上に嫌悪する男たちに箱の内部をさとられはしまいかとおびえたが、箱が男たちの肩の上で動くためか蛇の呼吸音はきこえなかった。

四個の箱が、役場の物置き場に並んでおかれた。

久保は安堵《あんど》したが、徐々に箱の中から鼾のような音がおこりはじめ、それが一層大きくなった。かれは、物置き場のガラス戸をかたくしめた。

村長がやってきたので、久保はかれを物置き場に連れこんだ。

箱の中からきこえる蛇の呼吸音に、村長の顔にも驚きの色がうかんだ。荷札には駆鼠剤と書かれているが、その音をききつければ村の者たちは箱の内部に疑いをいだくにちがいない。

久保は村長と相談した末、峯村と三人で夜ひそかに箱を段々畠に運び上げて青大将を放つことに定めた。

その日、久保は、物置き場へ村の者が入らぬよう監視し、日没後宿で食事をすますと急いで役場に引き返した。

村長がリヤカーを手にやってきた。久保は、峯村とリヤカーに箱を積みこむと、後ろから押しながら段々畠の坂道をのぼっていった。

空は一面の星空で、沖にはイカ釣り船のともす漁火《いさりび》が点々と散っている。段々畠には、はげしいざわめきが起っていた。リヤカーの周辺には鼠の黒い影が絶え間なく走り、鋭い鳴き声も随所できこえている。

箱の中の青大将は、それらのざわめきに鼠のむらがる気配を察知したのか、ひっそりと呼吸音も立てていなかった。

段々畠の中腹にたどりついた村長が、リヤカーをとめた。

久保は、峯村と無言で箱をおろし縄をほどいた。

峯村がふたをあけ、内部に懐中電燈の光を向けた。その瞬間、箱の中におびただしい緑色の光点が湧《わ》き上った。それは、電燈の光を受けて反射する蛇の群れの眼で、妖《あや》しい光を放ちながらかすかにゆらいでいる。

久保も村長も後ずさりしたが、峯村はその光点の群れに手を突き入れると、数匹の蛇をひきずり出し、畠の道を進むと所々に蛇を投げた。

やがて、箱の中の光点は消えた。

リヤカーは、さらに段々畠の道をのぼって他の箱をおろし、峯村はその周辺の畠にも蛇を放った。

久保たちは、その夜リヤカーで二度役場と段々畠の間を往復したが、一九一匹の蛇を放ち終えたのは午前一時すぎであった。

久保は、村の者たちの妨害も受けずに青大将を放つことができたことに満足した。二〇〇匹足らずの蛇では大量発生している鼠の駆除に不足かも知れぬが、蛇の行動範囲がかなり広いことから考えてかなりの成果があるだろうと予想した。

しかし、蛇を放つことに成功はしても村の者たちは、青大将を眼にすれば島の習慣にしたがって必ずたたき殺してしまうにちがいなかった。山間部の小学生たちの協力を得て集めた貴重な青大将も、かれらの手でたちまち消滅してしまうおそれが十分にあった。

そうした不幸な事態を防ぐためには、島に青大将を放ったことを村人たちに公表し、決して殺してはならぬと注意する必要がある。

久保は意を決して、翌日集会をひらくと蛇を放ったことを発表した。

予想した通り村人たちは激昂《げっこう》し、村人の意志を無視して島に蛇を放ったかれと村長の行為をはげしく非難した。

久保は、必死になってかれらを説得した。学者の調査では、島の鼠にペスト菌などの潜在している節はないが、今後恐ろしい病原菌を媒介する可能性も決してないとはいえない。もしも、鼠によって病原菌が島に撒《ま》き散らされれば、農作物、漁獲物の被害だけにとどまらず島の住民に死を強いることにもなるだろうと警告した。

蛇をいとう村人たちの感情は一応理解できるが、天敵である蛇を保護して島から鼠を駆逐しなければならぬと説いた。

熱のこもった久保の要請に、村人たちは口をとざした。かれらは顔をしかめていたが、郡事務所の吏員である久保にそれ以上反抗することはできないようだった。

久保は、一層趣旨を徹底させるため峯村に青大将をとらえさせて小学校に赴いた。かれは、学童を前に青大将が決して恐ろしい動物ではなく、むしろ鼠を駆逐する天敵であることを易しい表現で説明した。そして、峯村に青人将をとり出させて、人間になんの危害もあたえぬことをしめさせた。

学童たちは、青大将におびえきった眼を向けていたが、峯村がそれを首に巻きつけるとかれらの間から悲鳴が起った。

峯村が微笑しながら蛇の頭をおどけたようにたたいたり、鉢巻でもするように蛇を頭に巻くと、学童たちの顔にもひきつれたような笑いがうかぶようになった。そして、峯村が蛇をまるめて懐ろに入れ、再びとり出して嬰児《えいじ》のようにあやす仕種《しぐさ》をすると、学童たちの中からはじけるような笑い声が起った。

久保は、手をたたいた。学童たちも笑いながら手をたたいた。校庭のはずれからは、数人の村人たちが学童と久保たちの姿を身をかたくして見つめていた。

そうした久保たちの努力で、青大将の島への導入は、村の者たちに自然に受け入れられる形になった。

久保は、蛇の成果を待った。

しかし、その効果は、少なくとも表面的になんの兆候もあらわすことはなかった。たしかに鼠の姿が消えた地域はあったが、それは鼠たちが蛇をおそれて他の地域に移動しただけのことで、その実数には変化がないようだった。

それに蛇は、鼠を呑みこんで満腹状態になると一週間程度はそのままじっとしていて、鼠をあさることはしない。たとえ数匹の鼠を食い殺したとしても、蛇が満腹状態から脱して次の行動に移る間には鼠の数も急激に増加している。蛇が呑みこむ数は、到底鼠の旺盛な繁殖数に及びもつかないのだ。

また蛇は、空気が冷えを増せば冬眠し、早春まで鼠をとることもない。蛇には、蛇としての生活があったのだ。

久保は、その企てが徒労に帰したことを知った。

蛇は、疑いなく天敵であり鼠も食い殺す。が、島に発生した鼠の数は異常なほど多く、その現象は常識的な尺度でははかり得ない域にまで達している。その中に投入された青大将の群れは、たしかに鼠を呑みこんではいるのだろうが、島に棲息している鼠の大勢に影響をあたえるまでの力はもっていないらしい。

青大将は、その正常さを欠いた環境の中に埋没してしまって、天敵としての効果も発揮することはないのだ。

久保は、あらためて島に棲息する鼠の繁殖力に呆然としていた。

八

郡事務所の鼠駆除方法が相ついで失敗に帰したという報告は、中央官庁にもつたえられた。

農林、厚生両省は、その執拗《しつよう》な鼠の生命力に驚愕《きょうがく》していたが、つづいて入った悲報に憂色を濃くした。

それは、県庁からつたえられたもので、鼠の繁殖している島の対岸にある半島部の村で玉蜀黍《とうもろこし》の被害が発生し、その原因が鼠であることがあきらかになったという。

県では、ただちに黄燐《おうりん》製剤、鼠取り器を駆使して鼠の駆除に努力し、ようやく鼠の数も減少するきざしがみえはじめているというが、島で発生した鼠が日振島から半島部の村にまでひろがっていることは、さらに鼠害地域が拡大することを暗示しているように思えた。

農林、厚生両省では、鼠の繁殖する根源を絶つために、思いきった方法をとって島の鼠を一斉駆除しなければならぬと判断した。そして、鼠駆除専門家の意見を参考に検討した結果、モノフルオール酢酸ナトリウム製剤の使用を決意した。

その薬品はアメリカで作られた劇薬で、原野に発生する野鼠の駆除にいちじるしい効果をあげていた。その毒性は激烈で、体重二〇〇グラムの鼠にわずか〇・〇三ミリグラムの量を使うだけで即死させる。

黄燐製剤は鼠を暗所で死なせ蛆《うじ》の発生もうながしたが、モノフルオール酢酸ナトリウムにそのような欠陥はなく、即死であるだけに鼠の死骸を眼にすることができ駆除数をつかむこともできる。またダンゴなどを作る労力も不必要で、穀物その他に塗布して撒布《さんぷ》するだけでよかったのだ。

しかし、その薬品が猛毒であるため、日本では人畜に危害をあたえることをおそれて使用は厳禁されていた。

農林、厚生両省の間ではその使用に反対する声もあったが、今後の鼠駆除の貴重な資料を得るためにも島でその薬剤を試験的に使用してみようということになった。使用上の指導は厚生省が担当することになり、ただちに製薬会社にその製造を依頼した。またその薬剤は無色透明なので、毒餌《どくえさ》か否かを識別できるように赤く着色するようにも命じた。

やがて薬剤がまとまると、それは東京からトラックで郡事務所に送られた。

その頃、島では鼠の群れが甘藷《かんしょ》畠にむらがっていた。作柄は旱魃《かんばつ》のため不調だったが、芋を食い荒した鼠はその茎まで食いつくしていた。

そうした中でモノフルオール酢酸ナトリウムの到着は、村人たちに明るい希望をあたえた。

久保は、厚生省の指示にしたがって村人たちにその薬液がきわめて危険な劇薬であることを告げ、村人総出で毒餌を撒布するようはげました。

またかれは、たとえ赤い着色剤が混入していても幼児があやまって口にしたりせぬように、薬液の中に大量の唐がらしを入れてまぜ合せた。そして、村役場で毒餌作りの指導にあたった。

餌は、押麦、玉蜀黍などが使用され、その表面に筆で薬液が塗りつけられた。そして、それを乾燥させると、手分けして段々畠、浜、人家の周辺にばらまかせた。

夕方、作業を終えた人々は、部落に点々と赤い色彩が散っているのをみた。それが果して効果があるかどうか、かれらの顔には不安と期待の入りまじった表情がうかんでいた。

しかし、翌朝まだ夜が明けきらぬ頃、村の所々に甲高い叫び声があがった。

宿の一宿で眠っていた久保は、その声にはね起き、身仕度も匆々《そうそう》にすますと玄関を飛び出した。その瞬間、かれは、柔らかいものをふみつけた。それは肥満した大きな鼠であった。

かれは、小走りに路地を歩きまわった。路上にも軒下にも歯列をむき出しにした鼠の死骸がころがっている。溝《みぞ》をのぞくと、そこにも折り重なったように倒れている鼠がみえた。

かれの胸に、熱いものがつき上げてきた。村には、鼠の死骸が散乱している。モノフルオール酢酸ナトリウムは、その効能書通り鼠を大量に殺害したのだ。

騒然とした人家の間を縫って、かれは村役場に行った。村長をはじめ村人たちが、興奮した表情で役場にかけつけてくる。たちまち事務所は、かれらの体でうずまった。

村長の指示で段々畠に走っていった若い男が引き返してくると、畠にも鼠の死骸が累々と横たわっていると報告した。

かれらの眼は、喜びで輝いていた。ついにかれらは、確実な駆除方法を手中にしたのだ。

久保は、郡事務所に電話を入れると、

「大成功です。鼠の死骸が村中にころがっております。大した効果です。正確な駆除数は追って報告します」

と、うわずった声で報告した。

久保は、村長に鼠の死骸を村役場前に集めるよう指示した。農夫たちは籠を背に段々畠へのぼってゆき、漁業関係者は浜にひろがる鼠の死骸集めに従事した。

やがて籠や網を背負った者たちが役場前に集まってくると、鼠をぶちまけはじめた。村長たちは、手袋をはめてそれらを数えたが、鼠は後から後からはこびこまれてきて計算も不可能になった。

鼠は、苦しみもがいて死んだらしく鋭い歯をむき出しにしていた。中には眼にしたこともない体長三十センチ以上もある逞《たくま》しい骨格をした大きな鼠もまじっていた。

午後になって鼠をはこびこんでくる者もいなくなったが、役場の前には鼠の死骸が堆《うずたか》く積み上げられていた。数を正確にたしかめることはできなかったが、その分量から察して約六千匹と推定された。

その予想以上の成果に、村人たちは狂喜した。村の鼠棲息《せいそく》数は六十万匹といわれているが、モノフルオール酢酸ナトリウムの使用を続行すれば、鼠の繁殖率を制圧しさらには根絶まで追いこむこともできる。

その夜、役場では久保と村長を中心にささやかな酒宴がひらかれた。酔いがまわるにつれて村人たちは、翌日から大々的に薬液の撒布をおこなおうと肩をたたき合っていた。

翌朝早くから、村人たちは村役場に集まってきて毒餌作りをはじめた。かれらは、乏しい食糧の中からすすんで穀物を役場に持ちこみ、薬液を塗布すると村内とその周辺に撒いて歩いた。不慮の事故をふせぐため、幼児は戸外に出ることが厳禁され、嬰児は女たちの背にくくりつけられていた。

翌日の朝、再び村の中に喜びにみちた声が起った。人家の周辺には、またも鼠の死骸があふれていたのだ。

役場前の死骸の山が、さらに堆くなった。餌が倍近くまかれたため鼠の死骸の数は前日よりも多く、一万匹近く殺すことができたと推測された。

死骸の処理が、新たな課題になった。土中に埋めることが最も望ましいが、おびただしい鼠の死骸を収容できる穴を掘ることは大きな労力を必要とする。

久保は、それを畠に埋めるべきだと主張した。鼠の体には畠地を十分に肥えさせる養分があるはずだし、各戸の者たちが分担して運び上げれば容易に処分できると思えたのだ。

しかし、農耕者たちはその案に不賛成だった。鼠はモノフルオール酢酸ナトリウムで殺されたものであるし、その毒が土中にしみこみさらに耕作物にも影響するおそれがあるというのだ。

久保は、その意見に反対することもできず、役場の裏手に穴を掘らせて死骸の一部を埋めさせた。

毒餌の撒布は一日置きにおこなわれ、死骸は増加する　方だった。

すでに冬の季節をむかえて海をわたってくる風も冷たかったが、山積した鼠の死骸は下積みされた部分から腐敗しはじめていた。そして、それは日を追うにしたがって速度をはやめ、役場付近には濃い腐臭がよどんだ。

風のある日には、その死臭が村内に満ち、沖からもどってくる漁師たちも湾に近づくと鼻を手拭でおおうようになった。

久保は、その処置に困惑し、郡事務所に重油の供与を依頼した。そして、鼠の死骸に重油をぶちまけ火を点じた。

黒煙とともに炎が起って、鼠の体からにじみ出た脂肪の焼けるすさまじい音が湧いた。鼠の死骸は黒色に変じ、その堆積物《たいせきぶつ》は徐々にくずれていった。

村には、鼠の焼ける異臭と黒煙が満ち、それは海上を這《は》うように流れていった。

鼠の死骸の焼却は三日間にわたっておこなわれ、その残焼物は村はずれに運ばれて土中に埋められた。村の者たちは、その作業に疲労の色を濃くしていた。

村人たちの中には、鼠の死骸を船につみこんで海中に投棄すべきだという意見を口にする者もいた。久保たちも同調したが、それは漁業関係者の強い反対にあってその案は採用されなかった。農耕者が肥料とすることに同意しなかったと同じように、漁師たちは鼠の死骸から流れ出る劇薬が海水を汚染し、魚介類に影響をあたえることをおそれたのだ。

その主張は当然なので、結局鼠の死骸は、すべて焼却によって処分することに決定した。

そのような鼠の死骸の処理に関して意見の対立などもあったが、薬液の使用による鼠駆除の成果は、村の者たちの表情を明るくしていた。丁度農閑期にも入っていたので、かれらは毒餌の撒布に熱中した。

昭和二十七年の正月を迎えた。

鼠の繁殖率も低下する季節ではあったが、鼠はたしかにその数を減少させているように感じられた。

段々畠に麦の芽が出揃《でそろ》いはじめ、農耕者たちは、その収穫に期待をいだくようにもなっていた。

しかし、その猛毒性の薬液は、島の自然環境の均衡を徹底的に破壊しつくしていた。ばらまかれた毒餌は鳥類の嘴《くちばし》にもついばまれ、村人たちは、至る所で死んだ鳶《とび》、鴉《からす》を発見し、おびただしい雀の死骸を見出していた。

鳥類だけではなく、人家に飼われた犬や猫も歯をむき出しにして冷たくなっていた。

薬液は、多量の鼠を殺したと同時に、島の動物類も犠牲にしていたのだ。

島に鳥のさえずりは絶え、犬や猫の姿を眼にすることも皆無になった。生きているのは、鼠とそして人間のみであった。

その現象は、県庁を通じて指導官庁である厚生省にもつたえられた。

厚生省内では、この問題について激しい意見の対立があった。或る者は、島にとって最大の悩みは異常発生した鼠の被害であり、たとえ島の鳥類等が絶滅してもあくまでモノフルオール酢酸ナトリウムによって鼠を根絶にまで追いこむべきだと主張した。また他の者は、猛毒の薬液を長期間使用することは避けるべきで、他の駆除方法を実施した方がよいと反論した。

厚生省から意見をただされた学者たちは、一人残らず後者の意見に同調した。生物学的な自然環境は、多種多様の動物の共存によって、その均衡が巧みにたもたれている。モノフルオール酢酸ナトリウムの使用によって、殊に鳥類が完全に絶滅することは、思わぬ生物の異常繁殖をうながすことにもなる。たとえば蚊、蠅以外に農作物、樹木、草等を蚕食する昆虫《こんちゅう》類などが無際限に増加し、島に植物を絶えさせるおそれすらある。

モノフルオール酢酸ナトリウムのようなはげしい毒性をもつ薬品は、短期間使用することは許されてもそれを持続することはきわめて危険だと警告した。

省内では、これら学者たちの意見を採用しモノフルオール酢酸ナトリウムの使用中止を決定して、その旨を県庁から郡事務所に通達した。

郡事務所から指示を受けた久保は、ただちに薬液の使用禁止を村長に伝えた。村の者たちは、その処置を惜しんだが、鳥影の消えた島の変化に薄気味悪さを感じていたらしくそれに異論をとなえるものはいなかった。

駆除方法は絶えたが、厚生省からはモノフルオール酢酸ナトリウムの代りにクマリン系殺鼠剤を使用するようにという指示があって、島にその殺鼠剤が送りこまれてきた。

この薬剤は、鼠の好んで食べる餌に〇・〇二五パーセントのクマリン系毒物が混入していて、使用する場合にはダンゴ状に練りかためればよいという便利な殺鼠剤であった。そして、それを食べた鼠は、血球を徐々に溶かされ、貧血症状を起して衰弱死するという。

そのような慢性中毒によって鼠を死亡させる性格をもっているので、子供や犬、猫が口に入れても死ぬことはないという安全性もそなえていた。

しかし、最大の短所は、鼠がその餌を一日も休まず数日間連続的に食べなければ効果がないという点にあった。島には食糧が野ざらしになっているし、そのクマリン系殺鼠剤をつづけて食う確率は少なく、島のドブネズミの知能を考えると殺鼠剤を巧みに避けることも予想され、その成果は余り期待できそうにも思えなかった。

久保は、その殺鼠剤が鼠の発生している島の現状にそぐわないと思ったが、厚生省からの指令なので、村の者を督励し殺鼠剤を撒いて歩かせた。

その殺鼠剤は、久保の予想に反してかなりの効果をしめした。薬剤の混入している餌は、意外に鼠の嗜好《しこう》に合うものらしく、殺鼠剤を撒布後二日目あたりから異様な動きをしめす鼠がかなり眼につくようになった。

それらの鼠は、視覚に異常を生じているらしく、路上や部屋や土間にも這い出てくる。歩みもたどたどしく、壁などに身をすり寄せて動かぬ鼠も多く、中にはよろめいて倒れる鼠もあった。

中毒症状を起した鼠は天井裏などの暗所にひそむこともなく、太陽の光の下に死骸をさらした。その点でも、クマリン系殺鼠剤は村の者たちに好感をもたれた。

しかし、その薬剤は、鼠の数を減少させるほどの力はもっていなかった。モノフルオール酢酸ナトリウムのような大量駆除は望むべくもなく、村人たちには物足らない殺鼠剤に感じられた。が、久保は、その安全性と使用法の便利さに注目して、金網式鼠取り器とともに長期間使用すべきだという結論を下した。

三月は種芋を苗床にしつらえる季節であったが、村内にはその種芋すら所有する農家もなくなっていた。芋を栽培すれば鼠に食い荒されることはわかっていたが、村の者たちは乏しい貯えをはたいて陸地部の農家から種芋を購入し、それを苗床に埋めた。鼠の群れは、その種芋にも襲いかかった。が、農夫たちはそれにも屈せず黙々と種芋を埋めかえた。かれらにとって秋に期待する主な収穫物は甘藷のみで、その植えつけを放棄することは自らを死に追いやることでもあったのだ。

久保は、陸地部の地方都市にある自宅に帰ることも少なく、島で大半を過すようになっていた。かれは、村の者たちの生活を暗澹《あんたん》とした思いでながめていた。かれらが栽培した作物も海で得た漁獲物も、その大半が鼠の胃袋にのみこまれている。かれらの口にできる食物はわずかで、その顔色も生彩がなく体も痩《や》せこけている。

常人ならば、すでに土地を放棄して陸地部に生活の資を得る手段をとるだろうが、村人たちは島を去るような気配をしめす者はいない。かれらは、苛酷な島の生活条件に堪え、鼠の被害にも屈することなく島にしがみついてはなれないのだ。

久保は、村人たちの内部にひそむ人間としての本性をみたように思った。人間が土地を支配しているようにみえるが、逆に土地が人間を規制しているのではあるまいか。茸《きのこ》はその生育に合致した土の上にしか生えず、他の土地に移せばその胞子も死滅する。それと同じように村人たちもその風土の上になじみ、他の風土の土地に移動すれば生活に破綻《はたん》をきたすことを知っているのではないだろうか。

島で生れ育った村の者たちには、島以外の生活は考えられもしないのだろう。島の者たちは、台風にさらされ旱魃に見舞われ、今また二年越しに鼠の群れの襲来をうけても島から去ろうとはしない。島は、かれらのすべてであり、生きることのできる唯一の場であるのだ。

久保は、地方官庁の一吏員としてそうしたかれらのために最大限の努力をしたいと思った。自分は一人の給与所得者として定まった土地もなく、転々と任地を変えて生きる自在さをそなえている。が、島の者たちには、他の土地で生きる能力が本質的に全く欠けているのだ。

かれは、新しい駆除方法について思案した。薬剤の投入は、現在のところクマリン系殺鼠剤の利用以外には望めそうにもない。残る駆除法は、天敵の導入のみしかなかった。

青大将は、その後村人たちに対する啓蒙《けいもう》が功を奏して叩き殺されるようなこともないらしい。かれも村内を歩きまわっている時に、稀《まれ》ではあったが段々畠でとぐろを巻いている青大将を眼にしたこともあった。

しかし、青大将は、鼠をおびやかすことはあってもその駆除にほとんどなんの効果もあげていない。かれは、蛇の導入が不成功に終ったことを自認していた。

かれは、好意的に助言をしてくれている高知女子大の教授に、蛇以外に大きな成果の期待できる天敵を教えて欲しいと手紙を出した。その文面の中で、かれは青大将が満腹状態になると鼠をとらえることを中止する習性と冬眠することが、天敵としての短所になっていると書き記した。

分厚い便箋《びんせん》にしたためられた教授の返書が、折返し久保のもとに送られてきた。

久保は、便箋につづられた細かい文字に眼を据えた。

教授は、島の実情を考えた結果、鼬《いたち》が最適だと思うと結論していた。

鼬は、数多くいる天敵のうちで最も有効な動物で、夜間に行動する習性は、夜行性の鼠をとらえるのに都合がよい。それに天性の敏捷《びんしょう》な動きは、鼠を百パーセント捕えてはなさないし、その鋭い歯は一撃のもとに鼠を咬《か》み殺す機能をもつ。

鼬は、鼠を食うためにこの地上に出現したような野獣であり、事実腹部を解剖するとその食物の大半が鼠であることもあきらかにされている。

また鼬の天敵としての最大の長所は、たとえ満腹でも鼠を眼にすれば必ず殺すのを常としていることである。この習性が蛇よりもすぐれている点で、むろん冬眠することもなく四季を通じて鼠を殺しつづけるという。

久保は、手紙の内容に興奮した。体が長く頭部の小さい鼬は、人の眼にふれると一瞬物かげに姿を消す。その種族は、人に決してなじむことのない野性味にみち、それだけに鼠にとっては恐ろしい獰猛《どうもう》な獣類にちがいなかった。

かれは、郡事務所にもどると県内での鼬の分布状況と捕獲が可能かどうかを県庁に問い合せた。県の林業課の回答では、山間部にかなりの日本産鼬が棲息し禁猟期間が設けられているが、今の季節は狩猟、捕獲も許されているという。

久保は、早速郡事務所名で新聞に、鼠駆除の天敵として鼬を一匹千円で買い上げるという広告を出してもらった。

その広告は、かなりの反響をよんだようだったが、郡事務所に持ちこまれる鼬の数は少なく、一カ月ほどの間に二十二匹の鼬が集められただけであった。

久保は失望して、再び県林業課に鼬を大量に捕獲する方法はないかと問うた。

林業課では、二名の鼬取りの名人がいることを教えてくれた。そして、近々禁猟期に入るが、その両名に特別捕獲許可証を交付してもよいと言った。

久保は、早速鼬捕獲人に速達を出して郡事務所に来てもらった。

二人の老人が、前後して久保を訪れてきた。山中で生活しているためか、かれらは無口で無愛想だったが、久保の依頼に快く応じてくれた。

かれらは、二人とも郡事務所が新聞に出した広告を読んでいたらしく、

「普通の者は、箱どりをするから数のまとまるはずがない」

と、言った。

たしかにそれまで郡事務所に持ちこまれてきた鼬は、鼠取り器に似た仕掛けをもつ箱でとらえたものばかりで、捕獲した者は素人が多いようだった。

老人たちは、もっぱら虎挟《とらばさ》みを使用して猟期に平均百匹以上はとると言った。

「早速、やってみましょう」

かれらは、久保のさし出した捕獲許可証を手にすると事務所を出て行った。

しかし、さすがのかれらも、初めの頃は久保の望むような鼬を手に入れることはできなかった。捕えることはできるのだが、虎挟みのバネは強烈で、鋼鉄製の器具ではさみつけられた鼬の前趾《まえあし》は例外なく深く傷ついていた。毛皮をとるためならなんの支障もないが、久保の要望する鼬には不適格だった。鼬が鼠をとらえる時には、前趾が使われる。その部分が傷ついていては、天敵としての意味も全くないのだ。

捕獲人は、工夫をこらして使い古しの自転車のチューブをまいたり布を器具にまきつけたりして、鼬の前趾を傷つけぬようにつとめた。が、鼬は、それを逆に利用して趾をひきぬき、逃げ去ることも多かった。

しかし、それでも二十日ほどの間にかれらは、傷の軽い鼬を一二〇匹ほどとらえて郡事務所に持ちこんできた。箱をのぞくと、薄暗い空気の中を風の走るように茶色いものが飛び交っていた。

久保は、老人たちに鼬の棲息に必要な条件をただした。かれらは即座に、

「餌と水だ」

と、言った。

餌は鼠が充満しているので問題はないが、水という言葉を耳にして久保は狼狽《ろうばい》した。島には水が不足していて、殊に段々畠とそれにつづく丘陵には水源もない。島は、鼬の棲息に必要な条件に欠けているのだ。

久保は、早速島の村役場に電話を入れると段々畠や丘陵の谷あいに百五十個ほどの浅い穴を掘るように命じると同時に、直径一メートルのコンクリート製水槽《すいそう》を市内から集めさせて島に発送した。

また鼬捕獲人の老人の指示で、鼬を運搬する容器を市内のブリキ職人に至急作製させた。木箱では鼬に咬み破られるおそれがあったのだ。

村役場から水槽の設置が終ったという連絡があった翌日、久保は、鼬を入れたブリキ製の箱とともに定期船で島におもむいた。

村の者たちは、蛇の場合と異って鼬の導入に反対する者もなく、リヤカーをつらねて箱を段々畠に運び上げてくれた。幸い前夜かなりはげしい降雨があって、設置された浅い水槽には二センチほどの雨水がたまっていた。

リヤカーからおろした箱のふたをあけると、茶色いものが一団になって飛び出した。それらは体を波打たせ宙を飛ぶように走り、一瞬の間に草叢《くさむら》や石垣のかげに消えた。村人たちは、その素早い動きに感嘆した。鼬を見たことのないかれらは、まるで鳥のように飛んでいったと表現した。

その日、リヤカーの列は段々畠から丘陵の小さな谷間に動いていった。そして、箱がおろされふたがあけられる度に、茶色いものが四方に散った。

村の者たちは、眼を輝かせて鼬の走る姿を追っていた。

久保は、鼬導入の成果を待った。

やがて、かれの耳にいくつかの情報が入るようになった。それらの話を総合すると、かすかな動きではあるが、段々畠に変化が起っているらしい。

或る者は、咬み切られた鼠の尾をみたと言い、他の者は石垣にこびりついた血をみたと言った。鼬は、その鋭い趾と歯で鼠を次々に殺していることはあきらかだった。

久保は、胸をおどらせて次の情報を待ったが、それは日が経つにつれて少なくなっていった。そして、一カ月もたった頃には、鼬の動きに関する情報は全く絶えてしまった。

かれは、村長たちと鼬を放った地域を詳細にしらべてまわった。が、どこにも鼠の尾も血のあとも眼にすることはできなかった。

かれらは、無言で段々畠や丘陵を見まわしていた。

「死んでしまったのだろうか」

村人の一人が、つぶやいた。

久保は、その言葉を恐ろしいものを耳にしたようにきいた。

鼬は、一カ月ほど前箱から飛び出すとたちまち姿を消した。それが、その姿を眼にした最後だったが、それから或る期間生きつづけ鼠を咬み殺していたことはまちがいない。しかし、それらの気配は絶え、鼬の群れは島の風土の中に消滅してしまったらしい。

水不足が原因だという者がいた。たしかに鼬を放ってから降雨は稀にしかなく、水槽は乾ききっている。が、精悍《せいかん》で狡猾《こうかつ》なその野獣が、旱魃でもないのに水槽の水がないからと言って死滅するようなもろさをもっているとは思えなかった。

かれは、村役場にもどると高知女子大学の教授に鼬が死滅したらしいことを手紙にしたため、その原因について教示して欲しいと書いた。

それに対して、教授からは慰めの言葉につづいて、死滅の原因は、虎挟みによって捕えられた折の傷が影響していたか、それとも雌雄の率が雄の方に多かったのではないかと指摘してきた。殊に後者の比率の不均衡によるものではないかという。

雄が雌の数よりも多い折には、とかく雄の間で雌の奪い合いが起り殺戮《さつりく》し合う。またその闘争にまきこまれて、雌が傷つけられ死亡することも多いという。

久保は、教授の意見に納得した。たけだけしい性格をもつ鼬の死滅原因が水不足であるよりも同族間の殺戮であるということの方が、いかにもその獣類にとってふさわしいように思えたのだ。

鼬の導入策は失敗に帰し、五月に入ると刈取り寸前の麦に鼠の群れがおそいかかった。鼠は、執拗《しつよう》に繁殖をつづけているらしく、麦の被害度の激しさから推定して、かれは島に棲息する鼠の数が百万匹近くに達していると推定した。

村人たちの顔には、物憂い表情がひろがっていた。二年間にわたる鼠との戦いに、かれらは疲労しはじめていたのだ。

しかし、久保は新たな駆除方法を検討していた。かれは、島で放った鼬のことに執着していた。満腹時でも鼠を殺し四季を通じて夜の闇の中を走りまわるその野獣に、理想的な天敵としての価値を認めていた。

かれは、再び捕獲人から鼬を買い求めたかったが、雌雄の率を同率にしても果してその死滅をふせげるかどうかは自信がもてなかった。闘争はその種族の特徴的な本能であり、異なった地域からかき集められた鼬たちは、初めから他の鼬を敵視し殺害し合うのかも知れない。そのような性格をもつ鼬を島に放てば、同じような現象が起きる公算が大きかった。

かれは、郡事務所と島の間を往復した。そして、県庁や高知女子大学にもおもむいて駆除方法に関する助言をもとめて歩いた。

その間、島は六月下旬の台風につづいて、七月初旬には二度の大豪雨におそわれ畠の土砂が流された。さらに七月下旬に入ると強い高気圧が張り出し、雷雨の発生で多少の降雨はあったが、四十日間にわたる大旱魃となり、またも段々畠の甘藷は枯死寸前の大被害を受けた。

その天災によって、秋の甘藷も玉蜀黍のみのりも薄く、人々は鼠と競うように痩せた芋を掘り起すことにつとめた。

その頃、久保は、新たな天敵の買上げに奔走していた。かれが注目したのは、アメリカ産のフィッチとよばれる鼬であった。

フィッチは、アメリカ大陸のテキサスの原野で野鼠を常食としている鼬だが、その毛皮が良質なため大量飼育がおこなわれるようになっていた。そして、日本にも輸入されていて、郡事務所の所在地である市の近郊でも、その飼育にとりくんでいる業者があった。

しかし、その業者は、根本的に大きな錯誤をおかしていた。動物の毛皮は、寒冷地ならば伸びもよく毛質にも恵まれているが、冬にも霜のおりることのない地に運びこまれてきたフィッチの毛皮は、光沢もなく毛も短かった。しかし、それでもその業者はその鼬の毛皮をなめして出荷していたが、当然商品価値は低く、経営不振におちいって飼育を断念しなければならない立場に追いこまれていた。

それを耳にした久保は、願ってもない情報だと思った。日本産鼬のように捕えられた折に傷つくこともないし、数量をまとめて一時に島に送りこむこともできる。雌雄の率も同数にすることが可能で、しかも廃業寸前の業者から安価に買いとれるにちがいなかった。

かれは、早速飼育業者のもとに赴き、アメリカ産鼬をみせてもらった。

異臭にみちた金網の中には、白い毛をした鼬が機敏に走りまわっていた。眼球は桃色をしていて、その小さな眼は小賢《こざか》しそうに光っていた。

久保は、その一匹を借り受けて郡事務所に引き返した。その可憐《かれん》な姿態をした鼬が、果して鼠をとらえることができるか観察したかったのだ。

事務所の倉庫に大きな金網が設置され、そこにフィッチが放たれた。そして、鼠取り器でとらえた鼠を、金網の中に入れた。

その直後、金網の内部にくりひろげられた光景は、かれを感動させた。鼠が投げこまれた瞬間、白いフィッチの体は弧をえがいて鼠の体に飛びかかると、次の瞬間には頭をねじまげて鼠の首筋を激しくくわえこんでいた。その桃色の美しい眼からは可憐さが消えて、獰猛な肉食獣の燃えるような精悍な光が放たれていた。

かれは、その結果に満足して、日本産鼬の買上げ価格の半分に近い金額で、千匹のフィッチ購入契約書をとり交わした。

すでに年の瀬が迫っていたが、かれは、飼育業者から借り受けた金網にフィッチ千匹を入れて島に赴いた。

村の者たちは、その珍獣に眼をみはった。殊に子供たちは、白い毛につつまれたフィッチの桃色の眼に興味をもち、金網のまわりではしゃぎ廻っていた。

フィッチの群れは、段々畠に一斉に放たれたが、日本産鼬のようにすぐには姿を消さなかった。フィッチは、金網の外に出されると戸惑ったように小さな頭を動かしてあたりをうかがっていたが、やがて自由に走りまわれることに気づいたのか、白い背を波打たせながら草叢に没していった。

しかし、フィッチは飼育につぐ飼育で、アメリカ大陸の原野で野鼠を咬殺《こうさつ》しつづけていた肉食獣としての野性を失っていた。

フィッチの群れは、段々畠一帯にはね廻っていたが、人馴れしていて段々畠に部落の者がのぼってくるとその周辺に集まってくる。そして、足元にじゃれつき肩に這いのぼっては、しきりに食物をねだる。

美しい姿態と人なつっこいその動作に、村の者たちも、フィッチを抱いたり弁当の一部を投げ与えてやったりした。

夕刻家に帰るかれらにも、フィッチはつきまとってはなれなかった。中には、農耕者よりも先に家へもどって、飯櫃《めしびつ》の上に坐って待っているフィッチもいた。

久保は、村の者にフィッチを手なずけぬように注意した。が、その根本原因はフィッチが完全に野性を喪失してしまっていたことにあって、村の者が冷淡な態度をとるようになっても人にむらがることはやまなかった。

そのうちに、フィッチの姿は、次第に村人たちの眼にとまらなくなった。野性をとりもどして昼間は身をひそめ、夜の闇の中を走りまわるようになったのかと思われたが、フィッチの死骸が所々に発見されて、その予測も裏切られた。

島には、古くから鼬科の動物はみられなかったが、島の風土にその肉食獣の棲息に適さない要素がひそんでいるとしか考えられなかった。

多くの予算を費やしながら鼠駆除の成果があがらぬことに苛立《いらだ》った県庁は、猫の大群を島に送りこむことを決定した。そして、その年の秋、県内新聞の協力のもとに仔《こ》猫《ねこ》一万匹供出運動を全県下に展開した。供出謝礼金は一匹について二十円で、各地方事務所に窓口をひらいて受付けた。

郡事務所に仔猫がトラックで続々と運びこまれ、事務所では、自転車置場、物置などに金網をはってその収容につとめた。中には、愛猫家に抱かれてきた仔猫も多く、首に猫の愛称を記した札をかけ、島の人にもその名で呼んで欲しいと頼みこむ者もいた。

郡事務所の裏庭には猫の啼《な》き声がみち、その騒音に執務もさまたげられて、事務所の窓はかたく閉じられた。久保が集計すると、猫は締切り日までに三六〇〇匹を越えていた。

久保は大きな籠に猫を別けて入れ、牛乳をあたえた。集まった仔猫の中には野良猫としか思えぬ大きな猫もまじっていて、荒々しく仔猫を追い散らしては牛乳に舌をつきこんでいた。

翌々日、猫を入れた籠が港の桟橋に運ばれ、異例の歓送式がおこなわれた。県庁からも吏員が出席し、市長が歓送文を朗読した。その式典は、厳粛な雰囲気《ふんいき》の中で進められ、籠は定期船に積みこまれて桟橋をはなれた。

しかし、そうした県庁や市役所の期待にもかかわらず、その猫も島の鼠を駆逐することはできなかった。

規格にはずれた大柄の野良猫は鼠をとらえることはできたが、仔猫は、大きな鼠の姿におびえて足をすくませ後退《あとじさ》りをくり返すだけであった。

それに猫たちは、鼠と闘いその肉を食うことによって飢えをしのぐ必要は全くなかった。主として山間部から集められた猫には、その嗜好に合う貴重な食物が浜に野ざらしにされていた。猫たちは安易な方法をえらんで浜に集まると、煮干しを食いあさりはじめたのだ。

鼠は、鰯《いわし》を天日に干す昼間に行動することは少なく煮干しの被害も耕作物に比較して軽かったが、煮干し加工業者は昼間でも煮干しをねらう猫になやまされることになった。

久保のもとには、加工業者からの苦情が殺到した。が、それも一カ月ほどのことで、猫の間に伝染病が蔓延《まんえん》したらしく、下痢症状を起す猫が続出してその数も急減していった。

その年の甘藷も玉蜀黍も大旱魃の影響を受けて収穫は少なく、県庁では救援食糧を島に送りこんだ。が、その食糧にも鼠がむらがって村の者たちの口に入ったのは半ば近くにすぎなかった。

しかし、村人たちは、晩秋になると段々畠に麦の種子をまいた。島の風光は依然として美しかったが、鳥の姿もなく、村には鼠の体からにじみ出る饐《す》えたような匂いがしみついていた。

九

翌年の夏、島の北方にある御五神《おいつかみ》島の十七戸の全世帯の住民が、日振島に移動した。その小さな島には、戦後満州からの引揚者たちが県の保護のもとに開拓民として入植していたが、二年前から大量発生した鼠の群れに耕地を荒され、島をのがれ出たのだ。

しかしそうした話も、村の者たちになんの驚きもあたえなかった。すでに鼠が島に出現してから三カ年が経過していた。中央官庁や、県庁、郡事務所の努力にもかかわらず、駆除法はすべて鼠を根絶するまでにいたらず、一層繁殖の度は増している。

村人たちの顔には、諦《あきら》めの表情がしみつき、鼠を見る眼にもなんの感情も浮んではいなかった。かれらにとって、鼠害は、島を例年のように襲う台風や旱魃《かんばつ》と同質の避けることのできない宿命のようにも感じられていた。

かれらは、鼠と同居している生活にいつの間にかなじみはじめていた。金網式鼠取り器はあったが、かれらはそれを仕掛けることもやめ、クマリン系殺鼠剤の撒布《さんぷ》も怠りがちであった。それらの器具や薬剤で百匹や二百匹捕殺し毒殺したところで、島にみちた鼠の群れになんの影響もあたえることはないことを知っていた。

鼠は自由に繁殖をつづけ、その眼をぬすんで村の者たちは漁獲物を金銭にかえ、耕作物を口に入れればよいのだとも思っていた。御五神島の開拓者たちは、島への移住者であるのだから島を放棄することも自然だが、自分たちには先祖たちがしがみついてきた島を離れることはできないのだと、自ら言いきかせていた。

島にやってくる久保の顔にも、疲労の色が濃くしみついていた。が、かれの眼には、村人たちの気《け》怠《だる》い光は淀《よど》んでいなかった。かれの胸を占めていたのは、自分の無力感に対する苛立ちのみであった。

かれは、郡事務所の者たちが自分に鼠係長という渾名《あだな》をつけていることを知っていた。が、かれはそれはそれでよいのだと思っていた。もしも自分が鼠駆除から手を引いてしまえば、島の者たちは鼠との雑居生活に少しの疑念もいだかず、それを自然の成行きだと諦めきってしまうにちがいない。そして、国も県も郡も島にみちている鼠に対する関心もうすらいで、やがては駆除も放棄してしまうかも知れない。

かれは、鼠係長と陰口をきかれてもあくまで島の鼠駆除に力を注ぎたいと思っていた。

そうしたかれにとって、村人たちの間にひろがっている弛緩《しかん》した空気はやりきれなかった。島の実生活者であるかれらが相つぐ被害に駆除に対する気力を失ってしまった心情は理解できたが、それはかれらの自滅に通じることを意味するものであると思った。

久保は、鼠駆除の空気をふるい立たせるため鼠の尾を一本三円で買い上げる運動に手をつけた。鼠の死骸を持ってくる手数をはぶいて、その尾を切って持ってこさせる方法をとったのだ。

久保の計画に強い反応をしめしたのは村の子供たちで、その捕獲法は久保たちの意表をついたものであった。

かれらは、子供らしい知恵で釣竿《つりざお》を手にして鉤《はり》に餌《えさ》をつけ、石垣の間の巣穴に垂らす。たちまち竿がしなって、鼠が暴れながら釣り上げられる。子供たちはそれを棒きれで叩き殺し、小刀で尾部を切り束状にして村役場に持ってくるのだ。

その子供たちの鼠釣りは、村の者たちを刺戟《しげき》したらしく自分の家の周辺に鼠取り器を仕掛けたり、子供にならって家の内部にある鼠の巣穴に釣糸をたれる者も多くなった。

久保は、この機をのがすまいとして駆除月間を設け、環境改善を実施した。村の全戸に鼠駆除を一斉におこなわせると同時に、巣穴を石などで閉鎖したり排水溝《はいすいこう》を清掃したりして、鼠の棲息に圧力をかけたのだ。

またかれは、陸地部の山村に依頼して栗の毬《いが》を多量に送ってもらい、それを村の小学生児童に配布した。その用途を教師も学童もいぶかしんだが、かれは黒板に図解をして巣穴を見つけたら、必ずその穴に毬を押しこんで閉鎖して欲しいと言った。毬の鋭い刺《とげ》は、出てこようとする鼠の鼻先を刺し、鼠はやむなく新しい巣穴を掘らねばならない。つまり毬は、鼠に心理的な打撃をあたえ、さらに新しい巣穴をつくるための労働を強いることになるのだと説明した。

教師は失笑をもらしたが、久保はそれを滑稽な方法だとは思わなかった。鼠対策にとりくんでから三年余が経過したが、かれは鼠の駆除が容易ではないことを十分知らされていた。学者や駆除体験者がさまざまな助言をしてくれたが、鼠の繁殖は衰えず一層その度を増してゆく傾向すらある。

自分は、専門の鼠研究家ではない。が、営々と鼠駆除にとりくんでいる間に、かれは漠然としてではあるが、なにかがわかりかけてきたように思っていた。

かれは、四年前島の村長たちが郡事務所に初の陳情にやってきた時のことを思い起していた。その時、村長は、「鼠が湧《わ》いた」と言った。湧いたという表現は、島の変哲もない通常使われる言葉なのかも知れないが、その表現は鼠の本性をついているきわめて重要な意味合いをもっているように思えてならなかった。

初めに視察にきた大学教授は、台風の風害による島の環境の変化が鼠の大量発生をうながした因だろうという説を立てたが、台風は毎年やってきているし、その都度鼠がふえたわけでもない。

鼠は、まちがいなく湧いたのである。鼠たちの群れの中で人間にはうかがい知ることのできぬなにかが起って、それがきっかけで鼠は自然発生的に湧いたのである。

栗の毬を巣穴につめるという発想も、突然思いついたわけではない。或る玉蜀黍畠の近くを通った時、その茎に松葉を袴《はかま》でもはかせたように刺を下方に向けてくくりつけているのを見た。鼠が実をねらって駆け上るのを防ぐための工夫だが、その畠の玉蜀黍の被害は少なかった。

　専門の学者や研究家は、そのような処置を笑うにちがいない。が、松葉を茎にくくりつけた畠の持主は、鼠の領分に一歩ふみこんで鼠のいとう方法を自分なりに考案し実行に移している。

　松葉の代りに栗の毬を使用しようという久保の思いつきは、その畠の持主と同じように鼠の領分に一歩ふみこんだ発想なのだ。それは余りにも消極的な方法であり、鼠駆除とは程遠い。しかし、そうした素朴な考え方こそ、鼠の居心地を悪くさせる効果的な方法だと、かれは思うのだ。

　しかし、かれは栗の毬を集め学童に配布することに努めた行為を、駆除対策をはかる一吏員としては正常を欠いているものだということにも気づいていた。鼠の執拗《しつよう》な繁殖力の前に、自分は屈服してしまっている、とも思った。それに反発する力も、すでに自分にはない。すでにここまで来てしまったか、という淋しさを感じることも多かった。

　しかし、それはかれ一人だけのことではなかった。

　或る者は、鼠を駆除することばかり考えずに、むしろ得難い資源として活用すべきではないかと提案した。鼠の体は毛におおわれているが、それを金銭に換える道もあるのではないかというのだ。

久保は、その提案に従って毛皮商に相談し、鼠の皮をはぎ乾燥させてなめした上で、東京の一流商事会社に送ってもらった。毛皮を利用して、財布かなにかに加工する道はないかと思ったのだ。

商事会社からは、試験の結果鼠の皮は横に強靭《きようじん》だが縦に裂け易く、袋物には使用不能だという返事が来た。久保は、さらに毛のみを活用できる方法はないかと問うたが、温暖地の小動物の毛は商品価値に乏しいという回答が寄せられ、鼠の毛皮を売る案は挫折《ざせつ》した。

学者たちも、駆除方法について思いがけぬ方法を提案してきた。或る教授は、鼠に避妊薬入りの餌をあたえて繁殖率を低下させるべきだと言い、他の学者は巣穴に毒ガスを注入したらどうかと進言してきた。が、それらはいずれも実施不可能のことばかりであった。学者や研究者たちも、疲れきっていたのだ。

鼠が島に繁殖してから、七年目を迎えた。

その秋に実施された記号法による調査で、島に棲息している鼠の数は百二十万匹と判定された。

村の者たちは、鼠のことに話題が及ぶと、

「どうならあ（どうにかなるだろう）」

という言葉を口癖にした。かれらの根気もつき果てていた。鼠にかこまれた生活は、かれらにとって変哲もない日常生活に化していた。種芋を苗床に埋めれば、鼠はその畠にむらがる。村人たちは、他の者が苗床に種芋を埋めるのを待って、自分の苗床の被害をなるべく少なくすることをはかった。

翌年麦の収穫期が迫った或る夜、村は時ならぬ賑《にぎ》わいにつつまれた。村にただ一つある寺の住職が鼠退散の読経を終えると、村人たちの手にした松明《たいまつ》に火が点ぜられた。

人々は鉦《かね》を叩き、島につたわる供養踊りを舞いながら段々畠にのぼってゆく。松明の火が蛇行しながら進み、傾斜の中腹に達すると篝火《かがりび》が数カ所で焚《た》かれた。炎は、海面を渡ってくる潮風になびき、篝火は火の粉を散らす。その炎に赤々と顔を染めた村の者たちは、鉦を鳴らし声をはり上げて唄い、手足を激しく動かして踊りつづけた。

かれらは、火を焚き鉦を鳴らし唄い踊ることによって鼠をおびえさせようとしていた。半裸になった男たちの踊りの輪に、女も子供も加わった。かれらは陽気に笑い、おどけたように手足を動かしていたが、それは物悲しい光景でもあった。

供養踊りは、雨天の日をのぞいて麦の刈入れ日の前夜まで十日間つづけられた。かれらの声はしわがれたが、それでも男も女も唄い、そして踊った。

しかし、その年の麦も鼠に食い荒され、農夫たちは、穂の欠けた麦に火を点じて焼きはらった。

その頃から、鼠の中に体毛の所々禿《は》げたものが眼にとまるようになった。それは例外なく大型の鼠で、頭部一面に地肌の露出した鼠もあった。

島に調査にやってきた動物学者は、それが栄養過多による現象だと言った。甘藷《かんしょ》、玉蜀黍《とうもろこし》、麦等の耕作物以外に鼠たちは煮干しという蛋白源《たんぱくげん》を得て、十分な食物に恵まれている。村人たちは痩《や》せおとろえているが、鼠たちは必要以上の栄養を体内に吸収していたのだ。

村の者たちは、唄い、踊ることはしなくなった。かれらは、玉蜀黍や甘藷が荒されるのを眼にしても、無表情にながめているだけであった。

年が明け、春がやってきた。

半年ほど前から村の生活に、わずかながら変化が起りはじめていた。大都会の会社の求人に応じて、少年少女や成年に達した男女たちが、就職のため島をはなれはじめたのだ。

村の人口は徐々に減って、段々畠の耕作は老人や既婚の女たちの仕事になった。かれらは、親からつたえられた農耕法を忠実に守って畠への登りおりをくり返していたが、耕作者の老人が死ぬと、その畠をひきつぐ者はいなかった。畠を耕し種子をまいても、その大半は鼠の食糧になるだけで労働の代償は得られない。それに就職に出た子供たちからの仕送りもあって、家族の者たちはすすんで耕作に従事しようという者もいなかったのだ。

段々畠には、所々に鍬《くわ》の入れられぬ畠が目立つようになった。鼠たちは残された畠の作物を集中的におそうようになり、耕作者の被害はさらに激しくなり、それが畠を放棄する傾向をさらに強めた。

漁船の隻数も次第に減少していた。島の主要な漁獲物である鰯の回游《かいゆう》が、潮流の変化のためか徐々にみられなくなりはじめていたのだ。

漁船は、魚影を追って遠出し、他の地域の港に碇泊《ていはく》する。船が島にもどってくるとき、漁師たちは、魚介類ではなく金銭を手にしていた。

島の人口も耕作物・漁獲物も減ったが、鼠は旺盛《おうせい》な繁殖をくり返しているようだった。鼠は、浜にも段々畠にも人家にもむらがっていた。

しかし、その年の秋、調査に来た大学教授は、島に棲息する鼠の間で苛烈な共食いがはじまっていることを告げた。かれは、捕えた鼠を数多く解剖したが、大型鼠のうち雄の十四中八匹までの胃袋から鼠の体毛を発見したという。

島の食糧の減少は鼠になんの影響もあたえていないようだったが、実際には鼠たちの間に大恐慌をまき起していることが判明したのだ。

しかし、教授の調査結果にも、村の者たちはほとんど関心をいだかなかった。かれらは、鼠が部屋の壁に沿って走り、家財をかじっているのを見ても、追い払うこともなくなっていた。路上を歩いている時、鼠が足の甲をふんで過ぎても、足元に眼を向ける者すらいなかった。鼠が共食いをはじめたのは鼠たちの世界の中のことで、自分たちには少しの関連もないことだと思っていたのだ。

ただ久保をはじめ村長たち一部の者は、教授の発表にひそかな不安を感じていた。鼠の群れは、食糧不足から仲間を食い殺しはじめている。鼠たちは、死の恐怖におそわれ一種の混乱状態にあるらしい。錯乱した鼠の群れは、集団的に思いがけぬ行動をおこすかも知れない。村の人口は減少していて、鼠の数は島の者一人に対して千匹近くにふくれ上っている。もしも鼠たちが餓死からのがれるため村の者たちをおそえば、たちまち肉は引き裂かれ内臓は食いつくされてしまうだろう。

すでに村の幼児数名は、耳朶《じだ》を噛み切られ鼻をかじられている。他の地方で幼い子供が鼠に咬殺されたという記事が新聞に掲載されたことも何度かある。

久保たちは、そうした光景を想像し恐怖を感じていた。

しかし、その年も無事に暮れ、正月には就職先からもどってきた若い者や漁から帰ってきた漁師たちで村はにぎわった。

その帰省者の中の一人の青年が、ふと思いついたように鼠の数が少し減ったようだと言った。他の若い者たちも、周囲の気配をうかがうように、そんな気がすると同調した。が、村の者たちは、笑ってとり合わなかった。鼠は、相変らず鴨居《かもい》を走り電線に尾をまきつけて軒から軒へ渡っている。島は、鼠の体臭にみちているのだ。

しかし、二月に入った頃から村の者たちは、正月に帰省した若い男女の口にした言葉が事実らしいことに気づきはじめた。夕方、路上を歩いても、道を横切る鼠は稀《まれ》になっている。数百匹の鼠がむらがっていた浜の芥《ごみ》の集積した場所に懐中電燈の光を浴びせかけても、二十匹足らずの鼠が光の輪の外に走り去るだけだった。

村役場からの通報を受けた久保は、日振島からも同様の連絡を受けた直後だけに、その報告をいぶかしんだ。両島に食糧が激減したため、鼠が相ついで餓死しているのだろうかとも思った。

しかし、一方では年が明けてから島の対岸にある半島部一帯に鼠の異常発生がつたえられ、それは急速に拡大する傾向にあった。かれは、島と半島部にそれぞれ起っている現象がどのような意味をもつのか判断に迷っていた。

三月上旬、島の村長から電話連絡を受けたかれは、村長の口にする話の内容に驚きの声をあげた。

前日の夜、村の漁師が網船を出した。漁師は、乏しくなった鰯の回游を求めて出漁したのだ。

かれは、島の東方に船を進めた。空には欠けた月が出ているだけであった。

海上を見つめていたかれが、

「シラミ（白波）だ」

と、相棒の漁師に叫んだ。

島の周辺の海には、夜光虫が群れている。海面が立ちさわぐと夜光虫はそれに刺戟されて発光し、子供たちが夜海岸から海に石を投げてもその部分が明るく光る。

シラミは、魚が群れていることをしめしていた。その部分の海面は闇の中で青白く光り、それもかなり広い範囲にわたっている。

かれは、船の舳《へさき》をその方向に向け、網を入れる準備にとりかかった。船が近づくにつれて、かれの興奮は増した。海面は白く泡立《あわだ》ち、夜光虫の光がそれをつつみこんでいる。

漁師は、魚群をとりまくように網を海中に入れた。が、船を接近させたかれの眼が不意に露出した。海面を泡立たせているのは、鰯ではなかった。鼻先をあげ犇《ひし》めき合うように泳ぐ小動物の群れであった。

かれは、ドブネズミが泳ぐ能力をもっていることは知っていたが、それは小川を渡る程度のものであると思っていた。が、鼠の群れは島からも半島部からも遠くはなれた海上を泳いでいる。小さな趾《あし》を懸命に動かして、鼠の群れは一団となって波のうねりに起伏しながら進んでいる。かれらの頭は、一様に半島部の方向にむけられていた。

漁師たちは顔色を変え、網を匆々《そうそう》にまとめるとその夜の漁は中止して島へもどってきたという。

「島の言い伝えに鼠の海渡りという話も残っています。漁師は本当に鼠が泳ぐのを見たのです」

村長の声は、うわずっていた。

久保には、信じがたい話だった。漁師は幻影を見たのではないかとも思った。しかし、島に鼠が減少し半島部に鼠の大量発生がみられるという現象は、その漁師の言葉が事実なら簡単に解明がつく。つまり食糧の乏しくなった鼠が、島から海を渡って半島部に集団移動しているのだ。

かれは、受話器を置くと、親しい動物学者たちに次々に電話を入れてみた。そして、漁師の目撃した光景と半島部への移動説を口にすると、どの学者たちも笑い声を立てた。ドブネズミは泳ぐことができるが、実験によると八十メートルから最長二四〇メートルの距離しか泳ぐことはできないことがあきらかにされている。そのドブネズミが、島から二十キロもある半島部に渡ってゆくなどということはあり得ないという。

久保は、釈然としない表情で受話器を置いた。たしかに二十キロの距離といえば、人間でも余程水泳に練達な者でないかぎり泳ぐことができない。それを鼠が小さな趾を動かして集団を組みながら泳ぐことは常識的にもできそうになかった。

しかし、その日再び別の漁師が鼠の大群の泳ぐのを眼にしたという話を村長がつたえてきた。発見した時刻は正午近くで、昼間は魚が群れると乱反射を起してアカミ（赤波）現象が起るが、漁師がその海面に近づくと無数の鼠が大集団を組んで泳いでいて、しかも鼠の進む方向は半島部であったという。

その後、島以外に日振島の村長からも同様の連絡がしきりに伝えられ、報告を受けた学者たちも口をとざすようになった。中には、島の鼠が水搔《みずか》きをもった珍種ではないかと問う者もいたが、むろんそのような事実はなかった。

その後島の鼠の数は急速に減少し、翌年になるとその姿はほとんどみられなくなった。

段々畠は大半が放棄され、石垣の層が重畳《ちょうじょう》と丘の頂まで這《は》いのぼっているだけになっている。鰯漁は絶え、浜に煮干しのひろがる光景もみられなくなり、漁船の数もへった。

島の人口は半減し、人の訪れも少なくなった。村にはようやく平穏な生活がもどったのだ。

久保は、郡事務所の農林課長の任にあって、依然として鼠駆除対策にとりくんでいた。鼠の発生地は半島部一帯にひろがり、それは一年後に郡事務所のある市内にまで食いこむ気配をみせた。

郡事務所は、市と協力して毒餌を大量にばらまき、約五十万匹の鼠の死骸を確認した。その努力で鼠の繁殖は下降したが、鼠は一転して市の郊外から山間部に入り、その地一帯にひろがり隣県との県境を越えた。

久保の渾名は鼠係長から鼠課長に変ったが、酒席などでそのことを耳にすると、かれは曖昧《あいまい》な微笑を頰にうかべた。島に発生した鼠の数が減少したのは、駆除方法が成果をおさめたわけでは決してない。鼠が食糧の乏しくなった島を放棄しただけにすぎないのだ。

人間の力は、遂に鼠の群れになんの影響もあたえはしなかった。むしろ久保たちの行為は島の鳥類を絶滅させ、多くの鼬《いたち》、猫、犬を殺してしまっただけだった。そして、その間鼠は、村人たちの食糧をむさぼり食い交尾し妊娠して無数の仔をまき散らしていった。

かれは、鼠課長という言葉を耳にするたびに、物悲しい無力感におそわれた。そして、鼠すら見捨てた島にしがみついて生きつづける村の者たちの生活を思い起した。かれらは強靭な人間たちなのか、それとも土地を離れることのできぬ無器用な人たちなのか、かれにはいずれともわからなかった。

かれは、酒を飲んで家に帰ることが多くなっていた。足腰の衰えをふせぐため、かれは途中でタクシーを降りると家まで歩く。酒を飲むとくどくなったと妻は言う。そうかも知れぬと、かれは思う。

足が自然と道の傍《わき》に近づき、眼が溝《みぞ》に注がれる。かれは、長い間の習慣で、溝に鼠の糞《ふん》があるかをたしかめるのだ。

外燈の下で溝をのぞきこむかれの眼には、酔いの色も消えた険しい光がうかび出ていた。

蝸（かたつむり）牛

一

広大な裾野を渡って、雨が不意にやってきた。

車のボンネットに雨しぶきが上り、車内には温気《うんき》がこもって閉められた窓ガラスがたちまちのうちに白く曇った。

雨音の中で、県の吏員たちの会話は声高になった。人気《ひとけ》の少ない植物防疫所で低い会話になれている三宅には、それらの甲高い声が却《かえ》って拡散してききとりにくかった。

「ともかく、小さいやつなんですよ」

県の農林振興課長である小心そうな背の低い男が、三宅に媚《こ》びるような眼を向けた。

小さいやつ……その表現を、三宅は県庁にきてから何度耳にしたか知れない。もしも小さいやつでなければ、それは県の農林行政指導の失態となりかねないのだ。

その県の農林部から今年も農林省に農林行政報告書が提出されたが、そこに記載された短い文章が、省の担当者の注意をひいた。それは、「その他」という項目の中に

書かれていたもので、

「一部の農家では、食用カタツムリの飼育もおこなわれている」

と、書き添えられていた。

担当者は、すぐにこの件について上司に報告し、簡単な打合せ会がひらかれた。その席に集まった者たちは、飼育されているという蝸牛が例のやつではないだろうかと推測する点で一致していた。例のやつとは、巨大な体をしたアフリカマイマイ、別名ジャイアント・マイマイという蝸牛だった。

その握り拳《こぶし》よりも大きい黒色の殻をもつ蝸牛はアフリカを原産地とし、隊商のラクダの趾《あし》などに付着した卵によって、数世紀をついやしてインドからさらに東南アジアへと伝わった。さらにそれらが太平洋諸地域に急速にひろがったのは、第二次世界大戦によるもので、日本軍戦車の移動とともに、そのキャタピラに食いこんだ卵が各島々にばらまかれたのだ。

アフリカマイマイは、驚くような悪食をしめす蝸牛だった。アフリカマイマイが密林の中を群れをなして進むと、樹林は裸になり昆虫《こんちゅう》も絶える。戦時中日本兵の死体もそれらの好餌《こうじ》となり、蝸牛同士の共食いもさかんだった。むろん耕作地は、全滅の憂目にあった。

農林省では、太平洋諸地域でのアフリカマイマイによる惨害を知って日本への上陸をおそれ、昭和二十二年輸出入植物検疫法を制定し、その種属の学術研究用以外の輸入をいち早く禁止した。そのため国内では、陸棲《りくせい》貝類標本の中に標本としてわずかにみられるだけであった。

しかし、二年前、農林省は、日本にその種属がすでに上陸していることを知って愕《がく》然《ぜん》とした。しかもそれは農家の副業として大量に飼育されていたのだ。

係官は、早速調査をはじめた。

飼育農家は、中部地方の豊橋市付近で、業者からの委託によって飼育していた。業者はアフリカマイマイを食用兼薬用蝸牛と称し、成虫一つがいを一万円で農家に売りつけ、その卵から大量にかえる幼虫を一匹三百円で買いとるというふれこみであった。事実数回は幼虫を買いとったが、いつの間にか姿をみせなくなり、ようやく農家も詐欺にかかったらしいと知るようになった。

省では、輸出入植物検疫法違反として業者の取調べをはじめたが、その結果は処罰することが不可能であることを知った。業者の話によると、その蝸牛は、検疫法の制定以前の戦時中に台湾から持ち帰ったもので、法には直接ふれていないことが判明したのだ。

省は、警察に依頼して詐欺容疑で告発することも考えた。その根拠は、業者の宣伝とはことなって、アフリカマイマイの食用、薬用物として使用されている事実が全くないからであった。

しかし、業者は、戦時中肉食品代りに濠州《ごうしゅう》兵俘虜《ふりょ》に食べさせた事実のあることを口にし、また太平洋上の島々では住民たちがこの蝸牛を黒焼きにして万能薬として愛用していると申立てた。また幼虫を飼育農家から買いしぶっているのも、販路の拡張が思わしくないからだと弁明されてみると、法的に処罰できる手がかりは失われた。

農林省では、飼育農家からアフリカマイマイが脱け出して耕作地にひろがることを恐れた。そして、業者の委託業務を停止させると同時に蝸牛の回収につとめた。

ようやくその処置が一段落ついた時、またも蝸牛飼育の報告があったのだ。

省の振興局では、すぐにその県の農林部に電話を入れた。アフリカマイマイの事件を知らなかった県農林部では、本省の思いがけぬ詰問に驚き、

「そんな大きなやつではありません。小さいやつです。紫色の小さいやつです。食用の蝸牛ですよ」

と、くり返した。

しかし、食用蝸牛はフランス産のものが輸入されているだけで、それ以外のものが

市場に出廻っている形跡は全くない。

省では、とりあえず植物防疫所に依頼し、陸棲貝類担当の三宅に出張調査を命じた。県庁に到着した三宅は、その蝸牛が紫色の小さいものだということをくり返し耳にした。そして、県庁の車に乗って飼育農家のある部落に出発したのだが、紫色の殻をもった蝸牛がなんであるのか推測することができなかった。紫色といえば、かれの知る範囲ではボルネオ産のケレドンパピオという種属しかないはずで、それも、紫色というよりは黒ずんだ紺色に近いものであった。

雨勢が弱まってきて、窓が開けられた。

冷えびえした空気が流れこみ、窓ガラスの曇りが一時に吹きはらわれた。

「あの村ですよ」

助手席にいた若い吏員がふり向いて、前方を指さした。

裾野にひろがる緑は雨に濡れて冴《さ》えざえとした色をみせ、その中から藁屋根《わらやね》の先端が所々にのぞいていた。

車は、雲のきれ目から明るくさしはじめた陽光を浴びながら、浅い川床のように雨水の流れる道を進んだ。そして、小さな木橋の橋げたを鳴らして村に入ると、大きな農家の前でとまった。新しく葺《ふ》きかえられたばかりの藁屋根には日がまばゆくさし、雨滴がひさしから明るくしたたり落ちていた。

吏員が土間に入ってゆくと、すぐに四十歳ぐらいの主人らしい男と連れ立って出てきた。

三宅は、農林省植物防疫所技官という名刺を出し、飼育状況を見せて欲しいと言った。

男は、軽くうなずくと先に立って歩き出した。新しい農業経営をおこなっている農夫によく見かける物おじしない態度と、富裕な農家の主人らしい鷹揚《おうよう》さの感じられる男だった。

男は、母屋の建物に沿って裏手へまわった。澄みきった小さな流れが走っていて、そのふちを進むとよく生い繁った孟宗竹《もうそうちく》の林があり、それを背に小さな藁ぶき小舎《ごや》が建っているのがみえた。

小舎の前でうずくまっていた娘が、ふり向いた。その足もとには、蝸牛の餌《えさ》らしい庖丁《ほうちょう》で刻まれた菜っ葉が瑞々《みずみず》しい色をひろげていた。

小舎の入口に金網張りの引き戸があって、その網の目　面に錫色《すずいろ》の粘液がにぶく光ってはりついていた。

男は、網戸を半ば引き開けると、入口の脇に立てられた竹箒《たけぼうき》で入口に近い小舎の床を無造作に掃いた。小舎の中は薄暗く、雨上りの外光になれた三宅の眼にはなにもみえなかった。

男が、入口近くの壁にとりつけられたスウィッチを押すと、金網のおおいのついた電球が上方でともった。金網のおおいには蝸牛が殻を重なり合せてひしめき、電光はそれらにさえぎられて鈍い光しか役げてこない。それでも、不意の光に驚いて蝸牛の群れが緩慢な動きで天井の方向に身を避けはじめるのがみえた。

電球のまわりにはりついていた蝸牛が移動すると、小舎の内部は明るくなった。

三宅は、身をかたくして周囲を見まわした。所々に蚕棚のような竹で編んだ棚がもうけられ、幾本かの竹が支柱のように立てられている。そして、壁、天井、床とすべてが渦紋のうき出た紫色の殻でおおわれていた。

三宅は、靴の甲に這《は》いあがった蝸牛をつまみ上げると、電光にかざしてみた。形は小さく、螺塔《らとう》は高い。殻の頂はとがっていて低い円錐《えんすい》状をしめし、殻をいろどる紫の色彩は底部にひろがるにつれて薄れている。渦紋は黄色味をおびていて、それは華やかな色をもつ蛇の目傘を連想させた。

「孵化《ふか》はこちらです」

男が、三宅に声をかけると網戸の外に出た。そして、小舎の裏手にまわった。男が、大きな藁蓆《わらむしろ》をとりはらった。その下からは、積み重ねられた金網ばりの数個の箱があらわれた。

三宅は、背をまるめて中をのぞき込んだ。箱の底には苹っ葉が敷かれ、その葉の間から真珠のような光沢をもつ微細な卵が無数に散っていろのがみえた。すでに孵化した幼虫もあり、半透明の紫色がかった殻が葉の上をかすかに動いていた。殊に箱の所々におかれた鶏卵の殻や貝殻屑《かいがらくず》の上には、粒状の紫色の殻が、薄紫色の斑点のようにはりついていた。孵化した蝸牛は、自らの殻を育てるために他の蝸牛の背に這い上ってその殻を食う習性がある。そうしたことを避けるためにも、石灰質をあたえることが必要なのだ。

三宅は、肩にさげた採集箱に成虫を十匹と卵をひとにぎりほど男からもらって入れた。

「やはり小さいやつでしょう」

県の吏員が、安堵《あんど》したように言った。

三宅は、返事もせず孵化箱を見つめていた。

二

かれは、曲りくねった路地をつたい幾つかの淀《よど》んだどぶ川を渡ると、家の格子戸を開けた。

寝そべってテレビをみていた妻が、顔を向けた。

「お帰りなさい」

妻は、ショートパンツからむき出しになった足をかかえるように坐った。色素の薄い髪、皮膚、扁平《へんぺい》な顔立ちが、かれの眼には安らぎをあたえた。

ワイシャツをぬぐと、流しに立ってかれは顔を洗った。

東北の大学に入った年に年上の女と同棲してから多くの女と交渉をもった。他愛《たわい》なく結ばれたが、その都度女との生活はたちまちのうちに濁りきってどちらからともなく別れるのが常であった。

今の年若い妻とも、或るコーヒーショップのお客とウエイトレスという関係からあっさりと同棲生活に入ったが、年齢が十歳以上もちがうためか、それまで味わった女との生活とは異なった生活を知った。妻には、不思議にも濁りかける空気をごく自然に浄化してしまう奇妙な機能がそなわっているらしいのだ。

妻は、三宅が夕食をすませてきたと言うと、食卓を引き出しミルで豆を挽《ひ》いた。そして、手ぎわよくコーヒーを淹れると、

「なあに、これ」

と言って、採集箱を引き寄せ内部をのぞき込んだ。細い目尻が、横にきつく張った。

三宅は、箱のふたをずらして手をさしこむと、成虫をつまみ出して食卓の上に置いた。

「あら、かたつむり」

妻は、両手を突き臀部《でんぶ》を張って細い眼をこらした。

蝸牛は、とまどったように小さな触角を伸びちぢみさせていたが、やがて食卓の上に錫色の跡をひいて少しずつ動きはじめた。

「これ頂戴、これ欲しい」

妻は、眼をかがやかせると、かれの膝《ひざ》を激しくゆすった。

三宅は、苦笑しながらうなずくと、採集箱の中から新たにもう一匹つまみ出した。そして、からになっている巾着《きんちゃく》しぼりの金魚鉢を持ってこさせてその中に入れた。

「明日、湿った土を少し敷いて、野菜くずを入れるんだ」

かれは、金魚鉢のガラス面に顔を近づけている妻に言った。

妻は、うなずいた。湾曲したガラス面が凸《とつ》レンズの役目をして、紫色の殻と黄色い渦紋が大きくゆがみ、その後方に妻の細い眼が横にひろがってにじんでいた。


翌日、三宅は採集箱を手に農林省の振興局に出掛けていった。

「どうだったね」

防疫課長が、坐ったまま声をかけてきた。

三宅は、採集箱を課長の机の上に置いた。

「こいつか」

課長が、身をのり出して箱の中をのぞきこんだ。

課員たちが数人、椅子から立って机のまわりに集まってきた。

「言っていた通り小さいな」

課長が、蝸牛を手にして言った。

「派手な色だね」

「殻の先が、ばかに尖《とが》っているじゃないか」

などと課員たちは、感想を述べ合った。

「こいつは、なんという種類かね」

課長が、三宅にたずねた。

「新種ですよ、恐らく」

課長が、上目づかいに三宅の顔を見つめた。

「一応、貝類学会へ鑑定を依頼しますが、私は見たこともありません」

「すると、この蝸牛の植物に対する害毒の有無は、すぐにはわからないというわけだな」

課長は、強度の近視眼鏡のガラス玉の中に拡大している瞳《ひとみ》を、三宅に向けてきた。

「私が飼育場でみてきたかぎりでは、餌も少量ですんでいるようでしたし、農作物に被害をあたえるような心配はないでしょう。形も小さいし、普通の蝸牛と同じと考えていいと思います」

三宅は、書類袋からメモをとり出すと、系統的に飼育状況を報告した。

まずかれは、紫色の蝸牛の飼育が、アフリカマイマイの場合と同じように蝸牛業者の農家に対する委託によっておこなわれていることを告げた。しかし、今度の場合は、アフリカマイマイの場合と異なってきわめて円滑に進められているらしいことを強調した。

第一に、業者は決して産卵・繁殖のもとになる成虫を売りつけたりはせず、無料で五十匹ずつ貸しあたえている。そして週に一回小型トラックを乗りつけてきて、繁殖した成虫一匹を数の多寡に関係なく三十円で買い上げてゆくという。つまり農家の負担は、自家製のわずかな野菜類と女子供でもできる軽い労力だけで、副業としては有利なのだ。

それに、三宅の注意を特にひいたのは、その飼育指導であった。農家にはもれなくパンフレットが配られていて、飼育小舎の温度を摂氏二十度から二十五度程度にたもつようにとか、小川の水を噴霧器で朝夕ふきかけるようにとか、蝸牛の習性をよく研究した注意事項が印刷されていた。

課長は、鉛筆を机の上でもてあそびながらかれの説明をきいていたが、

「しかし、三宅君。国内ではフランス蝸牛以外に蝸牛を食用に使っている事実はないんだぜ」

と、少しいら立った声をあげた。

三宅は、うなずいた。たしかにその点が、疑問なのだ。おそらく数十戸の農家で飼育されている蝸牛は、相当な数にのぼるだろう。その大量の蝸牛を現金で買い集めてゆく業者は、果してそれをどのように処分しているのであろう。

「その小型トラックを持ってやってくるという業者の名は、なんというのかね」

「食用かたつむり研究所というんだそうです」

「住所は？」

「それは、誰も知ってはいませんでした。パンフレットにも書かれていませんでした し、ただ東京からくるとは言っていましたが……」

三宅は、顔をくもらせた。

課長は吐息をもらすと、眼鏡がずり落ちそうになるのも気づかず机の一点を凝視していた。

三宅は、あらためて書類で報告することを課長に約して、振興課の部屋を出た。

植物防疫所の研究室にもどった三宅は、すぐに助手に菜っ葉と鶏卵の殻を集めてくるように命じた。

机に坐ると、大学の動物学科を出て一年にしかならない技手の霜田が、

「お帰りなさい」

と言って席を立ってきた。そして、机の上に置かれた採集箱の中をのぞきこんだ。

三宅は、眼をこらした色白の霜田の横顔をうすら笑いしながら眺めていた。

「裾野でこれを飼育していたんですか」

「そうだ。どう思う、そのマイマイ（蝸牛）を」

三宅の顔からは、微笑が消えた。

「珍しい種類ですね」

霜田が、顔をあげた。

三宅は、落着かぬように窓のふちまで歩いた。さまざまな農作物の試作されている中庭が見下ろせた。

「熱帯系ですね」

背後で、霜田の声がした。

たしかにその華やいだ殻の色は、熱帯の強烈な太陽の光を思わせる。蝸牛の背負う殻は、その産地の土地の風土を的確に象徴する。アンシドロムス・ペントロザルという安南《アンナン》産の種属は、緑色の殻をもち螺状脈の刻みも深くて、奇妙に安南人のかぶる竹製の笠を連想させる。日本産の蝸牛は、いかにも日本的な淡泊な殻をもち、アフリカマイマイの巨大な黒色の殻は、アフリカの風土以外には生れ得ないもののように思える。

かれは、窓ぎわをはなれると一方の壁を広くふさいでいる標本棚の前に立ち、曳《ひ》き出《だ》しをぬくと中から小さな箱をとり出した。華麗な渦紋をもった殻が、箱の中でふれ合って涼しい音を立てた。

三宅は、黙ってその箱を霜田の前に突き出した。箱の底には、キューバ産、ポリミータ・ピクタという文字の記された小さなカードが貼《は》られていた。

「色帯、形がひどく似ている。もしかすると、この系列からわかれたものではないかと思うのだが……」

三宅は、窓の外に視線を送った。

霜田は、目鼻立ちのととのった横顔をみせて机の上の採集箱を見下ろしていた。

……その日の午後、二個のガラス容器が用意され、底に砂が敷かれた。

一方の容器に蝸牛の卵、他方の容器に成虫が入れられ、観察がはじめられた。

まず三日目に、孵化のきざしがみられた。微細な卵が一斉に動きはじめ、しばらくすると表皮が破れて内部から透明なものがのぞいた。

肉も殻も寒天状で区別はつきにくかったが、空気になじむにつれて殻の部分がほんのりと薄紫色に染まってきた。わずかにその淡い色彩の中から渦紋の気配もうかび上って、幼虫は、卵の脱け殻から一刻も早く遠ざかろうとするように菜っ葉の上を四方に散っていった。

貝類学会から、電話が来た。

学会に送った蝸牛は、やはり今までに発表されていない新種で、標本をとりたいからもう十匹ほど提供してくれないかと依頼してきた。三宅は、今孵化した幼虫を育てているから、それが成育したら送りとどけると言って受話器を置いた。

「新種だとさ」

かれは、幼虫に水の霧を吹きかけている霜田に声をかけた。

霜田は、口をつぐんだままうなずいた。

三宅は、高校出の助手に命じて仔細《しさい》に観察結果を記録させた。一日観察したかぎりでは蝸牛の餌のとり方は、想像した通り日本産の蝸牛とほとんど変らず、この種属が農作物に特別の被害をあたえるとは思えなかった。

三

家の金魚鉢の中にも、変化がみられた。

或る日帰宅すると、金魚鉢の底に紫色の殻が二つ、干されている傘のように行儀よく並んでいた。

妻は、すっかり落着きを失っていた。殻の下にかくれた二匹の蝸牛の肉は、一個の体に同化しようとしているように密着し、水気を光らせた触角は息づくように収縮していた。

　初め妻は、蝸牛の体から棒状のものが伸び、それが互いに突き合わされているのに気づいたという。蝸牛は、生殖器の中の矢嚢《やのう》をふれ合せて刺戟《しげき》し合っていたのだ。

「雄と雌だったのね」

　妻は、並んだ殻を見つめながら言った。

「そうじゃない。蝸牛には雄、雌の区別はない。両性の器官を一つの体にそなえているのだ。だから単独で受精もできるが、多くは他の同属と交尾し精子を交換し合う。そんな女もいるんじゃないかな。男とふれることが好きだが、自分だけでも楽しむことのできる女が……」

　三宅が、とぼけたように言うと、妻はかれの膝を激しくたたいた。

　かれは、しばしばひとりで自らの体を刺戟し恍惚《こうこつ》と情欲の世界に埋もれてゆく妻に、新鮮な初々しい魅力を感じていた。体をくねらせ足を突っぱらせる妻の姿態は、鱗《うろこ》を光らせた淡水魚のようにもみえるのだ。

　妻は、拗《す》ねたように顔をそむけたが、その首筋にはかすかに血の色がさしていた。

　翌朝、かれは、金魚鉢の底から白い小骨のようなものをつまみ出して妻の前にさし出した。かれは、それが恋矢という生殖器の中に入っている石灰質のもので、交尾後捨てるのだと説明してやった。

「恋矢？」

妻は、物珍しげにその白いものを指につまんで見つめていた。

その日、出勤すると、省の防疫課長から電話があった。

「あのマイマイは、食用に向くのかどうかわかったかね」

課長の声は、苛立《いらだ》っていた。

今、孵化から成虫になるまでの推移を慎重に観察している、と答えると、

「君、学問的な研究はあとでゆっくりやったらどうなんだ。私の知りたいのは、あの蝸牛飼育がどういう社会的意味をもつかということなんだ。局長からも催促されている。数日中に結果を出してくれ」

と言って、電話をきった。

「省からですか」

霜田が、観察記録から眼をあげた。

「食用に適するのかどうか、至急報告しろだとさ」

三宅は、灰皿代りに使っている空罐《あきかん》を手もとに引き寄せた。

「また試食してみろということですね。それじゃわれわれは、まるでモルモットじゃありませんか」

霜田が、苦りきった口調で言った。

アフリカマイマイの場合は、研究室の技手や助手たちを集め、醬油で煮て試食した。さざえの肉のような舌ざわりだったがひどく硬く、味も泥臭くて咽喉《のど》へ流しこむのがやっとであった。そして、試食した者は、全員その夜から激しい下痢症状に悩んだ。

モルモットか、と三宅は胸の中でつぶやいた。霜田の不満は、かれにも理解できた。省の事務官が技術系統の者を頤で使う傾向は強く、若い霜田にはそれが腹立たしいのだ。

しかし、紫色の蝸牛が食用に適するか否かは、試食以外に判断する方法のないことはたしかだった。実験用動物に試食させても、蝸牛に毒性があるかどうかはつかめても食物としての味覚はわからない。研究を委嘱された三宅には、やはり試食という一つの試みを果さなければならぬ義務があると思った。

「まず毒物検査だ。霜田君、仕方がない、やってみようや」

と、三宅が薄笑いしながら言うと、霜田は、思ったより素直にうなずいて若い助手を呼んだ。そして、成育した幼虫の一匹を焼いて実験用の二十日鼠《はつかねずみ》に食べさせ、毒物の有無を検査してもらってくるようにと命じた。

助手が去ると、霜田は不機嫌そうに書類に目を落した。

三宅は、椅子を廻すと夏の陽光にかがやく窓外の緑に視線を向けた。

翌朝研究室に行くと、毒物試験の結果が出ていた。二十日鼠の入った小さな飼育箱が床におかれ、有毒とは思えないと書かれた検査票が机の上にのせられていた。二十日鼠は、箱の中で元気よく走り廻っている。

「さあ、試食だ、集まってこい」

霜田が、捨て鉢な態度で研究室の中に声をかけた。

技手や助手たちが、薄ら笑いしながらガス台のおかれた机のまわりに集まってきた。

「醬油で煮るんじゃないのかい」

技手の一人が、ガス台にのせられたフライパンに眼をとめ、霜田を揶揄《やゆ》するような眼でみた。

「今日は、バタ焼きだ」

と、霜田は答えると、ガラス容器から五匹の成虫をつまみ上げ、爪を立てて器用に殻をはがした。そして、蝸牛の肉を両掌にのせると、水道の水を放って入念に洗った。

「一人一匹ずつだ。五人しか食べられないが悪く思うなよ」

三宅が、笑いながら言った。

霜田が、ガスに火を点じた。三宅と霜田以外に、三人の助手が試食係にえらばれた。熱したフライパンにバターがしかれ、その上に五匹の蝸牛が落された。水気のはじける音がして、蝸牛の体は急にちぢみ、一様に小海老《こえび》のように湾曲した。そして、熱が通るにつれ透明な水様液がにじみ出て、それがバターと混り合いしきりに泡《あわ》を立てた。

「うまそうだろう」

霜田は、ほのかに狐色に光りはじめた蝸牛を割箸《わりばし》で返しながら助手たちの顔を見まわした。

ガスの栓が、閉じられた。

「さ、あがったぜ」

霜田は、つま楊子《ようじ》を試食する者にわけて、まず自分から蝸牛の肉に楊子を突きさした。

三宅も手を伸ばして、熱そうな油の音のしている肉を口に入れた。バターの香《こう》ばしい匂いが、口の中にひろがった。しこしこした歯ざわりだった。

かれは、ためらわずに顎《あご》を動かした。と、咀嚼《そしやく》してゆくにつれて奇妙な芳香がにじみ出てきて、肉もとろけ、硬さはいつの間にか感じられなくなっていた。かれは、余す所なく嚥下《えんか》した。思いがけぬうまさが、咽喉に未練げに残った。

かれは、油で薄く光っている唇をなめた。

「うまいですね」

霜田が、三宅の同意を得るように言った。いつの間にか不機嫌そうな表情は消えていて、その眼に満足げな微笑がうかんでいた。そして、助手たちにむかって、

「どうだ、うまいだろう」

と、声をかけた。

かれらは、可笑《おか》しそうな眼をしてうなずいた。

「どうですか、材料は豊富にあるんですから、時々試食をしましょうよ」

霜田は、半ば冗談まじりに三宅に言った。

容器の中の幼虫はすっかり成長していて、目算でも百個近い殻がうごめいている。

三宅は、別の容器を用意して分けてやらなければいけないな、と黄色い渦紋のある紫色の殻を見つめながら思った。

翌日、霜田が、三宅に悪戯《いたずら》っぽい眼をして笑いかけてきた。三宅には、その笑いの意味が理解できた。

「食うか」

三宅が言うと、霜田が忍び笑いをしながら立ってきた。

試食をすることを知った技手や助手が集まってきて、一人一匹ずつ七匹が料理された。初めの時とはちがって不安がないだけに、一層味はよかった。

「いやになるくらい、うまいな」

霜田は、感に堪えたようにつぶやいた。

その後三回にわたって試食した結果、きわめて美味、消化も良く十分に食用にあたいするものと思われる……という結論を得た三宅は、報告書を手に省の防疫課におもむいた。

課長は、待ちかまえていたようにそれを受けとると部屋を出て行った。が、しばらくして白けた顔で帰ってくると、椅子に坐りもせず、すぐに蝸牛飼育農家を管内にもつ県の農林部長に電話を入れた。

電話の内容は、蝸牛を買いつけに来ているという小型トラックのナンバーの調査依頼であった。

「今度の局長は、神経がピリピリしていて苦手だ。どなりつけられたよ。業者の名も住所もわからぬとは、なにをしているのかというわけだ」

課長は、かなり打撃を受けたらしく眼鏡をはずすと顔を手で荒々しくこすった。

二日後、防疫課長から小型トラックのナンバーが判明し、それを手がかりに研究所の所在もわかったから同道してくれと、電話があった。

三宅が白衣を脱ぎ、防疫所の玄関で待っていると、省の車がやってきた。中には、課長と二人の課員が乗っていた。

研究所の住所をきくと、意外にも三宅の家のある町と隣接した町で、車は都心から高速道路で下町におりると、川に架けられた長い橋を渡った。そして、土手の下に通じる道から小さな家の密集した町の中に入っていった。

住所をたずねながら、車はドブ川沿いに進み、蓮田の中の道に出た。その前方に新しい二階建の家が建ち、家の前に草色の小型トラックが二台駐車していた。

車をとめると、かれらは路上に降りた。そして、一台の車のナンバーが県から報告してきたナンバーと一致していることをたしかめてから家の前に立った。門柱には、食用蝸牛研究所という標札がはめこまれていた。

ドアをあけると、事務室に三人の事務員が机の前に坐っていた。

入口に近い所にいた若い女が立ってきた。

課長が名刺を出すと、女は礼儀正しい口調で、

「少々お待ち下さい」

と言って、事務室の一隅にある階段を上って行った。

家は、森閑としていたが、ドアを開けた時から、三宅は或る臭いをかざとっていた。それは蝸牛を手にしてからしばらくは残っている粘液の臭いだった。

階段をふむ足音がして、白衣を着た背の高い男が降りてきた。髪に白髪のまじった初老の男だった。

男は、白衣を事務員に渡すと、穏やかな物腰で三宅たちを招じ入れた。

課長は、椅子に坐ると訪れてきた趣旨を話し、市場へは蝸牛が食用として出廻っていないが、実際はどのような目的で蝸牛を大量に委託飼育させているのかを問うた。

「そのことですか」

男は、柔和な微笑をうかべ女事務員に帳簿を持ってこさせた。そして、それを丸テーブルにひろげると、

「会員制なんですよ。会員の方たちだけにお分けしているんです」

と、言った。

部厚い帳簿には、会員の氏名、住所が書かれ、最後尾の会員名のナンバーは一〇〇〇番台であった。課長は、うなずきながら帳簿を繰っていたが、

「作業場はどちらにあるのですか」

と、うかがうような眼をしてきいた。

「二階です。ごらんになりますか」

男のおだやかな表情は、崩れなかった。

三宅たちは席を立つと、男の後について階段を上った。蝸牛の臭いが急に濃くなり、階段を上りきってすぐのドアをあけた時、かれの眼は、大きくみひらかれた。

二階は、細長いかなり大きな部屋になっていた。ブリキ張りの長い作業台が三つ並び、その両側に、十人ほどの女たちがビニール袋に紫色のものをつめている。白衣を着、白いマスクで口をおおった彼女たちは、黙々とゴム手袋を動かし、部屋の中にはビニール袋をひろげる音がきこえるだけであった。

作業台の上には、所々に平たい笊《ざる》がおかれていた。その中から女たちは、紫色の蝸牛をつかんではビニール袋の中につめ、小さな秤《はかり》にのせて袋の口を閉じていた。

部屋の隅で、女が二人で滑車のついたロープを手繰り出した。丸い桶《おけ》が上ってきて、女は紫色の殻を数個の平笊にわけて入れた。

「階下が貯蔵室になっているのですか」

課長が、長身の男の顔を見上げた。

「そうです。ごらんになりますか」

課長がうなずくと、男は階下へ降りた。そして、狭い廊下を進み、コンクリート作りの階段をなれた足取りで降りた。

地下室には、赤い電燈が所々ともっているだけで薄暗い。

三宅は、通路の両側にはられた金網に眼をとめた。そこには、人肌のような色が一面にひろがっている。近づいてみると、それはすき間もなくはりついた蝸牛の肉で、細かい網の目から軟らかい蝸牛の肉が嬰児《えいじ》の足指のようにはみ出していた。

課長も課員も、顔をしかめていた。蝸牛特有の臭いとむれた野菜の臭いが混り合って、金網の中から激しい臭気が漂い出ていた。

事務室へもどると、三宅は、

「あの蝸牛は、どこから持ってきたのですか」

と、男にたずねた。

「蝸牛の研究家と称する人がいまして、その方から提供されたのです」

「研究家？」

「そうです。飼育方法その他の指導もすべてその方の指示通りにやっています」

三宅はうなずいた。

課長は、会員数名の所在をメモしてその家を出た。

車が走り出すと、

「会員制じゃ市場に出廻っているかどうかつかめなかったわけだ。どうだ、どうせ出て来たついでだから、会員の家をまわって念のためたしかめてみよう」

と、課長が言った。

車は、橋を渡り繁華な町をぬけ、幾つかの坂を登りおりした。そして、閑静な住宅街に入ると、鉄の門扉《もんぴ》をかまえた洋風作りの邸《やしき》の前でとまった。

玄関のブザーを押すと、五十歳ぐらいの年齢の女が出てきた。

課長が名刺をさし出し来意を告げると、女の顔に一瞬困惑の色がうかんだ。が、妙に取り澄ました表情になると、

「そんなものは見たこともありません」

と、言った。

三宅たちは、顔を見合せた。そして、会員名をメモしたものを示して質問に答えてくれと言ったが、再び同じ答えがもどってきただけだった。

かれらは、やむなく門を出た。そして、その近くにある次の会員の家に行ってみたが、出てきた主婦は、初めに訪れた家の女と同じ態度をとった。女の顔には、あきらかに蝸牛を食べていることをかくそうとしている表情があった。

「いい家庭であんなものを食べているのが恥ずかしいとでもいうのかな」

課長は、頭をかしげた。

もう一軒行ってみようということになって車を廻した家は、下町にある待合であった。そこでは、女将《おかみ》が快く居間に通してくれ、蝸牛の質問にも気さくに答えてくれた。

その女将は、二日置きに二百グラム入りの袋を二千円ずつで買っているという。まだ会員になってから二カ月程しかたたないが、美味でその上体にもよいので同業の女将連中にも会員になることをすすめているといった。

二日置きに二千円というと、月に二万円の出費になる、と三宅はひそかに計算した。

課長は、しきりに女の話に相槌《あいづち》をうっていたが、

「ところで、今日会員の家を二軒まわってきたんですが、あきらかに使用しているらしいのに質問に答えてくれないんです。なぜだと思います？」

と、たずねた。

「あら、そうですか」

女将は、眼を大きくみひらいた。そして、頭をかしげて思案するような仕種《しぐさ》をしたが、その顔に微笑が湧《わ》いた。

「つまりね、なんと言うのかしら……。これ、あとを引くのね。また食べたくなるの

よ、量も少しずつ増すし。なにかそんなことが、一寸《ちよつと》悪いことでもしているような気にさせるんじゃないかしら」

女の眼に、妙に弱々しい色が浮んだ。

「後をひく?」

「そうなの。それは私だけじゃない、会員になった女将連中もそう言っているんですから……。食べたくて仕方がなくなるのよ、妙なものね。でも、体にはたしかにいいようですよ。肩の凝りが治った人もいるし、肌がなめらかになったって喜んでいる女将もいますよ」

女将は、照れ臭そうに微笑した。

三宅たちは、釈然としない表情で待合を出た。

「後を引くと言っていましたが、麻薬のようなものでしょうか」

若い課員がつぶやくように言った。

「まさか」

課長は、吐き捨てるように言ったが、そのまま口をつぐんで灯のともりはじめた窓外の家並に眼を向けていた。

その夜、家に帰った三宅は、部屋の隅におかれた金魚鉢の中をのぞいてみた。そこには成虫が二匹いて、また妻の新たに買い求めてきたプラスチック製の水槽の中には、かなり成長した蝸牛が二十匹近く、紫色の殻を光らせて動いていた。

かれは、成虫を二匹とりあげると眼を据えた。

女将は、後をひく……といったが、たしかにそんな気分もある。麻薬などとはむろんちがうが、また食べてみたいという気持になる。

うまいということだけが原因ではないようだった。あの得体の知れぬ芳香に魅せられるのか、小粒なその肉は、舌にとろけるようだった。

「役所でこれを試食してみたが、うまいんだ。今日も外に出て調査してまわったが、これが二百グラムで二千円もする食用の蝸牛だということがわかった。会員組織で売られているが、薬にもなるらしい。どうだ、食べてみるか」

三宅は、言った。

「いやだ、気味が悪い。第一、こんな可愛いもの食べちゃ可哀想だわ」

妻は、顔をしかめた。

「しかし、フランス料理には、蝸牛料理というものがある。蝸牛は、陸棲貝類つまり陸にすむ貝なのだから、海や川でとれる貝と同じように食べることのできる生物だ。気味が悪いなどというのはおかしいんだぜ」

三宅は、そこまで言うと蝸牛を金魚鉢にもどした。

「ほかの蝸牛なら食べる気にもなるだろうけど、こんな綺麗《きれい》な蝸牛を食べるのは残酷だわ。私、この蝸牛が死んだら、殻でネックレスを作るの」

妻は、金魚鉢をのぞきこんだ。

「ばか。もろくてそんなものが出来るか」

かれは、笑った。

四

翌日、局長を中心に定例の防疫会議があり、三宅も出席した。

議題の一つに、紫色の蝸牛の処置が提案されていた。

課長が、蝸牛飼育状況と供給者及びそれを食用として使用している者の調査結果を報告した。局長をはじめ出席した課員たちは、多くの会員が愛用していることに関心をいだいた。

「なんだね、それは。回春剤としてでも人気があるのかね」

局長が、組んだ腕を机に置いた。

「そういうこともあるかも知れませんが、一人の女性使用者は、後をひくというのです。どうも習慣性のある食物だというのですが……」

局長の顔に、興味を失ったような苦笑が湧いた。

「それを教えてくれましたのは、待合を経営している女将ですが、その女将の言によると紹介してやった他の女将たちも同じような感想をのべているそうです。ですから、あながち嘘とも思えないのですが……」

「それは、その女たちが暗示にかかっているんだよ。なにかそれを食べると薬になるとか……。それに植物防疫所からの報告によると、極めて美味と書かれていたじゃないか。うまいからまた食べたくなるだけさ」

局長は、課長の言葉を打ち消すように言った。

課長は口をつぐんだが、ふと思いついたように、

「君の研究室では試食しているが、あの後も食べてみたかね」

と、三宅に言った。

三宅は、不意の質問にうろたえながらも、

「三回食べました」

と、答えた。

「極めて美味と書かれていたが、そんなにうまいのかね」

局長が、椅子に背をもたせて声をかけてきた。

「はあ」

三宅は、うなずいた。

「君は、昨日も女将の話をきいていたが、計四回食べて、また無性に食べたくなることはないかね」

と、課長がうかがうような眼をしてたずねた。

「さあ、そんなことも……」

かれの言葉が終らぬうちに、失笑が起った。

「そんなことまで実験しちゃたまりませんよね」

係長が、可笑しそうに笑った。

その問題について、結論はなかなか出なかった。

蝸牛の餌《えさ》をとる状況を観察しても、アフリカマイマイのように農作物に被害をあたえるとは考えられない。農家も、その蝸牛研究所からきちんと収入を得ていてうるおっているし、省として、そのことに文句をつける理由はなにもなかった。

ただ習慣性のある食物だということがわずかにひっかかったが、それも味覚に属することなのだという解釈が下されて、しばらくこの問題は静観するという結論になった。

その後、雑談となって、妙な薬草や生き物が薬用食物として流行していることが話題になった。香港《ホンコン》から持ちこまれたという小さな虫を飲むことがはやったり、精力剤、消化剤として多くの薬草がのまれていることが、課員たちの口からもれた。

「科学万能時代ですから、逆にそれに背を向けるようなものに人の関心がむけられるのでしょうか」

課長が局長に顔を向けて言ったが、局長はただ苦笑しただけで黙っていた。

三宅は、会議中ほとんど口をつぐんでいた。紫色の蝸牛の習慣性を信じるわけではないが、それを全面的に否定することもできないような気がしてならなかった。決して強い欲望ではないが、また食べてみたい気持はある。それを美味の故だといってかたづけてしまうのも早計すぎるように思えた。

かれは、会議が終ると植物防疫所にもどった。蝸牛問題も一段落ついたと思うと、気分の軽くなるのを感じた。

しかし、研究室のドアを開けた時、かれの顔はこわばった。昼食時の部屋には、芳《こうば》しい匂いがただよっていた。ガス台のまわりに技手や助手が集まって、その中央に背の高い霜田の後頭部が突き出ている。霜田は、また蝸牛を料理しているのだ。

三宅に気づいた技手が、

「お帰りなさい」

と、言い、助手たちもふり向いた。

環《わ》がとかれて、その中からフライパンを手にした霜田が出てきた。

「またやっているんですよ。いかがですか、出来たてのほやほやを……」

と言って、フライパンをさし出した。

フライパンの上には、十個ほどの蝸牛の肉がかすかに油をはねさせていた。

「いや、今日はやめるよ」

三宅は、うわずった声で言った。

霜田が、一瞬けげんな顔をして三宅を見つめた。

「食べないんですか」

霜田は、言った。

三宅は、うなずいて自分の席に坐った。

霜田の手にしたフライパンに、技手や助手の手がのびた。そして、楊子で肉をつきさすと、貴重な食物を扱うように肉をながめまわしてから口に入れている。

三宅は、かれらの蝸牛を食べている姿をみるのが息苦しかった。かれらが、恐ろしいものを食べているような気がしてならなかった。

蝸牛は、会員制で売られている。価格も高いし、ただ美味というだけで買われているとは思えない。待合の女将のもらした感想は、まちがっていないのではないか。霜田たちは、すでに蝸牛の魅力のとりこになっているのかも知れない。

会議では、合計四回試食をしたといったが、霜田たちがかれの留守に何度か食べていることはまちがいなかった。蝸牛を食べて悪いことはなにもないのだが、つづけて食べたくなる欲望が湧くことに薄気味悪さを感じる。

思いきって蝸牛を処分すべきかも知れない、とかれは思った。霜田たちが、今後それを常食とするのを見ることは耐えがたかった。

午後の勤務がはじまって間もなく、三宅は霜田を呼んだ。

「あの紫色のマイマイだが、結論も出て調査はすべて終った。標本を十個ほどとって、残りは今日にでも廃棄処分にしてくれ」

三宅は、さりげない口調で言った。

「廃棄処分ですか。惜しいじゃありませんか。食用に適したマイマイだということは実証ずみですし、研究室の者も食べるのを楽しみにしているのですから……」

霜田は、意外なといった表情をした。

「今日も会議でそのことが話題になったのだが、あのマイマイには、後をひくような性格があるらしい。別に実害はないが、食べるのを常習とするようになっても困るからな。どうだ、また食べたくなるような気持がいくらかはあるのじゃないか」

三宅は、気まずそうに言った。

「後をひくって、どういう根拠でそのようなことを……」

「それは、あのマイマイを買っている会員からきいたのだ。会員は千名以上いるが、その人たちは、あのマイマイの常食者だ」

「すると、私たちも食べるのが癖になるというのですね」

「そうだ」

霜田の眼に、弱々しい光がうかんだ。そして、しばらく黙っていたが、

「わかりました。廃棄します」

と言って、三宅の机の前をはなれた。

やがて、霜田が助手を二人つれてきて飼育箱と孵化箱《ふかばこ》をもたせ、部屋を出ていった。

少し神経質になりすぎたかな、と三宅は思った。あの蝸牛は、別に危険な食物ではないのだろうし、それを廃棄処分に付すことは滑稽なことかも知れなかった。

かれは、窓の外に眼を向けた。

裏の空地に霜田が立ち、助手たちに飼育箱の中のものを莚《むしろ》の上にあけさせているのがみえた。そして、その莚に火が点じられ、薄青い煙が上りはじめた。

三宅は、これであの肉を食べることはないのかと思うと惜しい気がしたが、ふと家に飼われている蝸牛のことを思い出した。水槽《すいそう》の中で孵《かえ》った幼虫は、すでに成虫になっていて三十匹近くはいる。あれも処分すべきなのだろうか、と、かれは空地に立ちのぼる煙をながめながらつぶやいた。

その夜、家に帰った三宅は、妻の眼に悪戯っぽい光がうかんでいるのをみた。

「なんだい」

かれは、妻の顔をうかがった。そして、ワイシャツをぬぎながら食卓の上をみたかれは、顔をこわばらせた。食卓の隅に、紫色の殻のきれはしが、豆の皮のように寄せ集められている。

「食べてみたわ」

と、妻が言った。

かれは、妻の顔を見つめた。

「案外おいしいのでびっくりしたわ」

妻は、急に可笑しそうに薄い肩をふるわせて忍び笑いをした。

かれは、うつろな表情で畳の上に坐った。

蝸牛は卵を生んで果てしなく繁殖してゆくだろう。無聊《ぶりよう》をもてあましている妻は、三宅の留守にそれを料理して食べるにちがいない。

かれの胸に、思いがけない幻想がうかんだ。或る夜家にもどると、家の中に紫色の殻に黄色い渦紋を浮き出した大きな蝸牛がいる。家の中には、蝸牛のひく錫色の跡が交差している。妻は、蝸牛に身を変えたのだ。

「そんな顔して、どうしたの?」

妻が、細い眼でかれの顔をのぞきこんだ。色素の薄い唇が、妙に濡れてみえた。

鵜《う》

一

茨城県の豊浦《とようら》海岸には、切り立った断崖《だんがい》がつづいている。太平洋の波浪は、冬の日に輝きながら岩礁に激突して白い飛沫《しぶき》をあげている。

断崖の頂に近い岩場に、鵜の囮場《おとりば》が設けられていた。五坪ほどの平坦な岩場で、その上に五羽の海鵜《うみう》が羽を休めている。が、それらの鵜の中で二羽の鵜は、羽ばたくこともとも足ぶみすることも眼をしばたたくこともしない。それらは鵜の剝製《はくせい》で、他の三羽の鵜も足をかたく岩場の杭《くい》に結びつけられているのだ。

松次郎は、囮場の主である沼田と、岩場の隅に立てられた蓆《むしろ》がこいのかげに身をひそませていた。かれは、鵜飼に使う海鵜を沼田がとらえる作業に同行してきていたのだ。

海鵜の群れは、秋になると北海道方面から太平洋岸を南下して紀伊半島近くまで移動してゆく。そして、気温がたかまると再び北へ引き返すことをくり返している。

その往復の途中で豊浦海岸付近を冬と春に通過するのだが、冬に姿を見せる生後十カ月ほどの若鵜が、鵜飼に使うのに適しているのだ。

松次郎は、長良川《ながらがわ》の鵜匠だった。

鵜匠は世襲で、定数も六名にきびしく制限されている。それは漁獲量を守るための智恵から生れたものであった。

鵜飼の鵜は、茨城県伊師浜《いしはま》に住む鵜とり人の沼田によって捕獲されたものが使われている。それらの鵜は例年列車で送られてきて、鵜匠は捕獲に立ち合わないが、松次郎は過去にも一度囮場を訪れたことがある。

最初に訪れたのは十二年前で、その頃松次郎は名鵜匠といわれた父の鵜舟の中乗《なかの》りとして漁をしていたが、父が突然のように鵜とりを見てこいと言ったのだ。

旅行をする機会のほとんどない松次郎は、父がそのような口実をもうけて自分に旅をさせてくれるのだと思った。そして、伊師浜におもむくと沼田の家を訪れた。

しかし、翌日沼田に囮場へ案内されて鵜とりの実態を知った時、かれは父が旅を命じた意味を理解することができた。

豊浦海岸には、鵜がむらがっていた。岩礁の上に憩うたり、魚をもとめて海面すれすれに飛んだりしている。囮場に配置された鵜の姿をみて、海鵜たちはその岩場が休息するのに適していると思うらしく、鵜が囮場で羽を休めるという。が、終日息をひそめていても一羽の鵜もやってはこなかった。

沼田は、囮場の一隅にもうけられた蓆がこいの中に坐って鵜のくるのを待っている。座布団に腰を下ろしたまま身じろぎもせず、かたく口をつぐんでいる。そして、その眼は、垂れた蓆の間から三十メートルほど下方の海面にそそがれていた。

松次郎は、沼田の忍耐強さに呆《あき》れた。囮場での息苦しい退屈な時間が、かれには堪えきれなかった。そして、翌日、囮場で沼田と一日を過しただけで逃れるように郷里の長良川河畔へもどった。父は、口癖のように、

「鵜飼は、忍耐だ」

と言っていたが、鵜とりの仕事を見させることによって松次郎に堪えることの重要さを教えこもうとしたにちがいなかった。

その父も四年前に病没し、松次郎は宮内庁職員としての鵜匠の地位を受けついでいた。

かれは、父に教えられた原則を忠実に守って鵜を扱ってきた。が、その年の漁獲量は他船にくらべて少なく、初めて厚い壁に突き当ったような苛立《いらだ》ちを感じていた。それまで意の如く動いてくれていた鵜が、一羽残らず自分から離反してしまったように

思えてならなかったのだ。

鵜飼の漁期が終って間もなく、松次郎は、叔父の鵜匠である菊太郎の家に呼ばれた。

「松。いやな眼つきになったぞ。おだやかな気持でいないと、鵜の神経が荒れる」

と、菊太郎は言った。

松次郎は、あらためて父の口にしていた忍耐という言葉を反芻《はんすう》していた。鵜の性格はさまざまで、なつき易いものもいれば反抗的な鵜もいる。それらをなだめすかして、漁をさせるのはたしかに忍耐が必要なのだ。叔父の菊太郎は、父と同じ忠告をしてくれているのだ、とかれは思った。

松次郎は、豊浦海岸の断崖の上で鵜とりをしている沼田の姿を思い浮べた。丁度鵜が北から豊浦海岸に渡ってきている頃で、沼田は、終日蓆がこいの中で身じろぎもせず坐っているのだろう。

かれは、旅装をととのえると家を出た。囮場で日を過すことによって、鵜匠としてなにかをつかみたかった。

断崖に吹きつけてくる風は冷たく、蓆は音をはためかせていた。かれは、オーバーの襟《えり》を立てて沼田の傍《そば》に坐っていた。

沼田の短い頭髪は、十二年前とは異なってすっかり白くなっていた。数年前までは鵜とり人も二人いたが、根気のいる仕事に辟易《へきえき》してしまったのか沼田一人になってしまっている。

剝製のものを除いた三羽の鵜は、空腹と身体《からだ》の自由がきかぬことが苦痛らしく悲しげな啼声《なきごえ》をあげている。

その日、沼田は、囮場へ向う道をたどりながら今日は収穫がありそうな天候だと言っていたが、予期通り午前中に二羽の海鵜が囮場で羽を休めた。

しかし、沼田は、蓆がこいの中で身を動かそうともしなかった。鵜飼に使う鵜は、薄茶色い羽をした二歳未満のものにかぎられている。若い鵜は、訓練が容易だし鵜匠にもなつき易い。が、囮場にとまった鵜の羽は黒々としていて、三歳以上の鵜であることはあきらかだった。

やがて二羽の鵜が飛び立つと、沼田は蓆の隙間から海の方向をうかがいながら、

「いいぞ、今日はとれるぞ」

と、つぶやくように言った。

三十メートルほど下方の海面を見下ろすと、所々に海鵜の群れが、長い首を伸ばして波に揺れながら浮んでいるのがみえた。

「きた」

沼田の低い声がした。

左方向の断崖に沿って、かなりの数の鵜が群れをなして飛んできた。それらは、北から新たに渡ってきた鵜の一集団のようであった。

啼声と羽音が接近してきて、崖《がけ》ぎわを飛んできた四羽の海鵜が羽を大きくひろげると、囮場の上に舞い下りた。

松次郎は、それらの鵜の中に二羽の薄茶色い羽毛をもった若鵜を見た。どちらも肩幅の広いすぐれた体格をした鵜であった。

沼田の手に細い竹がつかまれ、その先端の部分にモチがぬりつけられた。かれの眼は、垂れた蓆の間から鵜の動きに注がれている。海鵜は、剝製の鵜や足をしばりつけられた囮鵜の異常さにも気づかぬらしく、嘴《くちばし》で羽をしごいたり首を伸ばして沖の方に眼を向けたりしていた。

沼田の手にしたモチ竿《ざお》が蓆の間からさし出され、背を向けている一羽の若鵜の体に徐々に伸びてゆく。それはかすかな動きで、やがて背の上で重ねられた羽の合せ目に達すると勢いよく押しつけられ、モチ竿が静かに手繰られた。後部に趾《あしゆび》のない鵜は後に引かれると堪える力はなく、腰を岩場に落して後ろ向きのまま引きずられてきた。

そして、蓆がこいの中に入ると、沼田の手でおさえつけられた。

松次郎は、沼田の巧妙さに呆れた。鶉は、驚きのため か啼声もあげない。さらに沼田は、モチを竿に塗り直すと再び他の若鶉の体に接近させていった。

その若鶉は、いつの間にか近づいてきているモチ竿を頭をかしげて見つめていたが、静止したままなので不審感もうすらいだらしく沖に眼を向けた。モチ竿が再びかすかな動きをみせはじめて、鶉の背に伸びると羽に押しあてられた。そして、岩場の上を蓆がこいの中に引き入れられた。

松次郎は、沼田とともに二羽の鶉を沼田の家に運んだ。すでに沼田は、十一月下旬からはじめた鶉とりで十六羽の若鶉をとらえていた。それらはいずれも健康そうな鶉ばかりで、食欲も旺盛《おうせい》だった。

松次郎は、初めて鶉の捕獲を眼にしたことに満足して、翌日伊師浜をはなれた。

二

沼田から二十四羽の鶉が鉄道便で送られてきたのは、一月中旬だった。

松次郎が叔父の菊太郎の家に行くと、庭に鶉籠が並んでいて鶉匠たちが鶉を籠から引出していた。かれらは、首をつかんで一羽ずつ点検していたが、新鶉《しんう》の骨格が大きいことに上機嫌だった。

松次郎は、分配された四羽の鵜をライトバンの小型車で家へ運ぶと、すぐに手入れにかかった。

鵜の嘴は剃刀《かみそり》の刃のように鋭く、送られてきた鵜の嘴の間にハシガケと称される木片がさしこまれ紐《ひも》で結びつけられている。

松次郎は小刀を手にすると、まず嘴を開いて鋭い刃のような部分を丹念にけずり、尖《とが》った上嘴の先端を丸くした。鵜に突つかれても怪我をしないようにするための処置であったが、同時に捕えた魚の体を傷つけさせないためでもあった。

嘴の手入れを終えると、松次郎は盥《たらい》にみたした温湯に鵜をつけて羽毛を洗い、羽に残されたモチをきれいに洗い落した。

さらに鵜の一方の翼の親羽二枚を残して、九枚の風切羽《かぜきりばね》を切り落した。それは訓練中に飛び去ることを防ぐためで、四カ月後に再生するまでそのままにしておくのだ。

松次郎は、二区画に仕切られた鵜籠の中に二羽ずつの若鵜を入れた。そして、鵜を落着かせるため籠の上に腰蓑《こしみの》をかぶせた。

かれは、裏口から家に入ると居間の食卓の前に坐った。新鵜がとどいた日の習慣で、食卓には酒と肴《さかな》がならべられていた。

妻の清子の酌で杯をかたむけた松次郎は、

「千代子はまだ帰らぬのか」

と、たずねた。

清子は、

「はい。今日の夕方には帰ってくるはずです」

と、低い声で言った。

松次郎は、顔をしかめた。

昨年の春高校を卒業した一人娘の千代子は服装学院に通っているが、二カ月ほど前から服装も化粧も急に派手になってきている。旅行に行くのだと言って家を明けることも多く、二日前にも鳥羽へ行くと言って家を出て行った。

松次郎にとって、男子に恵まれなかったことは不幸だった。世襲である鵜匠の仕事をひきつぐ息子のいない松次郎は、千代子に婿をとらねばならない。

かれは、漁期になると雇い入れる中鵜使《なかうつか》いの時雄という青年を婿にしてもよいとひそかに思っていた。時雄は、市内の自動車修理工場で働いていて、勤めが終ると松次郎の家にやってくる。中鵜使いは、鵜舟の中で最も地位の低い見習いだが、数羽の鵜を使って鮎《あゆ》をとる。その手縄の扱い方に、松次郎は時雄が将来鵜匠として仕事を託することのできる才能があると見ぬいていた。

時雄は、母と二人きりの生活で家計を補うために松次郎のもとへ働きにきていたのだが、鵜を扱うことが好きであるようだった。松次郎が激しい口調で注意しても、

「はい、はい」

と言って、かれの教えに従順にしたがう。

背も高く目鼻立ちのととのった時雄は、鵜飼見物の遊船で働く宿の女中たちにも人気があった。が、生真面目な性格で女との交際もないようだった。

かれは、千代子と時雄を自然に観察するようになっていたが、千代子は時雄に全く関心がないらしく眼を向けることもしない。千代子には、中学校卒の学歴しかない時雄を軽視している節があるようにも思える。そのことが幾分気がかりだったが、若い男女のことでもあるのでいつかは接近してゆくのではないかと期待していた。鵜匠という特殊な家に生れたことを千代子も十分に自覚しているはずだし、千代子を説得すれば、時雄を婿にすることにも同意するのではないかと思っていた。

そうした思惑があるだけに、千代子の派手な行動は不安だった。地味な時雄と生活の差が大きくなってゆくような気がしてならなかった。

「年頃の娘のことだ、十分に注意しろよ。おれは鵜のことで頭が一杯なのだから、お前が責任をもってもらわねば困る」

松次郎は、妻をたしなめた。

清子は、無言でうなずいていた。

松次郎は、新鵜の調教にとりかかった。まず鵜を自分になれさせるため鵜を一羽ずつひき出すと餌《えさ》をあたえ、頭をなぜ、咽喉《のど》をやさしく愛撫《あいぶ》してやった。かれは、鵜が長期間人に飼育されても決して野性を失わぬことを知っていた。鵜の人間に対する恐怖感は消えることはなく、身を守るためにその鋭い嘴で人間を突き刺す機会を絶えずねらっている。

松次郎も鼻から口にかけて嘴を突き立てられたことは何度もあり、必ず首をつかんで扱うように注意している。殊に新鵜の場合は気性も荒々しいので、嘴にはハシガケを固着したままにしてあるのだ。

鵜に対する調教は、徹底した溺愛《できあい》以外に方法はなかった。もしもきびしい仕打ちでもすると、鵜は完全に人間にそむき嘴を突き立てること以外に考えなくなる。と言っていたずらに卑屈な態度をしめせば、鵜は増長して人間の意にしたがうことをやめてしまう。

鵜匠としては、その兼合いがむずかしいのだ。

かれは、二、三時間おきに鵜をとり出しては愛撫をつづけた。そんなことを繰返しているうちに鵜の動きにはたけだけしさも徐々に薄らいで、一週間後にはハシガケを嘴からはずすことができるようになった。

松次郎は、新鵜をいれた籠を車に乗せて川原に行った。そして、鵜に泳ぎを教えるためにその首に手縄を結びつけて川に放った。が、鵜は激しく羽ばたいてすぐに岸にあがってきてしまう。海で育った鵜は、川の水におびえきってしまっているのだ。かれは、根気よく鵜を川に放ち、古い鵜もそれに混えて川水になれさせるようにつとめた。十年以上もつづけてきたことだが、かれは、あせらずに鵜を愛撫し川に放った。

冬は、鵜の体力づくりの季節でもあった。

数年前までは、他の鵜匠とともにすべての鵜を連れて旅に出るのがしきたりだった。鵜舟のなかに一カ月分の食料をつんで、川から池沼へとたどってゆく。そして、鵜を放って自由に鮒《ふな》や鮃を追わせて食べさせる。それは鵜匠にとって辛く、そして物悲しい旅だった。川風は冷たく、降雪にみまわれることもある。鵜匠たちは、夜、体をまるめて舟の中で眠る。鵜は肥えるが、鵜匠たちはやつれきってしまうのだ。

しかし、そうした長い舟旅に出ることも皆無になった。長良川をのぞく川の多くは汚れがひどく、魚の数も年々減ってきている。たとえ魚の棲《す》みつく場所に鵜をつれて行っても、鵜はその鋭い嗅覚《きゅうかく》で汚染された魚をかぎ分けて食べようとはしない。激しい空腹におそわれていても、決して咽喉に通そうとはしないのだ。

そうした事情から、鵜には買い入れた餌をあたえることになる。鵜の食欲はきわめて旺盛で、一羽が一日に一キロ近くの魚を食べなければ承知しない。それは、大きな鯉二尾に相当する量だった。

大食である鵜の習性は、鵜飼の漁で多くの魚をとらえる利点になっているが、同時に七カ月にわたる禁漁期間中、鵜匠たちに苛酷な出費を強いることにもなる。

松次郎は、他の鵜匠とともにその期間を堪えたが、鵜が運動不足になりがちであることが悩みの種であった。

十年前までつづけられていた長い舟旅は、鵜に生魚をあたえるとともに自由に運動させる意味も兼ねていた。が、舟旅の機会をあたえられない鵜は、買い求められる魚を食って肥えるだけで運動することがない。そのため五カ月にわたる漁期に耐久力が不足しがちなのだ。

かれは、その欠陥をおぎなうため新鵜をもふくめた三十羽近い鵜を連れて、近くの川に放つことをくり返していた。鵜は、元気よく泳ぎまわった。新鵜も三月の羽変りの季節がやってくる頃になると、ようやく古鵜にまじって泳ぐようになり、体も肥えて順調な成育をしめしていた。

四月中旬、市役所の観光課員と鵜匠たちの打合せ会がひらかれた。鵜飼の宣伝や観覧船の配船などは市がすべて準備するのだが、それについての説明や、川をのぼってきている稚鮎の状態などが詳細につたえられた。稚鮎は幸い数も多いらしく、各所に大群がみられるという。しかも、その発育状況も好ましく、かなりの豊漁が見こまれているということだった。

松次郎は、最後の仕上げに入った。飼育する上で、最もむずかしい時期であった。三月十五日から解禁日の前日である五月十日まで、漁獲保護のため鵜を川に放つことは禁じられているので、やむなく庭に設けられた大きな鳥小舎《とりごや》の中の水槽《すいそう》で、買い求めた魚を放って鵜に捕食させる。当然鵜は運動不足になって、病気にかかることも多い。

かれは、絶えず鵜の啼声や体の動きに注意して、健康保持につとめていた。そして、深夜にも時々起き出しては、懐中電燈で鵜を点検するのが常であった。

かれは、毎年そのように鵜との生活をつづけてきたが、魚臭にみちた鳥小舎で終日をすごす生活に、侘《わび》しさを感じるようにもなっていた。

他の鶉匠の家では、水槽の水がえや買餌の運搬に家族が協力している。松次郎は、そうした家族の介入をむしろわずらわしいと思っていたが、その年にかぎって一人きりで鶉の飼育をしていることに苛立ちを感じていた。

おれも年をとったのか、とかれはひそかに思った。四十歳を越えたばかりなのにそのようなことを考えるのは滑稽にも思えたが、淋しさが胸の中に深くしみ入ってきているのをどうしようもない。

妻は従順で、家事も手際よくさばいている。その点では不服はないのだが、絶えず自分に向けられる妻のおびえた眼の光が不快だった。それはかれの気分の起伏のはげしさに原因があるのだが、鶉匠をつぐ男子を生むことができなかった妻としての負い目からくるものかも知れなかった。

松次郎は、妻に手助けをしてもらおうとは思ってもいなかった。妻は鶉を好まぬらしく、鳥小舎に近づくこともしない。そんな妻に飼育の手伝いをさせることはいやだったし、鶉の調教にも悪影響があると思っていた。

かれが期待していたのは娘の千代子で、積極的に飼育に協力してもらいたかった。幼い頃から高校卒業時まで、千代子は鳥小舎で作業をする松次郎の姿を金網越しに眼をかがやかせて眺めていた。千代子は、鶉を識別することもできて、気に入った鶉に名をつけて時々鵜に話しかけるようなこともしたりしていた。そして、中学校に入った頃からは、鵜飼がはじまると出漁の準備をしている川岸に弁当包みをもってきてくれることも日課にしていた。

しかし、そのように鵜に興味をもっていた千代子も、数カ月前から庭に出てくることもなく鳥小舎をのぞくこともしなくなった。夜帰ってくると食事をし、テレビをみたりしてから自分の部屋へ入ってゆく。千代子が鵜に対する関心を全く失ったことはあきらかで、松次郎に対しても急に他人のようによそよそしい態度をとるようになっている。

かれは、胸に巣食う淋しさが、年齢のためではなく千代子に因があるのだ、ということに気づいた。ただかれの唯一の救いは、時雄の存在であった。

時雄は、日曜日にしばしば松次郎の家に姿をあらわした。貰餌を車で運んでくれたり水槽を洗ってくれたりするが、鵜の調教に関する仕事には一切手を出さない。

松次郎は、そうした時雄の節度を好もしく思った。鵜飼には、厳しい秩序が要求されている。それは一種の儀式に似たもので、鵜匠はその手続きを忠実に守らねばならないのだ。

松次郎は、鵜に餌をあたえ、その鋭い嘴を小刀でけずる。そうした作業を、時雄は無言で見守っていた。

「おい、今年も舟に乗ってくれよ」

と、松次郎は、時雄にやわらいだ眼を向けた。

中鵜使いは臨時雇いだが、応募してくる者は年を追うごとに少なくなって、鵜匠たちを困惑させている。

「私の方こそぜひ雇っていただきたいと思っています」

と、時雄は言った。

「お前は、鵜飼が好きらしいな」

「はい」

時雄は、眼を輝かせた。

松次郎は、金網の外に出ると庭石の上に腰をおろした。

「おれは近頃こんなことを考えているんだが、おれには男の子がいないしな。もしお前がその気になってくれるなら、おれの仕事をついでもらってもいいと思っているんだ」

松次郎は、重大なことを口にしていることは知っていたが、これでいいのだとも思った。

鵜匠をひきつがせることは、時雄を入籍させることを意味する。それは一人娘の千代子と結婚させることにも通じるが、たとえそれが実現しなくとも、時雄以外に鵜匠の地位をうけつがせる者はいそうにもなかった。

松次郎は、時雄の沈黙に気づいて顔をあげた。時雄は、異様な表情をしていた。顔は赤く染まり、口もとがひきつれている。それは、激しい狼狽《ろうばい》を露《あらわ》にした表情だった。

松次郎の胸に、かすめ過ぎるものがあった。時雄は、娘の千代子に特殊な感情をいだいているのではないだろうか。鵜匠をひきつがせるという松次郎の言葉を、そのまま千代子を妻にすることとむすびつけて考えているのではないだろうか。自分の娘が若い男から愛情をいだかれていることを知ることは、松次郎にとって面映《おもは》ゆかった。自分の推測がまちがっていなかったとしたら、時雄の期待をかなえて千代子と結婚させてやりたかった。だが、千代子がなんと言うか心許《こころもと》ない。

松次郎は、秋の漁期が終った後、千代子に時雄を婿に迎え入れるようすすめてみようと思った。

かれは、時雄の顔から視線をそらすように、水槽で泳ぐ鵜の姿をながめていた。

三

五月十一日の鵜飼開きの日が来た。それは七カ月にわたる辛い時期の終る日であったが、同時に鵜にとっては、苦難のはじまる日でもあった。

鵜に餌をあたえることは、一切中止される。夜の漁に魚を多量にとらえさせるためには、烈しい飢餓状態においておかねばならない。

松次郎は、早朝に起きると鵜を点検し、十八羽の鵜をえらび出した。鵜匠の松次郎が十二羽、中鵜使いの時雄が六羽をあやつるのだ。

午後になると、船をあやつる艫《ともの》乗りの喜作と中《なかの》乗りの山岡がやってきた。かれらは、父の代から松次郎の家の鵜舟に乗ってきてくれた熟練者だった。

かれらは、道具類を川岸にもやってある舟に積みこみ、鵜を川岸に運んだ。

六隻の鵜舟が岸につながれていて、菊太郎をはじめ五人の鵜匠たちが鵜を籠に入れたまま川にひたして水を飲ませたり、舟の手入れをしたりしている。鵜匠たちは血のつながった一族なので、気軽な態度で互いに鵜の状態に注意をあたえたりしていた。

松次郎は、鵜匠や艫乗りたちの興奮が自分にもつたわってくるのを意識していた。鮎の成育は順調とつたえられているし、禁漁期に鵜の故障もなかった。条件はすべて整っていて、後は手縄を使って鵜を巧みに扱えばよいのだ。

松次郎は、夜のくるのが待遠しかった。七カ月の長いオフシーズンの間、かれは篝《かがり》火《び》の光の中で鮎を追う鵜の姿を熱っぽく思い描いていた。鵜匠の息子で家業をつぐことを嫌って家を出て行く者も多いが、かれは、少年時代から鵜匠になることにあこがれをいだいていた。

かれは、少年の頃よく夜の川岸に立って鵜舟の近づくのを待った。

川上の闇に篝火がちらつくのを眼にすると、かれの胸の動悸《どうき》はたかまった。かすかに湧《わ》いた六個の小さな炎は、急流に乗って寄り添うように近づいてくる。それは、松《たい》明《まつ》をかざして闇夜を急ぐ旅人の一団のようにもみえた。

やがて見物客の乗る屋形船の近くの瀬に達すると、火の粉を撒《ま》き散らす篝火の光の下で鵜が何度も水にもぐっては鮎を追う。

鵜舟の中に立つ父は、静かに手縄をあやつっている。それは、幼い松次郎の眼に神秘的な能力をもつ人間の姿にみえた。

その頃の鵜飼に対する憧《あこが》れは、鵜匠になった現在でも一層たかまっている。かれは、手縄を扱う時、鵜と完全にとけ合って一つの荘厳な儀式をおこなっているのだという陶酔感にひたるのだ。

日が、傾きはじめた頃、時雄が自転車に乗ってやってきた。

松次郎は、家から持ってきた弁当を喜作たちに配った。そして、車座になって食事をはじめながら、今年も気心の合った者たちと仕事ができることに満足感を味わっていた。

艫乗りの喜作は、川の状態に精通している老船頭だった。川の水量の増減や水温の変化に応じて、喜作は鮎のむらがる場所を的確に指示する。そして、鵜舟をその方向に進めて松次郎に鵜を使わせる。艫乗りの優劣は、漁獲量に直接影響するだけに、鵜匠も口をはさむことは許されない。

また中乗りの山岡は松次郎よりも若かったが、松次郎の補佐役として鵜のとらえた鮎を手ぎわよく処理し、鵜の移動にともなって篝火の位置を適当な方向へ動かす。松次郎との間に会話は交わされなかったが、松次郎の心の動きをそのままとらえて、松次郎に鵜を扱いやすいようにしてくれる。

夕食がすむと、菊太郎の鵜舟にエンジンの音が起り、川岸をはなれて上流に舳《へさき》を向けた。

松次郎たちの舟も、それを追うように艫綱をといた。

長良川の流れは早く、数年前までは帆を張り川岸から綱をひいて川上へむかった。

が、今ではエンジンをつけて溯航《そこう》する。

上流に向っていくと、ホテルや旅館の建ち並ぶ川岸には百艘《そう》を越す屋形船がぎっしりと並んでいて、船頭が客を迎え入れる準備をしているのがみえる。申込み客は多いらしく、屋形船以外に数十艘のとま船ももやわれていた。

川岸の家並がきれて、川の流れはさらに早くなった。鵜舟は、エンジンの音をとどろかせて川上へのぼりつづけた。

鵜舟が目的地である上流の川岸についた頃には、濃い夕闇がひろがりはじめていた。

松次郎は、籠から一羽ずつ鵜をとり出してその体を点検した。健康状態に異常がある鵜は、激しい体力の消耗を強いる漁の間に突然死んでしまうこともある。それだけに漁を開始する前の点検は慎重におこなわなければならぬが、鵜は、空腹にいら立ちながらも一羽残らず元気だった。

松次郎は、衣裳箱《いしようばこ》からとり出した鵜匠の衣服を身につけ、喜作たちは印袢纏《しるしばんてん》を着た。

川原に火がたかれ、松次郎たちは火をかこんで休息した。出漁は、八時に予定されていた。

「松次郎さん」

傍に坐った中乗りの山岡が、体を寄せてきた。

「千代ちゃんに町の中で二度ほど会ったが、一段ときれいになったね」

山岡は、煙草に火をつけながら言った。

「いや、いつまでも子供で困る」

松次郎は、答えた。

「子供どころか、一人前の娘だ。早く婿を迎えた方がいい」

「それは考えているが、そんな気持になってくれるかどうか」

松次郎は、焚火《たきび》の炎に眼を向けた。

「こんなことを話していいかどうかわからないが、千代ちゃんには親しい男ができているんじゃないのかい」

山岡の低い声に、松次郎はぎくりとしてその横顔を見つめた。

「そんなことはないはずだが……」

松次郎は、いぶかしそうに言った。

「そうかな。おれが姿を見かけた時は、二度とも同じ男と一緒に歩いていたが……。それもかなり親しそうにしていた。でも近頃の娘はひらけているから、どうということもないのだろうが……」

山岡は、余計なことを口にしたというように黙ってしまった。

松次郎は、表情をくもらせた。千代子は、なにか自分たちの知らぬひそかな世界をもちはじめているのかも知れぬ。それとも山岡が言ったように、一緒に歩いていたという男も、単なる男友達であるのだろうか。

鵜にとりつかれたかれは、千代子に眼を配るゆとりはない。娘のことはすべて妻にまかせきりであったが、父として年頃の千代子に注意をはらわねばならぬとも思った。

出漁時刻がせまって、鵜匠たちは焚火のまわりからはなれた。

松次郎は、山岡とともに鵜籠に近づくと、その中から鵜をとり出して首に手縄をむすぶ仕事にとりかかった。

松次郎の眼に、鋭い光がやどった。首結《くびゆ》いは、鵜匠にとって最も重要な作業だった。首を縄でしばると、鵜ののみこんだ鮎は食道の部分で阻止される。何尾も鮎をのみこむうちに首はふくれ上り、頃合いを見て鵜匠は鵜をひき上げ、鮎を吐き出させる。しかし、激しい体力をつかう鵜を完全な飢餓状態におきつづけるわけにはゆかない。そのため縄のしめ具合を加減して、わずかな小魚だけは食道を通過させるように工夫しなければならない。

さらに鵜の性格によって、縄のしめつけ方にも差がある。

或る種の鵜は、漁がはじまるとすぐに大型の鮎をとらえる癖があって、それが食道を完全にふさぎ小魚が胃に入らない。そのため縄をゆるめに結ぶが、逆に小型の鮎のみをねらって胃にのみこんでしまう鵜もいる。このような鵜はたちまち満腹になって働くこともせず、そのため自然と縄をきつくしばらなければならない。

鵜を限度ぎりぎりの飢えにおとし入れておかなければ、大きな漁は期待できないのだが、それだけに首に縄をむすぶ仕事は重要な影響をもっているのだ。

鵜の中には、今年豊浦海岸から送られてきた新鵜も二羽加えられていた。それらの鵜にはむろんわずかな漁も望めなかったが、漁になれさせる機会をあたえる必要があった。

鵜に縄を結び終えた頃、鵜舟に吊《つる》された松材に火が点じられた。

艫乗りの喜作が、岸で他の鵜舟の艫乗りとクジ引きを終えて、鵜舟に近づいてきた。

「西の二だ」

喜作が、言った。

鵜舟は、下流にむかって六艘の鵜舟が横に一列にならぶ。川の中央部が最も魚影が濃く、鵜舟はその部分に位置することを欲するが、混乱をさけるため抽籤《ちゅうせん》で配列が定められるのだ。

川の流れの中央部から左岸にかけて東一のクジ、二のクジ、三のクジをひいた鵜舟が、右岸にかけて西一、西二、西三の鵜舟がそれぞれ配置される。

川の中央部を先行する鵜舟の漁はむろん多いが、公平を期すためクジによって定められた順序によって二艘ずつの鵜舟が先行し、その後先行順序を交代してゆく。それは、六艘の鵜舟が平等に漁獲を得るための配慮によるものであった。

まず東一、西一の鵜舟が川の中央部にすべり出た。

松次郎の胸が、熱くなった。

先行してゆく二艘の鵜舟の篝火が急流に火の粉をまき散らしながら、早瀬に近づくと、鵜の群れが何度ももぐりはじめるのがみえた。魚影は濃いらしく、鵜匠は目まぐるしい早さで鵜を引き上げて鮎を吐かせている。

「行くよ」

という喜作の声がしたと同時に、松次郎の鵜舟は他の　艘の鵜舟とともに川の中央へ進み出た。

松次郎は、十二本の手縄を左手ににぎって鵜の群れを見つめた。鵜は、老いた鵜を先頭に鵜舟の動きと同じ速さで流れを下ってゆく。

前方に白く波立った第一の早瀬が近づいてきた。鮎は、瀬の早い流れにさからうように頭を上流方向に向けて泳ぎながらむらがっているのだ。

舟が、巧みな喜作の棹《さお》さばきで早瀬に入った。

篝火の光が瀬を照らすと、その光に鮎が集まったらしく老鵜がもぐるのをきっかけに鵜の群れが、一斉に水面下にもぐりはじめた。

松次郎は、十二羽の鵜の動きに眼をくばりながら手縄を右手でもつれないようにさばいた。そして、浮き上った鵜の首を注意して、ふくれ上ったものを眼にすると縄をひいて鵜を舟にあげた。そして、素早く首をしぼって鮎を吐き出させると再び流れの上に放った。

解禁になったばかりとしては魚も大きく、市役所の報告通り鮎の成長は順調のように思えた。

早瀬が過ぎて、流れはゆるやかになった。後方では、二艘の鵜舟の鵜が潜水をくり返している。が、魚の量はさすがに少ないようだった。

第二の早瀬が、前方に迫ってきた。

今度は、最後尾の二艘の鵜舟が先行して瀬にのり入れた。

松次郎は、後方から瀬に入って鵜をさばいたが、二羽の新鵜を老鵜の近くに導くようにつとめた。しかし、新鵜は、篝火を恐れてその光の下に近づこうとはしない。そして、二羽並ぶように後方から流れとともに動いているだけで、魚をとらえる気配もなかった。

中鵜使いの時雄は、鉢巻姿で六羽の鵜をあやつっている。その得る魚の量は少ないが、松次郎の鵜のとりにがした鮎を捕え、比較的大きなものをひろうことが多い。

瀬が迫ると艫乗りの喜作が、

「そーら、行くぞ」

と、声をかける。

久しぶりに迎えた解禁日の仕事なので、松次郎は、瀬を数カ所越えた頃から疲れをおぼえはじめた。

かれは、中鵜使いをしていた頃疲労が重なると、手縄をにぎる力もなくなって、いつの間にか手縄をはなしているのに気づかなかったことも多かった。六羽扱っていたのに、二羽だけになっていたこともある。

しかし、鵜匠になってからは、さすがにそのような失策はない。十二本の手縄のうち一本がぬけたりすると、数本が一時にぬけてしまったような気さえする。

「時雄、縄をしっかり持てよ」

松次郎は、眼を血走らせて鵜を使う時雄にしばしば声をかけた。

鵜の疲労も目立ってきた。鵜は、ひもじさから脱け出ようと必死に水にもぐって鮎をのみこむことをくり返す。が、空腹感はいつまでたっても消えぬらしく、その動きに激しい焦りが濃くなってきていた。

一時間ほどたった頃、川下の方向に華やかな灯の大集落がみえてきた。第八と第九の早瀬の近くにひしめく観覧船の群れだ。酔客の舟べりにたく花火がひらめき、夜空に数条の花火もあげられている。

松材が新たに添えられ、鵜舟は交互に先行することをくり返しながら、瀬を過ぎてゆく。

屋形船の提灯《ちょうちん》の列がひしめき合うようにつらなり、観客のどよめきもきこえてきた。早瀬が迫り、松次郎の鵜舟は他の一艘の鵜舟とともに先行した。篝火に瀬の波立ちが照らし出され、鵜がもぐりはじめた。

喜作は、棹で舟べりをたたき、

「ホウホウ、ホウホウ」

と、声をかけて鵜をはげます。鵜は、最後の余力をしぼるように水面下にもぐり、その首はふくれていった。

鵜をひきあげて鮎を吐き出させると、観客の歓声が浴びせかけられてきた。松次郎は、鵜が健気《けなげ》に思えた。哀れにも感じた。絶え間ない訓練で、鵜は鮎をのみこむことをくり返す。それは、鵜にとって苛酷な労働だった。

最後の瀬が過ぎると、総がらみに移った。

六艘の鵜舟は舳をならべ、一斉に鵜をあやつる。舟べりを棹で連打し、「ホウホウ」の掛声が起る。百羽を越す鵜が、徐々に周囲をとり巻く屋形船の中で水しぶきをあげながら鮎をとらえる。川面は、篝火と提灯の列で明るく輝いた。

漁は、終った。

屋形船の列はゆっくりとくずれて、思い思いの方向にはなれてゆく。

松次郎は、他の舟の鵜匠と同じように鵜を川面から引き上げ、舟べりに並ばせた。鵜には並ぶ順序が定められていて、その順序をまちがえると、鵜は互いに他の鵜を舟べりから突き落すのだ。

喜作が、舟を岸につけた。

松次郎は、鵜の体を点検した。鵜は小魚をのみこんでいるが、その量には差がある。腹をさすり体の重みを手ではかって、平等に魚を鵜にあたえた。殊に新鵜の腹はへこんでいるので、かなりの量を食べさせた。

喜作が、手拭で顔をぬぐいながら、

「鵜飼開きの夜は疲れるが、一年ごとにひどくなる。おれももう二、三年ぐらいでオカに上らなければならないかも知れねえな」

と、舟べりに腰を下ろした。

「珍しく弱音を吐くね。一杯ひっかければ疲れは吹きとぶさ」

山岡は、鮎を箱の中にならべる手を休めて笑った。

いつの間にか屋形船の灯も絶えて、暗い川に瀬音が蕭々《しょうしょう》ときこえていた。

四

梅雨の季節がやってきた。

川も増水して、鵜も深くもぐらねばならなくなった。そのため松次郎は、長い手縄を使うようになった。

新鵜は、十日ほどたった頃から魚をひろうようになっていた。篝火を恐れることに変りはなかったが、空腹にたえきれず古鵜にならって水にもぐる。が、とらえる鮎の量はわずかなものだった。

松次郎は、梅雨の明けるのをねがった。漁獲量も少なく、雨に打たれながら漁をすることに気分が滅入《めい》りがちだった。

それに山岡の口にした千代子のことも、胸にわだかまっていた。山岡は千代子が男と親しげに歩いているのを見たというが、手を組んで歩いてでもいたのだろうか。それを山岡にきくことも恐ろしかった。

松次郎は、鵜飼開きから一週間ほどたった夜、妻の清子に、

「千代子には、だれか親しい男が出来たのか」

と、きいた。

清子は頭をかしげた。

「親しそうに歩いているのを二度も見たと、山岡が言っている。母親として十分注意しなければだめじゃないか」

かれは、荒い声をあげた。そして、千代子にその男とどのような交際の仕方をしているのかききただすように言った。妻にさりげなく千代子に質問させる方がよいと思った。父親である自分が詰問すれば事が荒立つように思えたし、事実を直接耳にすることが不安でもあった。

二日後、妻の答えはかれを安堵《あんど》させた。千代子は妻がそのことを口にすると、顔色も変えず友達にすぎないと答えたという。

「世間体もあることだ。婿を迎えねばならぬ身なのだから、人の眼をひくようなことはつつしめと言え」

かれは、妻をたしなめるように言った。

不安は薄らいだが、かれは千代子の態度にいちじるしい変化が起っているのに気づいていた。朝おそく起き夕食も川原ですますかれは、千代子と顔を合わせる機会がほとんどない。が、大雨で漁の中止された日には翌朝に食事を共にするが、千代子は、自分と視線を合わすのを避けるように匆々《そうそう》に食事をして洋裁学院へ行ってしまう。それに夜の帰宅もおそく、松次郎が漁を終えて家にもどってからしばらくたって帰ってくることもあった。

それは年頃の娘として当然のことなのかも知れぬが、かれには、なにか千代子に秘事がひそんでいるように思えてならなかった。

七月に入ると、梅雨もあがった。

かれは、鳥小舎に蚊やブヨを防ぐための蚊帳を吊《つ》った。空腹と疲労で体力もおとろえはじめている鵜を静かに休息させることにつとめた。

かれは、鳥小舎で仕事をしながら時折千代子の幼い頃を思い起していた。千代子は、小学校に入ってからも、よくかれの寝床に入ってきた。そして、胸や腕に鼻をすりつけては、

「川の匂いがする」

と、言ったりした。

そんな千代子が、かれにはいとおしくてならなかった。かれは、鵜と同じように千代子を叩いたことも叱ったこともなかった。その教育が好影響をあたえたのか、千代子は明るくすこやかに成長していった。

千代子は変った、とかれは胸の中でつぶやく。幼い頃の千代子の姿を追い求めることが無理だとは承知していたが、他人のようになってしまった千代子の変化に淋しさを感じた。

盛夏がやってきて見物客の数も増し、屋形船がひしめくようになった。鮎の成育もよく、例年にない豊漁がつづいていた。鵜舟のとらえた鮎は高値で料理屋に売られ、収入の増した鵜匠たちの表情は明るかった。

八月末の或る朝、叔父の菊太郎から電話があって家に来いという。鳥小舎の整理を終えた松次郎は、菊太郎の家に行った。

叔父は庭先で手縄の手入れをしていたが、仕事の手をとめると縁台に松次郎と並んで腰を下ろした。

「千代子に男がいるのを知っているのか」

と、叔父はすぐに言った。

松次郎は、顔をこわばらせた。そして、友人づき合いをしている男がいるらしいことはきいていると答えた。

「そんなものじゃないらしいぞ。相手の男のことは知っているのか」

松次郎は、頭をふった。

「去年店をひらいた鮎亭という料理屋があるだろう。あそこに半年ほど前に流れてきた板前がいるが、相手というのはその男だ。女房子供もいる男で、それと千代子が深い仲になっているらしい」

松次郎の顔から血の色がひいた。

「お前も迂闊《うかつ》だな。料理屋の間ではかなりの評判になっているぞ。いろいろな所へ泊り歩いているとも言っている。男は女たらしで、その女房は諦《あきら》めきっていて騒ぎもしないそうだが……。千代子は、婿とりの一人娘だ。早く手を切らさなくては大変なことになるぞ」

叔父の顔も、こわばっていた。

松次郎の頭には、血が逆流していた。胸にきざしていた不安が、恐ろしい事実となってあらわれている。

かれは、挨拶も忘れて立ち上ると、よろめくような足どりで家へ向った。

格子戸を開けたかれは、苛立《いらだ》った声で妻を呼んだ。勝手元から出てきた妻は、松次郎のひきつれた表情を眼にして立ちすくんだ。

「千代子はどこにいる」

かれは、うわずった声で言った。

「友だちと京都へ行っています」

「いつから行っているのだ」

「昨日からで、明日は帰ります」

松次郎は、清子の顔を見つめた。妻がなにも気づかずにいることが腹立たしかったが、それは自分の責任でもある。

「千代子がどうかしましたか」

清子が、おびえたように言った。

「男だ、男が出来ているのだ」

松次郎は、怒声をあげた。そして、畳に腰を落すと額をおさえた。

午後になると、喜作と山岡がやってきた。

松次郎は、漁に出る気になれなかった。喜作と山岡に帰ってもらうこともできないわけではなかったが、自分の舟が休めば、その原因が千代子と男のことだということもさとられて、噂《うわさ》がさらに広く知れわたるおそれもある。それに六艘の鵜舟によっておこなわれる鵜飼に、私的なことを理由に鵜舟を出さずにおくこともできなかった。

「どうしたね」

と、喜作が顔色の悪い松次郎にたずねた。

「夏風邪をひいたらしい」

松次郎は、無理に微笑をうかべて答えた。

その夜、松次郎の舟の漁は惨めなものだった。首に縄をむすぶ加減が乱れていて、鮎《あゆ》をふんだんに食った鵜も多く瀬を重ねるうちに満腹のため水にもぐることもしない。逆に首をしめすぎた鵜は、小魚も胃に入らず、漁を終えた時には舟べりにも立てぬほど疲労しきっていた。

翌日の漁も同じような惨憺《さんたん》たるもので、手縄を一本はずすという失策さえ起した。

「大分体が悪いらしいが、休んだらどうだ」

と、喜作は漁を終えると気遣わしげに言った。

松次郎は、顔をしかめて黙っていた。

その夜、松次郎は家に帰ると、

「千代子は？」

と、清子にきいた。

「二階にいます」

と、清子はおびえた眼をして答えた。

「呼んでこい」

松次郎は、食卓の前に坐ってコップに冷酒を注ぎ入れた。

階段を下りてくる足音がして、千代子が清子と部屋に入ってきた。

「泊りがけで、どこへ行っていた」

松次郎は、千代子に眼を据えた。化粧のはげかけた千代子の顔は、ひどく女っぽいものにみえた。

「京都です」

千代子は、白けた表情で答えた。

「だれと行っていたのだ」

「友達とです」

「どういう友達だ」

と、松次郎が険しい眼をしてたずねると、

「なにを言おうとしているのか、わかっているわ、あの人のことでしょ」

千代子が、拗《す》ねた表情をして言った。

「あの人?」

松次郎はうろたえて千代子の顔を凝視した。

「私たち、結婚するんです」

千代子が、きっぱりした口調で言った。

「結婚するって、そいつは女房も子供もいる男じゃないか」

「そうですけど、離婚して私と一緒になるんです。私たち、愛し合っているんだから仕方がないんです」

「きさまは」

松次郎は、叫ぶと立ち上って千代子の顔を強く叩いた。憤りというよりは、情け無かった。千代子のふてぶてしい態度が悲しかった。かれは、千代子の顔をたたきつづけた。清子が、なにか叫びながらかれの体にしがみついてきた。

千代子が泣き声をあげて戸口に向って這《は》い、素足のまま外へ走り出た。

かれは、壁に手をついた。かれには、千代子を追う気持は不思議となかった。千代子が、幼い頃から育てた千代子とは別人のように思えた。いつの間にか千代子は、男と接することによって未知の人間のように変ってしまっている。

清子が、あわただしく外へ出て行った。

かれは、畳を見つめていた。父のことが思い起された。自分と父とは、幼い頃から成人するまで強い絆《きずな》でむすばれ、その死後も父に対する敬愛の念は消えない。しかし、自分と千代子との間は、千代子が女になった瞬間から他人のように冷やかなものになってしまっている。

それは、なにが原因なのだろうか。父の思い出には、鵜の存在が重なり合っている。鵜を除外して父に対する敬意も親密感もないような気がする。

「川の匂いがする」と言っていた頃の千代子は、少なくとも自分が父に対していだいていた敬愛心と同じものを自分に感じていたはずだ。鵜とともに何百年となく生きつづけてきたこの家には、鵜の体臭がしみついている。鵜の存在なしには生きてはこられなかった家系の中で、千代子は家をはなれ鵜からも身を遠ざけようとしているのだ。

かれは、ふらつく足で庭に出ると、鳥小舎《とりごや》の電気をともした。

鵜籠の中で、鵜の身じろぐ音がし甘えるような低い啼声《なきごえ》が起っている。

鵜の哀れさが、胸にしみ入った。渡り鳥である鵜は、鵜飼に使われるようになってから北の海から南の海へ渡ることもなく鳥小舎の中で時をすごしている。海で生れ育った鵜が、川に身をひたし川魚を追わねばならない。

さらに松次郎たちの手で、篝火に集まる川魚をのみこみ、その大半を吐き出すように仕込まれてしまっている。そして、鵜たちは、鵜匠によって極度の飢餓を強いられ水にもぐることをくり返しているのだ。

鵜飼につかわれている鵜は、交尾を忘れてしまっているらしく、産卵もしない。古くから現在まで、鵜飼の鵜は一個の卵も生んだことはない。それは、かれらに適した生活環境とは全く異質の環境に身を置かされているからで、交尾も産卵もしないのはかれらのせめてもの反抗のようにさえ思える。

そのような鵜を使って生計を立ててきた鵜匠の家の者は、鵜と密接な関係をもって日をすごさねば生きられぬ。その点、家の中で鵜とともに生きてきたのは自分一人で、妻も千代子も家系とは無縁の人間になっている。

かれは、千代子を家に引きもどし監禁したいと思った。妻子のある身でありながら、結婚を口実に千代子と肉体関係をもった男の狡猾《こうかつ》さに、激しい憎悪も感じた。

しかし、その反面、どれほどもがいても千代子を引きもどせる自信はなかった。千代子はすでに男の手中にあって、男とともに流れてゆく。或る時間を経て男に捨てられるようなことがないかぎり、鵜の家に帰ってくることもなさそうに思えた。

かれは、夜気につつまれながら鳥小舎に並べられた鵜籠を見つめていた。

千代子は、その夜家を出たまま帰らなかった。

かれが三日後に千代子の部屋をのぞくと、衣服その他が消えていた。かれが鵜飼に出ていた留守に千代子が家に来たのか、それとも妻が身の廻りのものをまとめて千代子のもとに送ったかいずれかであるにちがいなかった。が、かれは、妻を難詰することもしなかった。

千代子が家出したことは、男の勤めている料理屋側からひろまったようだった。菊太郎からの話では、鮎亭でも男の処置に困って千代子が家出した翌々日には解雇し、男とその家族はいずれかに立去った。そして、千代子も男の後を追って巾内から姿を消したらしいという。

「利巧な子だから、今に目がさめて帰ってくるさ」

と、菊太郎は慰めてくれたが、松次郎は黙っていた。

同じ鵜舟の喜作たちも千代子のことはきき知ったらしく、松次郎に同情するような眼を向けてきた。が、そのことについてはふれないようにつとめているようだった。

時雄は、一日も休まずに松次郎の家へやってきていた。むろん千代子のことは知っているはずで、その眼には悲しげな光がかすめるようになっていた。が、漁がはじまると、かれは額に汗をうかべて必死に手縄をさばく。鵜をあつかうことによって、自分の傷手をいやそうとしているようにもみえた。

千代子が家出してから、松次郎は極端に無口になった。眼の光も険しくなって、暇さえあれば鳥小舎に入って鵜を見つめている。

夜の漁では、その手縄の扱いにも一段と鋭さが増していた。入り乱れて鮎を追う鵜の姿に眼をくばりながら、機敏に手縄をさばいてゆく。その動きにつられて、鵜は早瀬に入ると目まぐるしく鮎を追った。

九月に入ると鮎の形も大きくなり、漁獲量も増した。瀬の水面を篝火が明るく照らすと、赤々とした光の環の中に鮎の群れが素早い速さで集まるのがみえた。そして鮎は、その光の下に鵜のいることに驚いて八方に散り、光の環の端に達するとその動きをゆるめる。そこをねらって鵜が頭部から鮎をのみこむ。

鵜の体には、衰えが目立ってきていた。体の肉は落ち、羽の色の艶《つや》も失われている。が、それでも鵜は、早瀬に達すると競い合うように潜水をくり返していた。

そうした鵜の中で、一羽の古鵜だけは例外だった。

松次郎は、七年も飼っているその鵜の小賢《こざか》しさに呆《あき》れていた。瀬に入るとその古鵜は、いつの間にか松次郎の視野の外にのがれて巧みな鮎ののみこみ方をする。初めに大型の鮎をのみこめば縄でくびれた食道がふさがって首がふくれるだけになるが、その古鵜は、小魚をのんで食欲をみたしてから大型のものをねらう。

そのため漁が終ってから体をしらべてみると、肛門《こうもん》の部分まで小魚の体がきていることもしばしばだった。

それに屋形船の群れに鵜舟が近づくと、その古鵜は漁が終ることを知るらしく潜水もやめて急流に身を託して流れているだけになる。その姿には、悠揚とした落着きさえ感じられた。

松次郎は、その古鵜の智恵に苦笑していたが、漁に使うたびに腹立たしさを感じるようになった。鳥小舎に入っても、その鵜の羽の色艶のよさが目につく。かれは、その鵜に苛立ちを感じて、漁を休ませる鵜に餌《えさ》をあたえる時もその鵜にはあたえなかった。

かれは、鵜匠としてその古鵜を自分に従属させたいと思った。鵜はあくまでも野性を失わないが、伝統的な鵜匠の訓練で一定の行動をとるようになる。その秩序にそむく鵜がいることは、かれの自尊心が許さなかった。

鵜飼の季節も、終りに近づいた。

千代子からの便りはなかったが、男が大阪方面に行ったという話を耳にした。おそらく千代子は男と同行していて、その妻と乱れ合った生活に身を置いているにちがいなかった。

十月十五日は、鵜飼じまいの日であった。漁期の間に、他の鵜匠の家では計四羽の鵜が死亡していたが、松次郎の鵜は痩《や》せさらばえていたが一羽の鵜も失わずにすんでいた。

かれは、鵜飼じまいの日に智恵のたけた古鵜を使った。それは、明日からはじまる七カ月にわたる禁漁期に訓練し直すことを、自らに課すための処置であった。

その日も、古鵜はたらふく小魚をのんで身も重たげであった。かれは、他の鵜に餌をあたえ、その古鵜は無視した。小魚を十分に胃の中へ流し込んでいるのに、さらに松次郎の手にする餌に首をのばしてくる。その姿が、かれにはふてぶてしいものに感じられた。

かれは、餌をつかむとその古鵜の両側に並ぶ鵜にあたえた。古鵜に対するこらしめの気持からであった。

その時、かれは、自分の顔に突然古鵜の嘴《くちばし》が素早い速さで突き出されてくるのを意識した。と同時に、鼻柱の脇に激しい痛みを感じて体をのけぞらせた。

かれの掌は、自然と古鵜の頭部に打ちつけられていた。顔に手をあてると、かなりの量の血が流れ出ている。山岡が、うろたえたように手拭をその部分に押し当てた。そして、松次郎の肩を抱いて岸に上った。

時雄が、川原に置かれた自転車をひいて土手をかけ上ってきた。松次郎は、その荷台にまたがった。

不覚だった、とかれは思った。自分の古鵜に対する反感を、鵜は敏感にさとっていたらしい。鵜を飼いならすには溺愛《できあい》以外にないという不文律を自分はおかし、その報いとして嘴を突き立てられた。いまいましくはあったが、古鵜に憎しみに近いものをいだいていた自分は鵜匠としての態度を忘れていたと反省した。それに嘴で突かれた直後、自分のとった行為も悔まれた。かれは、鵜を掌でたたいたが、それは再び突かれることを避けるために掌で嘴をはらったのだと思いたかった。

かれの傷は、幸いにも浅かった。

「眼をやられなくてよかったね」

という町医の言葉に、かれは恥ずかしそうに苦笑していた。

その夜、時雄の自転車に送られて家にもどった松次郎は、自分を突いた古鵜が逃げたことを知った。松次郎が町医のもとへ赴いた後、鵜はかなり興奮し、縄をといて籠に入れようとした時に突然羽ばたくと川面すれすれに飛び去ったという。

新鵜の場合は、切った片翼の羽が生えそろう頃になると逃げることがある。が、五年以上も飼われた鵜は、逃げることもほとんどない。

鵜をとりにがした山岡はしきりに詫《わ》びたが、その原因は自分にあることを知っている松次郎は、

「あんたの責任じゃない」

と、山岡をなだめた。

その夜、傷はうずいて発熱した。かれは、顔を氷で冷やし夜明け近くまで眠りつくことができなかったが、鵜に対する憎しみは消えていた。かれは、無性に恥ずかしくてならなかった。鵜に反感をいだき、強引に自分に屈従させようとしたことが根本的にあやまっていた。そのような初歩的なことも忘れてしまった自分を、かれはいぶかしんだ。

かれは、娘の千代子のことをしきりに思い起した。娘に去られたことが、鵜匠としての心得を乱してしまったのだろうか。古鵜と千代子の存在が、重なり合った。鵜も千代子も、叩いたことによって去ってしまった。

しかし、飼いならされた鵜に逃げ出されたことは、かれの鵜匠としての矜持《きょうじ》にかかわる問題であった。鵜とともに生きてきた家系のためにも、それは恥ずべきことだと

言っていい。かれは、古鵜をとらえて家に連れ帰らねばならぬと思った。

翌日正午近く、かれは、鳥小舎の管理を山岡に依頼すると、顔に大きな絆創膏《ばんそうこう》をはったままライトバンの小型車に乗って家を出た。

かれは、古鵜が下流方向にむかったにちがいないと推定した。鵜は川水にならされてしまっているが、海鵜としての本能で磯の匂いにひかれて川を下ってゆくはずだ。古鵜の飛翔力《ひしょうりょく》は、七年間にわたる飼育ですっかり衰えている。古鵜は、夜露にあたって少しずつ本来の野性を恢復《かいふく》してゆくが、一気に海まで飛ぶ力はない。

かれは、川岸に沿ってゆっくりと車を走らせ、時折車をとめて川原や川筋に視線をのばした。あたりには人影もなく、ただ澄んだ川の流れが秋の陽光に光っているだけだった。

かれは、川下へと車を走らせていったが、その日の夕方近く予想が的中したことを知った。そこは長良川が木曾川に接近している場所で、川岸に長い首をちぢめて憩うている黒々とした鵜を見出《みいだ》した。

その姿は、孤独なものにみえたが、広い川筋で自由に生きている野鳥のようにも感じられた。

かれは、車からおりると土手の傾斜をくだり、川岸に休む鵜に近づいていった。

鵜は、川面に眼を向けて身じろぎもしない。川風に羽毛がゆらいでいる。かれは、足音をしのばせて川原の石をふんでいった。

鵜の顔がうごいて、眼がこちらに向けられた。かれは、足をとめた。捕えて家に連れもどったら、他の鵜と同じように愛情をそそいでやりたいと思った。小賢しいのは、この鵜の生れつきの性格なのだ。それはそれとして認めて、自由奔放な生き方をさせればいい。

かれの表情は自然にやわらぎ、眼には媚《こ》びるような色もうかんだ。

かれは腰をかがめてにじり寄った。そして、手を伸ばした時、鵜は不意に羽をひろげると石の上をはなれ、十メートルほどの所に舞い降りた。

かれは、腰をかがめたまま鵜に近づいていった。鵜は、嘴で羽をしごいている。かれの在在を無視したような仕種《しぐさ》だった。

鵜の体に手がふれそうになった。その瞬間、鵜は石の上をはねて、再び羽をひろげると暮れはじめた川岸に沿って低く飛び去っていった。

かれは、腰をのばして鵜の姿を見送った。鵜の体は、徐々に黒い点状のものになって夕方の暗い空気の中に没していった。

その夜、かれは川岸の船宿に泊って、翌日も鵜を追った。

鵜は、長良川を下ってゆく。その日も鵜の姿を発見して近づいたが、手のふれそうになった瞬間に飛び去った。

それでもかれは諦めなかった。そして翌日も川下へ車を走らせて二度鵜をとらえかけたが、鵜は愚弄《ぐろう》するように身をかわす。その巧妙な動きに、かれは苛立った。顔に汚れた絆創膏をはって膝《ひざ》をつきながらにじり寄る自分の姿が、哀れなものに思えた。

四日目に河口にある桑名市近くで鵜をとらえそこねた松次郎は、すっかり苦りきっていた。古鵜一羽のために無駄な時間を費やしていることが愚かしく思えた。かれは、鵜をとらえることを断念して、道をひき返した。

傷は、その旅の間に自然に癒《い》えてしまっていた。かれは、鬱々とした気分で鳥小舎の衰弱した鵜の体調を恢復させるために餌をあたえ、休息をとらせた。

十一月に入ると、空気の冷えが増した。

或る夜、かれの家に時雄が訪れてきて思いがけぬことを口にした。時雄の母は富山県の生れで、老い先も短いので時雄とともに郷里へ帰るという。

「長い間お世話になりました。お別れの御挨拶に参りました」

と、時雄は頭をさげた。

松次郎は、返事もできなかった。そして、家の戸口を出てゆく時雄をうつろな眼で見送っていた。

翌朝、早く、かれは電話のベルで眼をさました。受話器をとると桑名の警察からで、川岸にいる鵜を釣人が発見したのでお報《しら》せする、と言った。警察では、鵜をのがした松次郎が困惑していると思っているらしく、その発見個所を丁寧に教えてくれた。

松次郎は、礼を言って電話をきると身仕度をととのえた。古鵜をとらえる気は失せていたが、警察からの通報を無視することもできず小型車に身を入れた。

鵜は、警察官の説明通りの桑名のはずれの川岸にいた。伊勢湾はすぐ近くだが、川の水になじんだ鵜は川をはなれることもできず、とどまっているらしい。

川岸に近づいた松次郎は、鵜がひどく衰えていることに気づいた。体は痩せこけ羽の艶もあせている。飼育されることになれた鵜は、自力で逞《たくま》しく生きる機能を失っているのか、それとも廃水に汚れた川の魚を捕食する気になれぬのだろうか。

松次郎は、鵜の疲れ果てた姿からみて今度こそとらえられそうな気がした。そして、足音をしのばせて近づき膝をついてにじり寄った。

鵜の眼が、松次郎の顔に向けられた。

松次郎は、徐々に手をのばした。そして、その体に手がふれそうになった瞬間、鵜がはねて一メートルほどはなれた石の上で静止した。

鵜の眼が、松次郎を見ている。這い寄った松次郎は、再び手を伸ばした。鵜が、またはねた。

かれの胸に激しい憤りが湧《わ》いた。かれは、立ち上ると鵜の体に走り寄った。

鵜が羽をひろげ、飛び立った。

かれは、足元の石をひろうと鵜に投げた。殺したかった。体をつかんで翼を引き裂いてやりたかった。

鵜は、対岸にむかって弱々しく羽をあおりながら飛んでゆく。

かれは、川に背を向けると岸にとめてある小型車の方へ歩いていった。

魚影の群れ

一

肩をゆすられているのに気づいた房次郎は、眠りからさめた。

眼の前に、娘の登喜子の白い顔がある。かれは、半身を起すと柱時計を見た。針は五時近くをさしていて、一時間は眠ったことをしめしていた。

食卓の上には、いつものように朝食が用意されている。かれは、台所に立つと無精《ぶしょう》髭《ひげ》の伸びた顔を洗い、食卓の前にあぐらをかいて坐った。箸《はし》の動きは速く、湯気の立つ飯と味噌汁が容器の中からたちまち減ってゆく。かれは、魚を食い、野菜を頬張った。

登喜子が卵を三個割って、丼鉢《どんぶりばち》に落した。それを房次郎は咽喉骨《のどぼね》を動かしてのみこむと、立ち上った。

「父さん、今日こそは連れて行ってやって下さいね」

登喜子が、房次郎の顔を見上げた。

かれは、返事をしなかった。十日ほど前から、登喜子は同じ言葉を繰返している。眉根を寄せた娘の顔が、別れた妻の表情と酷似している。その顔を見るのが、かれには辛かった。

かれは、土間におりると釣道具を入れた籠を手に入口の板戸に近づいた。その外に今朝も俊一がいるのかと思うと、気分が重かった。

板戸を開けると、長靴をはき頭に鉢巻をした俊一が、暗い露地に立っていた。

「お早うございます」

俊一が、白い歯をみせて頭をさげた。

房次郎は、俊一に眼も向けず路上に出ると、職業的な習性で空に眼を向けた。夜明けに近い青ずみはじめた空に、雲片がかすかに動いている。それは南西から北東の方向に移動していて、漁に支障のない風向きであった。

かれは、俊一と登喜子が後からついてくるのを意識しながら漁師の家のつらなる路《みち》を足早に歩くと、浜に出た。

遠い海上に烏賊《いか》釣り船の漁火《いさりび》が帯状につらなっているが、その光も白みはじめた東の空の反映で薄れはじめている。

浜には人影が動いていて、すでにエンジンをかけて浜をはなれようとしている船もある。

かれは、船底に籠を置くと、船の中に備えつけられた生簀《いけす》のふたをひらいてみた。槽《そう》の中の海水は泡立《あわだ》っていて、その下方に透明な烏賊が重なり合って泳いでいた。

房次郎は、顔をしかめて沖を見つめていたが、やがて寄り添うように立っている俊一と登喜子を振返った。

俊一の鉢巻をした姿が板につかず、滑稽だった。かれは、房次郎の不快そうな表情に臆する風もなく、口もとをゆるめて明るい眼を向けてきている。

房次郎は、絶えず微笑を浮べている俊一の表情が気に食わなかった。自分が俊一を冷たくあしらっているのを知りながら、それにおびえる気配もない俊一が薄気味悪くもあった。

俊一は、朝必ず家の外で房次郎の出てくるのを待っている。そして、笑顔で挨拶をすると浜についてくる。それは、房次郎の船に同乗して漁に出たいからなのだ。

房次郎は、それが登喜子の指示を俊一が忠実に守っている結果だということを知っていた。おそらく登喜子は、そのような行為を反復するうちに房次郎も根負けするはずだ、と俊一をはげましているにちがいなかった。

娘が、俊一とひそかにそのような工作をしていることに腹立たしさを感じていた。

登喜子と二人きりの生活をしてきた房次郎にとって、登喜子が、自分以外の男と二人きりの世界をもちはじめていることは不愉快だった。

俊一が、自分と登喜子との生活の中に割りこんできた無遠慮な闖入者《ちんにゅうしゃ》のように思えた。生白い顔をし華奢《きゃしゃ》な体つきをした背の高い俊一が、頼りなげな若者に思えた。かれは、浜についてくる俊一に視線も向けず船を出してしまうのが常であった。若い頃からかれは、一人でマグロ漁をしてきたし、他人を船に同乗させたことはない。まして漁に未経験な俊一のような男と沖に出ることは、いやだった。

そうしたことが十日ほどつづいたが、数日前からかれの内部にひそかな変化が起きていた。かれは、十三年前にかれのもとを去っていった妻のことを思い起していた。それはいまわしい記憶だが、頑《かたく》ななかれの性格が妻を去らせてしまったことはたしかで、妻と同じように登喜子もかれのもとを離れてゆくような危惧《きぐ》をいだきはじめたのだ。

登喜子は、俊一を漁に連れていってやってくれと繰返し懇願している。房次郎はそれを無視しつづけてきたが、頑なに拒みつづければやがて登喜子は断念し、懇願することもしなくなる。そして、登喜子は自分に憎悪をいだいて家を去り、俊一と新しい生活をはじめるかも知れない。

房次郎は、登喜子が他の男の妻となって自分のもとからはなれてゆくことを恐れていた。出来れば養子を迎え入れて登喜子と結婚させ、同じ屋根の下で生活をつづけたかった。が、登喜子の憎しみを買うようになれば、登喜子は家を去って、かれはただ一人生きてゆかなければならなくなる。

俊一は、入婿《いりむこ》しマグロ漁の漁師として房次郎の跡をつぎたいと言っている。登喜子の婚約者としての条件は十分にそろっているのだが、房次郎には、俊一の存在を素直に認める気持にはなれないのだ。

「父さん、お願い、連れて行ってやって」

潮風に髪をなびかせながら、登喜子が、哀願するような眼をして言った。

房次郎は、再び海上に眼を向けた。気は進まぬが、登喜子の乞いを受けいれてやらねば破綻《はたん》が起きる。が、俊一と沖に出ることを想像すると、気分が重くなった。

かれは、綱をとくと船に乗った。そして、エンジンをかけながら振返ると、

「仕方がねえや、明日から乗せてやる」

と、言った。

かれは、舵《かじ》をとると船を岸からはなれさせた。

二

登喜子が俊一のことを口にしたのは、三カ月ほど前のことであった。マグロ漁の漁期にはまだ一カ月もある頃で、その夜晩酌をはじめた房次郎に、登喜子が不意に、

「結婚したい人がいる」

と、言ったのだ。

房次郎は、顔色を変えた。かれは、瞬間的に登喜子の年齢が十八歳であることを思い起していた。村の娘の結婚年齢から考えれば、決して若すぎる年齢ではない。むしろ適齢期にあると言ってもいい。が、かれの眼には登喜子が稚《おさな》い娘として映っていたし、結婚するのはまだかなり先のことだと思いこんでいた。その登喜子が或る男の妻になるなどということは、余りにも痛々しく感じられた。

しかし、かれは、恐れていたことがやってきたのだとも思った。登喜子は妻に似て小柄だが、胸部のふくらみも豊かで、湯上り後などの登喜子の体からは女らしさが濃く匂い出ている。若い男にとって、登喜子は十分に結婚相手として考えられるのかも知れない。

かれは、かたく口をつぐんで杯を傾けつづけていたが、

「相手はだれだ」

と、しわがれた声でたずねた。

登喜子が、田口俊一という初めて耳にする男の氏名を口にした。

登喜子は、週に二回村の娘たちと連れ立って、十五キロはなれた町にある洋裁学院へバスで通っている。俊一は幼い頃両親を失い、町の製材会社に勤めている伯父に育てられ、高校を中退後伯父の勤め先で働いているという。その伯父の娘が洋裁学院に通っているので、家に遊びに行った折に知り合ったというのだ。

房次郎は、登喜子の申出でに反対する口実をさぐった。

「お前は一人娘で、婿をとって家をつがねばならない身だ」

と、かれは言った。

「そのことなら、俊一さんもよくわかってくれているわ。両親もいないので、私の家に養子として入りたいと言っているの」

登喜子は、反射的に答えた。

「養子に入ることは、マグロ漁の漁師の仕事をつぐことになる。ただ家をつぐだけでは困るのだ」

房次郎は、苛立《いらだ》った。

「そのことも心配ないわ。俊一さんは、漁師になると言っているのよ。子供の頃からマグロ漁の漁師にあこがれていたんですって。お父さんについて、漁を習いたいと言っていたわ」

「バカ」

房次郎は、登喜子の顔に険しい眼を据えた。マグロ漁が多くの経験を必要とする仕事であることを察しているはずの登喜子が、そのようなことを軽く口にすることが腹立たしかった。その仕事に従事してきたかれは、自分の職業を蔑《さげす》まれたようにも感じた。

「そいつは、いくつだ」

かれは、荒々しい口調でたずねた。

「二十三歳です」

登喜子が、房次郎の態度にひるんだような眼をして答えた。

房次郎は、口をつぐんだ。登喜子の相手としてはふさわしい年齢だし、漁をおぼえるのにも恰好な若さであった。

かれがマグロとりをしていた父の船に初めて乗ったのは十八歳の時で、それから三年後に自分の船をもつことができた。父は、帆かけ船でマグロ漁がおこなわれていた頃からの漁師で、村随一の名人と称されていた。そして、房次郎も父親ゆずりの頑健な体格に恵まれ、さらに三十年近い豊富な経験を得て、かれの技倆《ぎりょう》に匹敵する漁師は村内にいなかった。

二十三歳という年齢は、漁をはじめるのに決して遅くはない。集団就職で中学校を卒業後都会に出ていった若い男たちが、村にもどってきて漁師になる者もいるが、それらは二十歳を越えた者たちが多かった。

しかし、マグロ漁は苛酷な労働を伴う。町の製材会社に勤めている俊一が、その労働に堪えることはほとんど不可能に近い。

「父さんの言おうとしていることは、わかっているわ。漁師の荒い仕事が、俊一さんにできるかと言うんでしょう。でも俊一さんは体も丈夫で、漁師になりたいという強い意志をもっているの。父さんに漁のやり方を教えてもらって、曲りなりにも漁ができるようになったら結婚したいと言うのよ。それまでは、きれいな交際をつづけたいと言ってくれているのよ。私、ありがたいと思っているわ」

登喜子は、眼を伏せた。

房次郎は、反対する理由を失った。一人娘の結婚相手としては、まず理想的な条件と言える。他人との付き合いを嫌うかれにとって、俊一が孤児であることもむしろ幸いだった。

房次郎の沈黙を、登喜子は了承したという意味にとったようだった。そして、十日ほどした日曜日の午後、俊一をバスの停留所まで迎えに行くと家に連れてきた。

家の土間に立った俊一の姿を、房次郎は戸惑った眼で凝視した。逞《たくま》しい体格の青年を想像していたが、俊一は、肌も白くひ弱そうな体つきをしている。顔立ちが整っていて、紺色の背広を身につけた俊一は、いかにも身だしなみのよい会社勤めの若者らしく見えた。

俊一は、姓名を名乗ると手にした菓子折をさし出した。その顔には、親しみにみちた微笑が浮んでいて、登喜子が居間にあがるようにすすめると手で制し、

「今日はこれで失礼します」

と、頭をさげた。

登喜子が、俊一の後を追うように家の外へ出て行った。

房次郎は、放心したように坐っていた。俊一は、村の青年たちとは全く異なった世界に住んでいる人間のようにみえる。かれには、俊一のような若者をどのように判断してよいのかわからなかった。

その容貌も礼儀正しい言葉づかいも、かれの周囲にはないものであった。匆々《そうそう》に家

を辞していった態度には、妙に世なれた仕種《しぐさ》が感じられる。二十三歳の若い男が、そのような如才なさを身につけていることに、房次郎は嫌悪を感じていた。

かれは、その男が漁師に不向きだと判断した。マグロとりの漁師は、ただ一人海上でマグロを追う。それは肉体的にも精神的にも厳しい忍耐を必要とする。俊一にそのような孤独な作業は堪えられそうにもなかった。

その日の夕方もどってきた登喜子に、かれは、

「あの男は、漁師など出来やしねえよ」

と、言った。

登喜子は、その断定的な言葉に口をつぐんだ。登喜子も、ひそかにそのような危惧をいだいているのかも知れなかった。

それきり父娘《おやこ》の間の会話には、俊一のことが話題にのぼることはなかった。が、房次郎は、登喜子が俊一と会うことを繰返している気配を察し、その仲も深まっているのをかぎとっていた。洋裁学院からは最終バスで帰ってくるので帰宅時刻は定まっていたが、日曜日には必ず町へ出掛けてゆく。沈んだ表情で物思いにふけっていることがあるかと思うと、はずんだ声で歌をうたっていることもあった。

六月中旬、例年とほとんど同じ時期にマグロがやってきた。

津軽海峡には、太平洋の三陸沿岸を北上してくる黒潮暖流と、日本海を流れてくる対馬《つしま》暖流が流れこんでくる。その二つの暖流に乗って、マグロの群れが姿を現わす。二方向からやってくるマグロの種類は同じで、本マグロが主になっているが、その年によってビンチョウ、カジキなどのマグロがやってくることもあった。

漁場は、下北半島の突端にある房次郎たちの村の前面にひろがる海面で、明治末年頃から村の漁師は延縄《はえなわ》漁業でマグロをとった。

大型の帆かけ船に十数名の漁師が乗りこみ、一年の半ばはマグロ漁に専念していたが、昭和に入ってから船も小型になって、漁師が単独で一本釣りをするようになっている。それは、村特有の漁法で、漁師たちに多くの恩恵をあたえていた。

房次郎は、他の漁師にまじって沖へ船を出した。六月からはじまる漁は、九月頃まで大物がかかるが、海水の冷えるにつれて小型になり年末には姿を消す。それだけにマグロ漁のはじまってから三カ月間は、殺気にみちたにぎわいが村内にみちた。

その年やってきたマグロは形も良く、種類も本マグロだった。かれは、マグロをとることに熱中した。

かれの水揚げ量は、その年も漁が開始されてから他の漁師のそれを上廻る成績をしめしたが、かれは前年よりも体の疲労がはげしくなっているのに気づいていた。

マグロとりの漁師の世界では、四十歳以上の漁師は老齢者に入る。大きなマグロとの戦いは、体力を消耗させ、それが長時間に及ぶだけに若い強靭《きょうじん》な肉体が要求されるのだ。

それに、マグロ漁は睡眠不足との戦いでもあった。マグロの餌《えさ》である烏賊は、夜の間に沖へ船を出してとらねばならない。烏賊は中型のものが最適で、少なくとも三十尾程度は船の生簀におさめる必要があった。

餌をとって帰るのは夜明けに近く、短時間仮睡するだけで朝食をすますと、再びマグロをとりに沖へ出て行く。そうした生活を半年間つづけるため、マグロとりの漁師は眼に見えてやつれてゆくのだ。

自然に、マグロ漁の漁師は二十代から三十代までの男に占められていた。四十歳以上の漁師もいたが、かれらは連日沖へ出ることはなく、それだけ漁獲量も少ない。

そうした中で、房次郎のみが例外だった。

かれは、頭髪に白毛《しらが》もまじりはじめていたが、皮膚は艶《つや》やかで筋肉はかたくしまっている。疲れを知らぬように漁に適した日には必ず出漁し、その豊富な経験を生かしてねらったマグロは一尾残らず釣り上げた。

しかし、かれは、数年前からひそかに体力の衰えを感じはじめていた。烏賊釣りをしている時に知らぬ間に眠ってしまい、船を潮に遠く流されたこともある。またマグロのかかった釣糸を引いている時も、手足が麻痺《まひ》し腰骨のくだけるような深い疲労を感じることも多い。が、かれは、そのような体の変化を他人に知られることを恐れた。かれは、常に村随一のマグロとりの漁師でありたかったのだ。

七月下旬、かれは体重二百八十キロにも達する三メートル弱の長さの大型マグロを村にひいてきた。老練なかれらしく鮮度も十分に保たれていて、商人に六十万円で買いとられた。

漁師たちは、あらためて房次郎の存在に畏敬《いけい》と羨望《せんぼう》の眼を向けた。偏狭な性格の房次郎に反感をいだいている者も多かったが、若い漁師たちは、かれのような漁師になりたいと口々に言い合っていた。

その大マグロをとってから三日後、夕方漁からもどってきた房次郎に、登喜子は思いがけぬことを口にした。俊一は、登喜子と結婚する前提として、製材会社をやめた。そして、伯父の家からはなれ、登喜子の友人である村の漁網商の離室《はなれ》の一間を借りて移り住んできたという。

登喜子は、漁師の生活が苦痛にみちたものだということを俊一にも告げたが、俊一の決意はかたく、房次郎に漁を教えてもらうために村へやってきたというのだ。

「俊一さんも真剣なのよ。熱意を買って教えてやって、ね」

登喜子は、すがりつくような眼をして言った。

房次郎は、呆《あき》れたように登喜子の顔を見つめ、俊一の強引さに腹が立った。俊一の行為には、すべて自分の思う通りになるという不遜《ふそん》な考え方がひそんでいる。かれは、登喜子と結婚するために勤め先をやめ、房次郎から漁を教えてもらう目的で村に移り住んできた。それは健気《けなげ》な行為だとも言えるが、房次郎の意向を無視したもので、そのまま容認する気にはなれなかった。

房次郎は、登喜子にも不満だった。漁網商の家の離室を借りることができたのは当然登喜子が口をきいた結果にちがいなく、それまでの経過を自分に全く報告しなかったことが不快だった。

かれは、無言のまま夕食をとると、夜の烏賊釣りに浜へ出て行った。

翌朝、家の板戸を開けた房次郎は、路上に鉢巻をした俊一の姿を眼にした。俊一は、折目正しく挨拶をすると、家から出てきた登喜子とともに浜についてきた。

房次郎は、怒声を浴びせかけたい衝動を抑えて海ぎわに行くと、かれらには眼も向けず船を出した。が、翌朝もその次の朝も、俊一は家から出てくる房次郎を待っている。その顔には、房次郎に対する恨みがましい色も萎縮《いしゆく》した表情もなく、明るい眼の輝きのみがあった。その態度は、恐れを知らぬ若い男のふてぶてしさのように感じられた。

そうしたことが毎朝繰返されたが、房次郎はその日、明日から船に乗せてやると約束した。それは決して登喜子たちの根気に負けたわけではなく、妻の記憶におびえを感じたからだった。

妻が家を去ったのは、登喜子が五歳の時であった。夕方漁からもどってきた房次郎は、食卓の上に妻の走り書きした便箋《びんせん》の置かれているのを眼にした。そこには、「父さんの思うような妻になれないことがよくわかりました。登喜子を連れて行こうと思いましたが、女一人で子供をかかえて生きる自信がありません。子供をよろしくお願いします」と、書かれていた。

家出の気配もなかった妻の手紙に、かれは狼狽《ろうばい》した。そして、家を飛び出すとバスに乗って国鉄の駅に行ったが、妻の姿はなかった。

かれは、妻に男が出来て出奔したのかと疑ったが、近隣の者たちの言葉からはそれを裏づけるものをきき出すことはできなかった。妻の家出は、不可解な事件として村人たちの話題になり、多くの者たちは房次郎自身の性格に堪えきれなくなったのだという意見を口にし、やがてそれが家出の理由として信じこまれた。

房次郎は、他人の言葉をきき入れることは皆無で、それは妻に対しても同様であった。自分の言葉に妻が少しでも反発すれば、かれは妻に黙ったまま物を投げつけた。感情の激するのを抑えつけることができず、漁からもどってきた折に妻が近くに外出していて留守にしていると、かれは十日も二十日も不機嫌そうに口をつぐみつづけていた。

かれは、早朝に家を出ると、夕方まで海の上で一人で過す。その孤独感をいやすために家へもどってくるのだが、待ってくれているはずの妻の姿がないと、かれは激しく苛立つ。つまりそれは妻に対する強い愛情によるものだったが、妻には理解しがたい冷酷さに感じられたのだ。

その年の暮に、妻から登喜子の洋服が送られてきたが、住所は記されていなかった。そして、その後妻からの音信は完全に絶えてしまった。

房次郎は、妻への思慕で眠れぬ夜を過した。妻に会うことができれば、素直に詫《わ》びたいと思った。が、日がたつにつれて、子を置いて去った妻に憤りを感ずるようにもなった。愛情と憎悪が胸の中で交差し合い、その感情が月日の経過とともに冷却してゆくと、かれは、一層人嫌いの頑なな男になっていた。

俊一の出現は、かれに忘れかけていた妻の記憶をよみがえらせた。妻の家出は、自分の頑迷な性格によるものらしいが、同じ過ちを再びおかしそうな気がする。俊一の存在は不快だが、その申出を拒みつづければ登喜子も自分のもとをはなれてゆくだろう。

かれは、登喜子に妥協した自分が恨めしかった。

三

船は、エンジンの軽い響《ひびき》を立てながら港口に向って進んでゆく。かれは、自分の背に浜で立つ登喜子と俊一の視線が注がれているのを意識していた。

港口を出ると、船の動揺が大きくなった。舳《へさき》にくだける海水の飛沫がふりかかってきて、かれの体に淀《よど》んでいた睡眠不足の気怠《けだる》さが消え、俊一と登喜子のことも念頭から消えた。

海上一帯が明るんで、北海道のなだらかな山容が薄紫色に浮び上り、漁火の光も消えていた。

前方を三隻のマグロ船が、波のうねりに起伏しながら進んでいる。それらはすべて若い漁師の船で、競い合うように沖へ向っている。

先頭を進んでいるのは仙太郎の船で、かれは、朝船を出すのも早く漁獲量も多い。

房次郎は、若い漁師の中で仙太郎に脅威に似たものを感じていた。仙太郎は無口で、他の若い漁師たちと遊び歩くこともない。二十一歳で妻帯し子供も二人あるが、妻は派手な性格で金遣いも荒く、家庭的には恵まれていない。かれは、いつも沈鬱な表情をしているが、沖で漁をはじめるとその眼には殺気立った光がうかぶ。釣糸さばきも豪快で、しばしば大物をとらえるのだ。

かれの暗い性格は、かれの父黒崎岩吉の過去に影響されたものだと言っていい。昭和七年の漁期に、岩吉は、名人といわれた房次郎の父の三倍にも達する量のマグロをとった。当時の漁法は、死んだ烏賊を鉤《はり》につけて釣っていたが、技倆も格別すぐれていない岩吉が多量のマグロを揚げているのは、かれが新たな漁法を編み出したことをしめしていた。

村の漁師たちは、それがなんであるのか知りたがったが、岩吉は漁具を莚《むしろ》につつんで見せようとはしなかった。そして、翌年の漁期にも岩吉の鉤にはマグロが大量にかかって、他の漁師たちの数倍にものぼる収入を得た。

漁師たちは、漁をしている岩吉の動きを眼で追ったが、やがてかれが餌を使用しないことに気づいた。他の漁師の眼をあざむくため烏賊を船に積み入れて沖に出るが、鉤に餌をつける気配はなく、漁が終ると烏賊を海中に投げ捨てる。それによって、岩吉が擬餌鉤《ぎじばり》を使っていることがあきらかになった。

岩吉の利己的な態度に憤りを感じていた村の漁師たちは、いたずらに臆測を交わし合っているにすぎなかったが、中には岩吉の家を夜おそく訪れてどのような鉤を使っているのか問う者もいた。それに対して岩吉は、鉤を見せることはせず動物の一部を利用して作った擬餌鉤だと答えた。それは、時によって牛の角であったり、鯨骨や象牙《ぞうげ》であったりしたが、漁師たちはその言葉を半ば疑いながらもそれらを入手して鉤を作ってみた。しかし、それらは実用に適するものではなかった。

三年目の漁期にも、岩吉の鉤には多量のマグロがかかった。漁師たちは苛立って岩吉の鉤の入手先を手分けしてさぐり、ようやく漁の終る頃、それが静岡県清水市の漁具商から購入したことを突きとめ、鉤の実体も探り当てた。

それは、シャビキと称する鉛製の擬餌鉤で、鉤の根にアワビの貝の粉末がうめこまれ、その下に幅三センチの猫の皮がまきつけられている。貝は水中で光るのでマグロには餌のように思われるらしく、また猫の皮も小魚の尾でもあるかのように錯覚して鉤をのみこむのだ。

漁師たちは、早速シャビキを入手し岩吉と同じように漁獲量を増すことができたが、その時から岩吉は漁師たちの冷たい眼にさらされるようになった。マグロ漁は、漁師たち個人個人の争いだが、三年間仲間に鉤の種類を教えなかったことは余りにも我欲がすぎると批判されたのだ。

岩吉は、人目を避けるように漁をつづけていたが、翌年の漁期に他の二隻のマグロ漁船とともに荒天で遭難し死亡した。そして、その子の仙太郎が跡をついだが、漁師たちの間には依然としてシャビキのことが話題になって残されていた。

老いた漁師たちは、酒席などで、

「お前のおやじは、賢い漁師だった」

と、恨みをふくんだように仙太郎に言う。その度に、仙太郎はただ無言で頭を垂れるのだ。

しかし、房次郎の亡父をはじめ一部の漁師たちは、岩吉の行為はむしろ村に恩恵をあたえたと主張していた。たしかに岩吉は自己の利益のために徹底した秘密主義をとっていたが、シャビキに注目しそれを導入したことは結果的に村の漁師をうるおしたことになるという。事実シャビキの採用によって村の漁獲量は増したが、さらに終戦後五年目に新たな漁法が考案されて漁師たちの収入は一層たかまった。それは、生き餌《え》を使う方法であった。

発案者は和田寅三という漁師で、かれは死んだ烏賊よりも生き餌を使う方が効果があることを思いついた。そして、生簀を購入すると大工に頼んで船に据えつけさせ、生きた烏賊を入れて出漁した。

和田の予想は的中して、鉤を海中に投じるとすぐにマグロがかかる。たちまち和田の漁獲量は、他の漁師のそれを大きく凌駕《りようが》するものになった。

漁師たちは、和田の家を訪れてその原因をたずねた。温厚な和田は死餌の代りに生き餌を使っていることを告げ、生簀の価格や大工の手間賃なども丁寧に教えた。それによって、村のマグロとり漁船には一隻残らず生簀が据えられるようになったのだ。

そうした漁法の考案以外に釣糸と浮きにもさまざまな改良が加えられた。

浮きは専ら桐の木片が使われていたが、鉤をのみこんだマグロが海中深く逃げると海中にひきこまれた桐の浮力は加速度的に増大し、マグロの引く力と引き合って、遂には釣糸がきれマグロをのがしてしまうことが多い。その現象は、漁師たちの熱望する大型マグロであればあるほど確率は高かった。

漁師たちは、強靭な釣糸の入手につとめるとともに浮きについての工夫もはかった。そして、誰からともなく桐の代りに風船を使うようになった。風船は、水中にひきこまれると増大する水圧で呆気《あつけ》なく破裂し、釣糸への負担も皆無になる。そして、その風船をふくらますのも煩わしいという声がたかまって、二年前から浮力の増すことの少ない発泡スチロールの小片が使われるようになっていた。

それらの漁具の改良はあったが、七、八年前から漁獲量は半減していた。それは、大型船によって組織されたマグロとりの船団が、遠くの沖合にたむろして網でマグロをとるようになったからであった。

しかし、網をのがれ潮流に乗ってやってくるマグロは、依然として村の沖合を群泳していた。時代遅れの一本釣り漁法ではあったが、海を熟知している村の漁師たちは、その鋭い勘で魚影を発見し、丹念に一尾ずつマグロを釣り上げていた。


津軽海峡の潮流は速く、船が進むにつれてその影響を受けるようになった。船が潮の流れに押されて、速度が鈍くなっている。

房次郎は、風向きと潮の流速から察して一応申し分のない条件だと思った。風は南西の風だし、海の波浪は適度なうねりをしめしている。それは、マグロの群れが海面近く餌をあさって泳ぎまわるのに適した環境だった。

空には雲が流れ、海面には明るい陽光が反射している。高空をジェット機が飛行機雲をひいて動いてゆくのがみえた。

かれは、三日前九十キロの本マグロを釣り上げたが、その近くに行ってみようと思った。気象条件が酷似しているし、マグロの群れがその付近を通過するにちがいないと判断したのだ。

その海面は、かれにとってなじみ深い場所であった。かれは漁師になってから、その付近で数知れぬほど多くのマグロをとってきた。潮流の変化によって位置は少しずつ北に移動しているが、その海域は、あたかもマグロの通路でもあるかのように姿をあらわす確率が高い。

かれの胸に、逞しい尾をしなわせて群がり進むマグロの姿が思い描かれた。それは、幻影にすぎないかも知れぬが、長年の経験で実際に眼にすることができるようにも思えた。

かれは、船を進ませた。マグロ漁船は近くに見えず、遠く大型の貨物船が南にむかって進んでいるのが望見できるだけであった。

三時間後、船は目的の海面についた。

潮の流れは早く、かれはその位置から船を押し流されぬようにエンジンをかけたまま舵を巧みに操った。そして、立ち上るとあたりの海面に眼をくばった。

マグロは、海面下一、二メートルの水中をサンマや幼い飛魚や烏賊を追って早い速度で泳いでくる。それは、群れをなして海中を走るのだが、その魚影をとらえることがマグロとりの漁師の最も重要な仕事であった。

かれは、十八歳の夏に初めて父の船に乗り魚影を見定めることを教えられた。が、それは、気負い立ったかれの自信を根底からくつがえした。

「来た、来た」

と、父がはずんだ声をあげて海面に眼を向けるが、かれにはただ海水のうねりしか見えない。海の色にも異常はみられないし、海面が波立つこともない。

しかし、父は、エンジンを増速させて舵を操り船をその海面に走らせる。そして、釣り鉤を投げると、浮きが海中に突っこみ糸が張られるのだ。

房次郎は視力に自信はあったが、何度海面を凝視しても魚影を眼にすることができず、自分には生来マグロとりの漁師としての素質が欠けているのかと思った。が、父は、

「初めからマグロが見えてたまるか。もし見えるのだとしたら、だれでもやる」

と、房次郎に荒い声を浴びせかけた。

房次郎にとって、憂鬱な日々がつづいた。父に見えるものが自分に見えないことに、焦燥感をいだいた。かれは、ただ父の指示するままに舵を操り、たぐり寄せられるマグロを船にあげる仕事を手伝うだけだった。

かれが魚影らしいものを眼にすることができたのは、翌年の秋であった。

父の来たという声に、かれは父の視線の方向を眼で追い、その海面にかすかな色の変化を見た。それは幾分黒ずんだ色で、波のうねりが作る陰翳《いんえい》のようにも感じられ、早い速度で移動している。

父が、舵をとる房次郎にその色の走る方向に舵をまわせと指示した時、房次郎は、ようやく見えなかったものを見た歓喜にひたった。

その後、かれは年を追うごとに魚影を確実に眼でとらえることができるようになった。太陽の位置によって、それは黒ずんだ色にみえることもあれば灰色にみえることもある。そして、それは常にほとんど直線的にかなりの早さで進んでいた。

かれの眼は、入念に海面をさぐった。マグロの近づいてくる予感が胸の中でふくれ上り、かれは軍手をひろい上げると手にはめた。

マグロがかかれば、釣糸は強く張られる。走りまわるマグロを釣糸で巧みに手繰り寄せるが、素手で糸をあやつればたちまち糸が掌と指に食いこんでしまう。指を切られたり掌が裂けて幾針も縫う事故の起るのも、稀《まれ》ではない。

かれの軍手には、幾筋もの焼けこげの色が残っている。それは、強くひかれる釣糸との摩擦で軍手の繊維が焼けるのだ。

不意にかれの眼が、或る方向に据えられたまま動かなくなった。確かなものが見えたわけではなかった。ただかれは、陽光に輝く海面にかすかな気配を感じとったのだ。来た、とかれは思った。海の色に変化はないが、かれは、群れをなして近づいてくるマグロをはっきりとかぎとった。

かれは、生簀のふたを開き、水槽《すいそう》の中を泳ぎまわる烏賊を素早く手網ですくい上げると、その背に鉤の先端を食いこませた。そして、再び眼を遠い海面に向けた。

黒ずんだ色が、かれの眼にとらえられた。

かれは、マグロの群れの進む方向をさぐった。餌は、太い列をつくって進むマグロの群れの中に投げても、マグロは食わない。その理由はかれにもわからなかったが、群れの先頭に投げなければ効果はないのだ。

かれは、エンジンを全速にすると魚影の走る海面に船を進ませた。魚影から察するとかなりの大群らしく、黒ずんだ色が横に幅広くひろがってみえる。

十分ほどしてから、かれはエンジンをとめた。船が、潮に強く流されはじめた。

静寂が、あたりにひろがった。かれの眼は、魚影が正確に船の方向にむかって近づいてくるのをとらえていた。

かれは、魚影に眼を据えながら釣糸を海面に投げた。発泡スチロールの白い浮きが波のうねりに乗って揺れ、釣糸が伸びてゆく。

船底に結びつけられた平らな籠の中には、釣糸が円形にとぐろを巻いている。その長さは四百メートル近くあって、籠の上端にまであふれるように盛り上っている。

かれは、軍手が釣糸との摩擦で焼けるのを防ぐため、桶《おけ》で海水を汲《く》み上げると籠の中の釣糸に注いだ。

準備はすべて整った。かれは、船上に立って、魚影の近づくのを待った。

黒ずんだ色が、迫ってきた。

かれは、浮きの近くの海面に眼を据えた。その下方には背に鉤を食いこまされた烏賊が、脚をひらめかせながら泳いでいるはずだった。

不意に、浮きから数メートルはなれた海面にかすかな飛沫《しぶき》が起り、同時にその部分に烏賊の吐く墨の色が流れた。烏賊がマグロからのがれて水面に浮び出て来たのだ。

それは、かれの期待していた現象だった。烏賊が海面にのがれ出た折には、少なくとも数尾のマグロがその下方を回游《かいゆう》していることはあきらかだった。

烏賊は、鉤の重みに堪えかねて海中に没するが、すぐに海面へ浮び出て飛沫をあげる。マグロから逃れるために必死になっているのだ。

烏賊の姿が、再び海面から没した直後、波のうねりに乗っていた白い浮きが不規則にゆれ動いた。そして、それは勢いよく海中にひきこまれていった。

かかった、とかれは胸の中で叫んだ。浮きの沈み具合から察して、かなりの大物であることは疑いの余地がなかった。

海面に投げられていた釣糸が緊張すると、籠の中の釣糸が飛び出しはじめた。釣糸はすさまじい速さで円形に回転し、注がれた海水が水しぶきをあげて飛び散る。その水滴に眩《まばゆ》い陽光が当って、籠の上方に小さな虹《にじ》が湧《わ》いた。

釣糸がすべて持ってゆかれれば、糸は他愛《たわい》なく断ち切られてしまう。かれは、エンジンをかけて全速力にすると、舳を釣糸の引かれてゆく方向に素早く向けた。

波しぶきが飛び散って、体にふりかかってくる。かれは、足で舵を操作し、籠の中の釣糸を見つめた。釣糸の動きはにぶっているが、依然として虹は消えない。驚くほどの速度をもったマグロだった。

そのうちに、ようやく釣糸の動きがとまった。籠の中には、わずかな長さの釣糸しか残っていなかった。

かれは、釣糸を両手でつかむと海面に眼を向けた。糸は、一直線に進んでいる。マグロは、四百メートル前方を、鋭い先端をもつ鉤をのみこんで逃げているのだ。

かれは、手を休みなく動かした。釣糸がたるんでしまえば、マグロは鉤をはき出して逃げ去る。かれは、釣糸をたぐったりゆるめることをせわしなく繰返した。糸が、左方に旋回しはじめると急に船の方向に進んできた。かれは素早く糸をたぐりながら船を大きく旋回させてマグロの後方に位置をとった。

小さいマグロは三十分もすぎると力も衰えるが、大型マグロは数時間泳ぎつづける。疲労が、かれの四肢に重苦しく湧いてきた。午食の時間はすでに過ぎ、空腹感が襲ってきた。傍《そば》に水をつめた一升瓶《びん》が置かれているが、釣糸を操るかれには瓶を手にする余裕もない。暑い陽光が照りつけて、顔に汗が流れた。

釣糸はいつの間にかかなり手繰られていたが、マグロは早い速度で逃げつづけている。何度か反転することはあったが、マグロは太平洋の方向に突き進んでいた。太陽が、徐々に西へ移動してゆく。手足が麻痺し、膝《ひざ》に疼痛《とうつう》が起ってきた。体は汗におおわれ、ひどく暑かった。

漁師の中にはマグロとの戦いに屈し、釣糸を自ら切る者もいる。が、房次郎は今まで一度もそうしたことをしたことはなかった。釣糸をはなせば、マグロに敗北したことになる。それは、かれの漁師としての矜持《きょうじ》が許さなかった。

日が西に傾き、夕照が海面を華やかに彩りはじめた。かれは、その輝きに眩暈《めまい》をおぼえしばしば意識のかすむのを感じた。

ようやくマグロに衰えがみられ、その速度も鈍くなった。マグロは呑みこんだ鉤の刃先で体内を深く傷つけられ、喘《あえ》ぎはじめているのだ。

房次郎は、余力をしぼって釣糸を少しずつ手繰った。夜の闇が訪れてくるのは恐ろしかったが、決して焦ってはならぬと自分に言いきかせながら足を突っぱり糸をつかんでいた。

日が沈み、夜の色が海面に落ちてきた。海上には烏賊漁の漁火《いさりび》が点々と湧きはじめて、やがて水平線に近い海面にあふれた。

暑熱は消えたが、汗に濡れた皮膚に潮風が冷たかった。マグロは時折停止し、その都度かれは釣糸を引きこんだが、マグロは再び泳ぎ出す。

そんなことを反復しているうちに、釣糸は短縮し、不意に二十メートルほど前方の海面に水しぶきをあげてマグロが姿を現わした。百五十キロ近い大物で、その腹部が闇の中に仄白《ほのじろ》く見えた。

かれは、釣糸を強めにひいてしきりにマグロの衰えを誘った。

海水を泡立《あわだ》たせて、魚体が船べりに引き寄せられてきた。かれは釣糸を強く引きつけると、右手で鳶口《とびぐち》をつかみマグロの頭部にその刃先を叩きつけた。そして釣糸をゆるめマグロの暴れるにまかせてから、マグロを再び引きつけると鳶口をふるった。

マグロの体が静止し、船べりに横づけになった。かれは、釣糸を船に縛りつけ、ロープをとり出すとマグロの尾のつけ根に巻きつけて船に固着させた。

かれは、船の電燈をつけると船底に膝を屈した。そして、一升瓶を引き寄せると水を咽喉《のど》に流しこんだ。肺臓が胸壁に貼《は》りついたように息苦しく、かれは肩を波打たせて息を整えていた。

しかし、かれは長い間休息をとっていることはできなかった。かれは、マグロ専門の商人の鋭い眼を思った。マグロが死ぬと同時に、魚体の細胞は破壊を開始する。商人は、マグロを一瞥《べつ》しただけでその鮮度を的確に見わけ、鮮度の落ちているものは容赦なく買い叩く。

かれは、エンジンをかけ舵にしがみついた。そして、淡く見える北海道と下北半島の陸影を見定めながら舳を返した。

沖の漁火が、一層その光を増してきていた。

四

房次郎がマグロをひいて村にもどってきたのは、午前零時を少し過ぎた頃であった。

その日は漁が多く、夜になってもどってきた船も少なくなかったので、魚の水揚げ場には商人たちが残っていた。

房次郎のとってきたマグロは百四十キロで、十一万円の値がつけられた。それはその日最大のマグロであったが、遠くからひいてきたので鮮度が幾分落ちていて三番目の買値がつけられた。

かれは、立っているのがやっとであった。足の筋肉がこわばり、腰部がしびれきっている。それに、激しい眠気が襲ってきて、意識がうすれかけた。

水揚げ場を出たかれは、灯の消えた漁師の家のつづく路をたどって家の板戸を開けた。土間につづく居間に坐っていた登喜子が、すぐに立ってきた。

「こんなにおそくなって。マグロをとったのね」

登喜子が、かれの腕をとった。

房次郎はうなずくと、居間に這《は》い上った。登喜子が、コップに水を入れて持ってきた。それを一気に飲み干すと、かれは、

「眠い」

と、ひとこと言った。そして、隣室に敷かれたふとんの中へ倒れこむように身を横たえた。

登喜子が衣服を着かえさせてくれるのを朧気《おぼろげ》に感じながら、かれは深い眠りの中に

落ちこんでいった。

翌朝眼をさました房次郎は、窓に眩い陽光があふれているのに気づいた。

三十歳頃までは、夜マグロを揚げてもそのまま餌《えさ》の烏賊《いか》をとりに沖へ行き翌日も漁に出たが、そのような体力はなくなっている。深夜、漁からもどってきた日の翌日は休息をとることにしていた。

かれは、しばらくふとんの中で眼を開け閉じしていたが、立ち上ると居間に出て行った。洗い物をしていた登喜子が、かれの起きた気配に気づいたらしく、エプロンで手を拭きながら姿をあらわした。

「昨夜父さんのとったマグロは百四十キロもあったんですってね。これで今月は四本目だわ」

と、登喜子ははずんだ声で言いながら食卓の上に副食物をならべた。

かれは、食事をとりながら俊一を船に乗せる約束をしたことを思い出していた。が、そのことにふれるのが億劫《おっくう》で、黙ったまま箸《はし》を動かしていた。

その夜、かれは烏賊釣りに出掛けたが早目にもどってくるとふとんにもぐりこみ、出漁しなかった。海はべた凪《なぎ》で、マグロ漁には適していない。そして、次の日も凪がつづき、さらに翌日になると台風の接近がつたえられ、出漁は禁止された。かれは、浜に出ると、船を他の船と固く結んで台風の来襲に備えた。

台風は、太平洋沿岸を北上し、勢力も衰えて東方海上に去った。が、その影響を受けて海上は風波が激しく、その余波が三日間つづいて海は荒れた。

房次郎にとって、その休漁は却《かえ》って幸いだった。俊一を連れて行くことは気が重く、その日が延期されただけでもよかった。

波浪がおだやかになった夜、かれは烏賊釣りに出掛け、帰宅すると仮睡もとらず朝食をとって漁に出る身仕度をはじめた。まだ戸外には、夜明けの気配もきざしていない。そのような早い出漁は、六日間の休漁で疲労がすっかりとれていたためではあったが、俊一がやって来ない前に船を出してしまいたくもあったのだ。

しかし、かれの企ては失敗した。釣道具をかかえて板戸を開けると、暗い路に人影が立っていて、

「お早うございます」

と、明るい声をかけられたのだ。

房次郎は、登喜子が俊一に指示したのだと思った。登喜子は、休漁後の房次郎が朝早目に出てゆくことを知っていて、俊一に早くから待っているようにすすめたにちが

いなかった。

かれは、自分がかれらの意のままに操られているように思えていまいましかった。

家の中から、登喜子が懐中電燈を手に出てくると房次郎の足もとを照らした。

「籠を持ちます」

俊一が、歩み寄ってきた。

「いいよ」

房次郎は、素気なく拒むと、籠をかかえこんで歩き出した。夜空を見上げた。冴《さ》えた星が散っていて、月が傾いている。

かれは、足早に歩いた。登喜子と俊一が寄り添うようについてきているのが煩わしかった。

浜に出たかれは、船に急いだ。浜に人影はなく、波が仄白い飛沫をあげて海岸に寄せているのが見えるだけであった。

かれは、船の電燈をともすと生簀《いけす》の中をのぞき、漁具を点検した。そして、綱をとくと、俊一を一瞥した。

登喜子の白い手が俊一の肩を押すのがみえ、俊一が無言で船に乗ってきた。

「坐るんだ」

房次郎は、冷やかな眼をして言うとエンジンをかけた。

「行っていらっしゃい」

登喜子が白い歯列を見せて、手をふった。

船は、エンジン音をたかめて岸をはなれ、港口に向ってゆく。右方に浮ぶ島に設けられた燈台から、光芒《こうぼう》が暗い海上に放たれていた。

房次郎は、船が自分の船ではないように思った。長年身を託してきた船は、半ば自分の肉体の一部のようになっている。舵《かじ》の操作で船は意のままに方向を変え、自分の体とともに波のうねりにも乗る。

しかし、その日の船は、いつもの船とは異なっているように思えた。舵を動かしても、舳は鈍重に向きを変えるだけで軽快さが失われている。それは、俊一の体重が船にかかっているからで、船の動きも幾分おそいように思えた。

かれは、俊一の体が邪魔であった。孤独な海の生活になれた房次郎には、自分以外の人間が同じ船に乗っていることに息苦しさを感じていた。

船は、港外に出た。

房次郎は、舳を東方に向けた。どこへ行くという積極的な考えは失われていた。マグロのやってくる海面が、次々に頭に浮んでは消える。それらは、しばしばマグロをとった場所だが、どの場所もマグロが来そうに思えたし、そうでないようにも感じられた。

海が荒れた後は、マグロ漁に適した潮になる。風も南東で、条件は適しているが、かれには場所を一点にしぼることができなかった。

房次郎は、考えがまとまらぬのは俊一を乗せたため勘が乱れているからだと思った。かれは、しばらく思案していたが、六日前にマグロをとった場所に船を進ませていた。他の場所にくらべて、その場所の方が幾分よさそうに感じられたのだ。

夜空が青ずみはじめ、星の光が薄れてきた。海上がほのかに明るんできて、かれは船の燈火を消した。

黙然と坐っていた俊一が、落着きなく体を動かしはじめた。そして、しばらくすると船べりから頭を突き出し咽喉を鳴らした。

房次郎は、苦笑した。俊一は、簡単にマグロとりの漁師になりたいというが、早くも船酔いに苦しんでいる。町に生れ育った俊一は、海のきびしさを理解していない。そして漁師が一人前のマグロとりになるのには、多くの苦難をなめなければならないことも知っていないのだ。

そうしたことも知らず、登喜子と結婚するためにマグロとりの漁師になろうと志す俊一に、房次郎は漁師の苦痛にみちた生活を思いきり知らせてやりたい衝動にかられた。

房次郎は、潮流の激しい海面に容赦なく船を進めさせた。鉢巻をした俊一の嘔吐《おうと》している姿が、小気味良いものに感じられた。

日が、のぼった。雲一つない晴天で、海面は眩く輝いている。俊一は嘔吐を繰返していたが、やがて船底に身を横たえてしまった。その顔には血の気が失われ、直射日光を避けるように掌をかざしていた。

その日、かれは船を三個所に移動させたが魚影は発見できず、夕方早目に港へ引返した。

俊一は、港内に船が入ると身を起し、房次郎に視線を向けた。唇は粉をふいたように白く、その眼には弱々しげな光がうかんでいた。

房次郎は、自然に頬がゆるんでくるのを意識した。俊一は、物事がすべて自分の思う通りになると信じこみ、登喜子もそうした俊一の態度を頼もしく思い、心を寄せているらしい。が、白けた表情で船底に坐っている俊一の姿は哀れであった。

房次郎は、俊一の不遜《ふそん》な自信を打ちくだいたことに満足だった。そして、船を浜につけると漁具を入れた籠を手に岸へ上り、俊一に眼を向けることもせず漁師の家並のつづく一郭に歩いて行った。

板戸をあけると、テレビを見ていた登喜子が驚いたような眼を向けてきた。

「早くもどったのね」

と、登喜子は言った。そして、俊一のことが気がかりになったらしく、小走りに家の外に出て行った。

かれは、居間に上ると茶をいれた。浜に出た登喜子が、俊一の姿を眼にする光景が想像された。登喜子は、そこに別人のような俊一を見たにちがいない。海辺で生れ育ち、日焼けした若い漁師たちを見てきた登喜子の眼には、打ちしおれた俊一が男という概念とは程遠いものに映るだろう。そして、熱していた感情が一時にさめて、俊一を冷静な眼で見直すかも知れない。

また俊一も、船酔いの苦しさに辟易《へきえき》して漁師になるなどという考え方を捨て、登喜子と結婚し入婿することを断念するとも予想される。

房次郎には、登喜子の結婚についてまだ父親としての心の準備ができていない。登喜子と俊一の間柄が破綻《はたん》をきたすことは、房次郎にとって願ってもないことであった。

かれは、ふとんに身を横たえ眼をとじた。夜釣りまでの間に少しでも多く睡眠をとって、明日の漁にそなえたいと思った。

眼をさますと、すでに居間には灯がともっていた。かれは、起き上ると冷や酒を茶碗で飲み、夕食をとった。登喜子は、無言でテレビを見ている。かれは、食卓をはなれると烏賊釣りの漁具を手に家を出た。

かれは浜を歩きながら、登喜子の表情を思い浮べていた。口もきかない登喜子は、船酔いで血の気も失せた顔をしている俊一に失望したにちがいない。かれは、微笑を眼にうかべながら船の方に歩いていった。

しかし、かれの期待は裏切られた。翌朝板戸を開けたかれは、家の前に鉢巻をした俊一の姿を見出したのだ。そして、登喜子も家から出てくると、俊一と房次郎の後からついてきた。

房次郎は、舌打ちしたい思いだった。船酔いに苦しんだ俊一は、懲りることなく再び船に乗ろうとしている。それは漁師になるために当然耐えねばならぬことだが、俊一がその試練を自分に課そうとしていることが不快だった。

房次郎が船に近づくと、俊一が当然の権利でもあるかのように船に乗りこんだ。そして、エンジンがかかると浜に立つ登喜子に手をあげた。その顔には、少しのおびえも感じられない明るい表情が浮び出ていた。

その日も俊一は、沖に出ぬうちに船べりで咽喉を鳴らしはじめた。そして、午食をとることもせず、船底に身を屈していた。

房次郎は、俊一を無視して魚影をさぐることにつとめたが、マグロの群れを見出すことはできなかった。

不漁の日がつづいた。俊一は、相変らず船に乗って嘔吐をくり返していたが、四日目頃から身を横たえることもなく、わずかではあったが午食の弁当に手を出したりするようになった。

俊一は、徐々に船の動揺になれてきたようだったが、船に乗ってから六日目に船酔いから解放された。

その日、低気圧の接近がつたえられて、正午頃から風が強まりはじめた。その気象の変化は、マグロ漁にとって好適であった。

房次郎は、潮の流れを見定めて北海道沿岸に近い海面に船を進めた。季節的にみて例年その付近にはマグロの回游が多く、数隻のマグロ船もその方向に急いでいた。

俊一は、房次郎の緊張した表情に気づいたらしく、房次郎の顔をうかがい、海面に眼を向けている。波のうねりは高まって、船は激しい潮流に押されていた。

目的の海面につくと、房次郎は船を大きく旋回しはじめた。かれは、舵を少しずつまわしながら潮の流れてくる方向に眼を据えていた。

ふとかれの眼に、遠く海面すれすれに白いものがひらめいているのがとらえられた。それは、燈火の下で粉雪が乱舞するように上下左右に動いている。

かれは、それが海鳥の群れであることに気づいた。鳥は、海面にひしめく魚をねらって群れている。魚が海面に浮き出ていることは、大魚に追われていることをしめしていた。

他の漁船も鳥の群れに気づいたらしく、その方向に進みはじめた。房次郎は、舳《へさき》をまわすとエンジンを全速にした。

かれは、新しい軍手をはめ漁具を点検した。鳥の舞う海面の下方には、小魚を追うマグロがむらがっているはずであった。しかも鳥の数の多いことから察して、かなりの群れであることが予想できた。

船が鳥の群れに近づくにつれて、鋭い啼《な》き声もきこえてきた。鳥は翼をあおって海面を飛び交っていたが、波のうねりに乗って羽を休めている鳥も多くみえた。

海面下のマグロを釣り上げることは、至難だった。マグロは、魚の群れを追っている。その中に餌を投げ入れても、食う可能性はほとんどない。

釣り上げることができるのは、小魚の群れが逃げ散って、マグロの群れが小魚を追うことを諦《あきら》め一定の方向に秩序正しく泳ぎはじめた折にかぎられる。そうした状況を作り出すには、船をその海面に突きこませて、小魚を四散させる以外に方法はなかった。

先行している漁船がエンジン音をとどろかせて鳥のむらがる海面に突き進み、他の船もそれにつづいてゆく。鳥が上空へ舞い上り、あたりに一層はげしい啼き声がみちた。

漁船は反転すると、何度も海面を疾走し、勢いよく旋回したりした。

房次郎は、自分に課せられた役割を知っていた。集まってきているのは、房次郎の船をふくめて四隻だが、最も老練な漁師であるかれは、エンジン音にうろたえたマグロの群れがどちらの方向に進むかを見定めてやらねばならなかった。

かれは、海面を入念に眼でさぐった。漁船の突入に驚いたマグロは、海中深く身をひそめてから他の餌を求めて進みはじめるはずであった。

かれは、そのような場合にもほとんどマグロの魚影を見失うことはなかった。そして、その時もかれの眼は、西方の海面にかすかな気配をとらえていた。

かれは、鋭く舳を返した。それが合図で、他の三隻の漁船も海面をかき乱すことを中止して、房次郎の船を追いはじめた。

魚影は次第に濃くなり、海面に浮び出たマグロが飛沫《しぶき》をあげるのも見えた。房次郎は、船をマグロの進路方向に急がせた。

やがて魚影が後方にみえるようになり、房次郎は、舳を曲げるとマグロの進んでくる海面に船を停止させた。

他の船も房次郎の船の近くに散開し、エンジンをとめた。

「やるんですか」

俊一が、うわずった声をかけてきた。

房次郎は、返事をしなかった。そして、籠の中に海水を注ぎ、烏賊に鉤《はり》の刃先を食いこませた。

魚影が、接近してきた。

かれは、鉤を投げると糸を伸ばした。

俊一が船べりをつかんで海面を凝視している。その体重がかかって、船が傾斜し足に力が入らなかった。

「船の真中に坐っていろ」

かれは、押し殺したような声で言った。その声に俊一が身をひき、船の傾斜はおさまった。

烏賊が海面におどり出て、かすかに飛沫が上った。そして、それが鎮まったと思った瞬間、浮きが海中にひきこまれ、籠の中の糸が、生き物のように躍り出はじめた。

「かかった、かかった」

俊一の口から叫び声があがり、かれは再び船べりにしがみついた。エンジンをかけ急速に舳を曲げた船は、その重みで激しく左方に傾いた。

「ばかやろう。真中にいるんだ」

房次郎は、狼狽《ろうばい》して叫んだ。

あおられた海水が、船べりを越えて流れこんできたが、俊一が体を移動させたので船は辛うじて転覆をまぬがれた。

房次郎は、激しい憤りを感じていた。マグロを釣り上げる作業には、些細《ささい》な乱れも許されない。マグロは鉤をのみこんだ瞬間疾走を開始し、船は素早くその後を追う。その動作が少しでもおくれれば、たちまち籠の中の釣糸は尽きて断ち切られてしまうのだ。

糸が切れなかったのは、マグロが大物ではなく速度が鈍かったからであった。が、それでも籠の中の糸は、釣糸の動きが静止した時わずか二十メートルほどしか残されていなかった。

房次郎は、気持を落着かせることにつとめた。平静さを失えば、折角かかったマグロものがれ去ってしまう。

かれは、足で舵を操作し釣糸の張られた方向に船を走らせた。釣糸が強く繰り出されると、その度に軍手のこげる匂いが立ち昇った。

波しぶきが絶え間なく船の上にふりかかり、眼に海水がしみた。が、かれは眼をしばたたきながら釣糸を両手でしっかりとつかんでいた。

三十分ほどすると、マグロの動きが衰えはじめた。かれは、少しずつ釣糸を手繰り、籠の中の釣糸の量が、次第に増してきた。そのうちに二百メートルほど前方で、マグロが走り出すとそれに合わせて糸をゆるめた。

マグロが海面ではねた。かれは、エンジンを半速にしマグロの速度に合わせた。

「なにか手伝わせて下さい」

俊一の声がした。

しかし、房次郎は、口をつぐんだまま釣糸の動きに神経を集中させていた。

マグロの動きがとまり、かれは素早く釣糸をたぐった。マグロが海面に姿をあらわし、左右に走りまわる。その動きにさからわぬように、かれはマグロを泳ぐにまかせていた。

魚体が近づき、かれは鳶口を手にした。そして、船べりに寄せられたマグロにその刃先をたたきつけた。海水にふき出た血が流れ、その中でマグロは横腹をみせて浮き上った。目算で、それが百キロ足らずの本マグロであることがわかった。

かれは釣糸を固着させ、ロープをマグロにからませると尾をつかんだ。そして、波のうねりを利用してマグロを一気に船の中へ引きずりこんだ。

かれは、エンジンを全速にし、舳を村の方向に向けた。そして、刃物をとり出すとマグロの腹部を切り裂き内臓をつかみ出して海中に捨てた。それは、鮮度を落さぬための処置で、さらにかれは陽光を防ぐためその上にシートをかぶせた。

マグロの逞《たくま》しい尾は痙攣《けいれん》していて、船底をたたいている。それを俊一は、眼を輝かせて見つめていた。

五

その日の夕方、天候は悪化し、雨も激しく落ちてきた。自然に夜の烏賊釣りも中止になって、房次郎は久しぶりの酒を楽しんだ。

夕食後登喜子が外出して間もなく、板戸をひらいて叔父の米蔵が入ってきた。米蔵もマグロ漁の漁師だったが、五年前から漁に出なくなっている。体力が衰えたためだったが、直接の原因は釣糸で足首を傷つけたからであった。籠から跳ね出てゆく釣糸がかれの足にからまり、そのまま海に引きこまれたが、幸い糸がきれて辛うじて船に這い上ることができたのだ。

傷が癒《い》えた米蔵は、再び船に乗ることはしなかった。老いのため勘が鈍ったことを自覚したためであった。

房次郎は、唯一の親族である米蔵が好きだった。米蔵は、房次郎の父に漁法を教えてもらったことに感謝していて、房次郎の身辺にも気を配っている。が、それは常に控え目で、押しつけがましくないことが房次郎には好ましかった。

「今日も揚げたそうだな」

米蔵は、居間に上ると房次郎の出したコップを受けとりながら言った。その足首には、かたくゴム輪をはめたような傷痕《きずあと》が刻みつけられている。

冷や酒をみたしたコップに口をつけた米蔵は、

「ところで、登喜子のことはどうするつもりだ。あのままにしておくこともできないぞ」

と、言った。

房次郎は、米蔵の顔を見た時その話で来たにちがいないと察していた。村に移り住んできた俊一と登喜子とのことは、当然村人たちの話題になっているはずであった。

「きくところによると、相手の男はお前の家に入婿してもよいと言ってるそうじゃないか。お前がその男を船に乗せているそうだが、お前も賛成しているなら、人の口もあることだから早く祝言をあげてやった方がいい」

米蔵は、おだやかな口調で言った。

「別に賛成しているわけじゃねえ」

房次郎は、答えた。

「じゃ、なぜ船に乗せたりしている」

米蔵は、いぶかしそうな眼をした。

「登喜子が頼むものだから……。おれはいやだったが、余り反対ばかりするとおれにそむきそうな気がしてね」

房次郎は、酔いも手伝って米蔵に胸の中にわだかまっている不安を口にした。

「女房のことを考えているのか。あいつは身勝手な女だ、幼い子供を置いて去った女のことなど忘れるのだ。なかなかいい若者だそうじゃないか。登喜子も一人前の娘だし、一緒にさせてやってもいいと思うが……」

米蔵は、コップを傾けながら房次郎の顔をうかがった。

「なんとなく気に入らねえんですよ、あの男が……」

房次郎は、顔をしかめた。

「なぜ」

「船に乗せたのはいいが、ゲーゲー吐いてばかりいやがって」

「それは、町の男だから当り前だ。すぐになれるさ」

米蔵は、苦笑した。

「それに今日も、危うく船を転覆させかけて。船べりをつかんで、はしゃぎやがって。まるで物見遊山《ゆさん》かなにかのつもりで船に乗っているのだから始末におえねえ」

房次郎は、思い出すのも不快そうに頭を振った。

「だれでも初めはそんなものさ。わかっているよ、お前は登喜子を手放したくないんだ。しかし、いつかは他人にくれてやらなくちゃならない。好き同士なら一緒にさせてやるのが、父親のつとめだぞ」

米蔵は、神妙な口調で言った。

米蔵の言う通りかも知れぬ、とかれは思った。かれは、登喜子が他人の所有になることを嫌っている。そうした感情が先に立って、俊一を批判的な眼でながめるのだろう。しかし、かれには俊一に対する不快感を抑えつけることはできそうにもなかった。

しばらくすると、米蔵は酔いがまわったらしく欠伸《あくび》をして立ち上った。そして、足をよろめかせながら板戸をあけると、傘をひろげて雨の中に出て行った。

一人取り残された房次郎は、深い疲労感が四肢にひろがるのを意識した。かれは、崩れるように身を横たえた。

屋根を激しく叩く雨の音がしている。かれは、その音を耳にしながら眼を閉じた。

翌日も雨は降りつづいていた。

登喜子は、午後になると洋裁学院へ行く仕度をはじめた。そして、居間に出てくると、

「俊一さん、感激していたわ」

と、微笑しながら言った。

房次郎は、登喜子の顔を見上げた。化粧した顔が妙に艶《なま》めかしく、別れた妻を思い起させた。

「父さんて素敵だって。マグロとりがあんなに豪快なものだとは知らなかったたって言ってたわ。ぼくも父さんのような漁師になるんだとすごい張切り方なの。船酔いもしなくなったんですってね。父さんの手伝いも積極的にしたいと言っていたわ」

登喜子は、楽しそうに言った。そして、土間におりると家の外に出て行った。

房次郎は、いつの間にか登喜子が若い妻のような素振りをするのに気がついていた。

もしかすると、俊一は結婚まで清い間柄でいると言っていたが、実際は夫婦に近いものであるのかも知れない。

かれは、妻と最初に接触した折のことを思い起した。それは強姦に近いもので、帰宅途中の妻を松林の中にひきずりこみ、拒みつづける妻を犯した。そして、その時から妻は態度を一変させて、かれにすがりつくような眼をするようになり、結婚の話にも素直にうなずいたのだ。

登喜子も、妻と同じような経過をたどって俊一に身を託したのではあるまいか。登喜子が、俊一に向ける眼には、結婚前の妻の眼との著しい類似がある。それは、男と肉体的な接触をした女の眼のように思えた。

かれは、俊一に嫉妬《しっと》を感じた。マグロとりの漁師になるという俊一に、思いきりその苦しさを味わわせてやろうと思った。それが、登喜子を自分から奪った俊一に対する唯一の復讐《ふくしゅう》のようにも感じた。

夕方になって風も弱まったので、かれは船を沖に出した。大物は九月下旬になると姿を消して、メジマグロ主体の漁になる。かれは、それまでに少なくとも二、三本は本マグロを釣り上げておきたかった。

翌朝、かれは板戸を開けると、待っていた俊一に不機嫌そうな眼を向け先に立って浜に出た。

「いいか、マグロがかかった時に、子供じゃあるまいし船べりなんかつかむんじゃねえ。もしそんなことを一度としやがったら、海の中へ叩きこむぞ」

房次郎は、ふり返ると籠をかかえてついてくる俊一に険しい眼を向けた。

「はい」

俊一は、素直に答え、登喜子に眼を向けると頰をゆるめた。

房次郎は、苛立《いらだ》った。自分の言葉が、俊一にはなんの刺戟《しげき》にもならないらしいことがもどかしかった。むしろその荒々しい言葉を、俊一は愛情の表現と勝手に思いこんでいる節さえある。

かれは、感情が激してくるのを抑えられず、船の傍につくと船を点検しながら口を開いた。

「おれはな、お前なんか連れて行きたくなんかねえんだ。マグロは一人でとるもんだ。もしもマグロとりになると言うのなら、心構えを改めろ。それには、まず口もきかずおれのやることを見ているだけにしろ。手伝うなどと生意気なことを言うんじゃねえ。お前になんか手伝ってもらうようなことは、なにもねえんだ。黙って船底に坐っていりゃいいんだ」

かれは、唇をふるわせて言った。そして、

「乗れ」

と、声をかけた。

はい、と答えて俊一は船に乗ったが、その顔はさすがにこわばっていた。

房次郎は、船を出した。登喜子も、浜で口をつぐんだまま立ちつくしている。俊一は、萎縮《いしゆく》した姿で登喜子に一瞬眼を向けただけであった。

その日、かれは三浬《かいり》沖合の海面に船を出した。空には厚い雲が立ちこめているが、風向きはいい。九月末には、その付近にマグロのやってくることが多かった。

海面には、すでに十隻近いマグロ船が集まってきていた。漁師たちもマグロの出現を予想して待ちかまえている。

漁師たちは、一斉に近づいてきた房次郎の船に眼を向けた。かれらは、房次郎がやってきたことによって、マグロがその付近の海面にやってくる公算が大きいという確信を深めているようだった。

しかし、房次郎は、かれらが自分の船に眼を向けているのは俊一を同乗させているからだと思った。恐らく村内では登喜子と俊一のことが噂《うわさ》になっていて、房次郎が俊一を同乗させていることを、頑固なかれらしくないと笑いの種にしているにちがいなかった。マグロ船は一人で操作するものだし、俊一を同乗させていることが房次郎には恥ずかしく思えた。

かれは船をとめると、海面に眼を向けた。マグロは、いつかはこの位置にやってくるはずだった。

一隻の船が、近づいてきた。船には若い漁師の三郎が乗っていた。

「おやじ、マグロは来そうかね」

三郎が、声をかけてきた。

「来そうだから待っているんだ」

房次郎は、答えた。

三郎は、白い歯を見せて頬をゆるめると、

「どのぐらいしたら来るかね」

と、言った。

「そんなこと知るもんか」

房次郎の素気ない声に、三郎は笑った。そして、海面に眼を向けていたが、やがてエンジンの音をあげると自分の位置にもどっていった。

三郎のような男が登喜子の婿になるのなら異存はないのだ、とかれは胸の中でつぶやいた。荒い言葉をかけ合っても、そこには自然に親しみにみちた感情が通じ合う。それに比べて俊一の礼儀正しい言葉遣いは、逆に冷やかなものに感じられる。恐らくこれからも俊一に親愛感をいだくことはないにちがいない。

かれは、そんなことを思いめぐらしながら海面を見つめていた。太陽の位置から察して、正午近いことが知れた。

かれは、今のうちに食物を胃におさめておこうと思った。そして、弁当包みをとりあげると、立ったまま握り飯を頰張った。が、かれは、不意に口を動かすことをやめて東方の海面に眼を据えた。

或る気配がかぎとれた。海水を逞しい体で押し分けて進んでくる大魚の群れの熱気のようなものが感じられた。

「おい、桶《おけ》に海水をくんで、籠の中に注げ」

かれは、握り飯を手にしたまま俊一に言った。

俊一も握り飯を口に運んでいたが、その声に飯を捨てて立ち上ると、桶を海面に突き入れた。そして、籠の中に水を注ぐと、船底に坐り房次郎の視線の方向を眼でうかがった。

「来た」

と、房次郎は胸の中で叫んだ。遠く魚影が見え、それは房次郎たちの待つ海面に一直線に進んできている。

かれは、生簀に手網を突き入れると烏賊《いか》をすくい上げ、その背に鉤をつけた。そして、軍手をはめ、一升瓶《びん》を傾けて水を咽喉《のど》に流しこんだ。

このマグロの群れが、今年最後の本マグロの群れになるかも知れぬとかれは思った。マグロは水温が低下すると南の海へ去り、来年六月までやってくることはないのだ。かれの船の動きを見守っていたのか、それとも魚影を眼にしたのか、一定の間隔で散っていた漁船の上でも漁師たちが海水を汲《く》み鉤に餌《えさ》をつけるのが見えた。

魚影が迫ってきた。それは正確に漁船の群れの散っている位置に進んできていて、かなりの大群であることが察しられた。

房次郎は、鉤に烏賊がしっかりと食い入っているのをたしかめてから海中に投げ入れた。発泡スチロールの浮きは鉤の重みにひかれて弧をえがいて飛ぶと、音もなく海面に落ちた。

かれは、いつも桶に海水を二杯くみ入れて籠の中に注ぐのを常としていたが、俊一は一杯しか注がなかった。それだけの量でも十分ではあったのだが、かれは二十年近く繰返してきた一定の手順を変えたくはなかった。それは秩序正しい儀式に近いもので、一杯分の水しか注がなかった俊一に神経が苛立った。

「もう一杯、水をかけろ」

かれは、怒声に近い声で叫んだ。

船がぐらつき、俊一が桶に海水をくみこんで再び籠の中に注いだ。

その直後、房次郎は、浮きが突然青く澄んだ海中に引きこまれてゆくのを眼にした。

食った、かれはエンジンを全開にすると舵《かじ》をにぎった。

その瞬間、短い叫び声が傍でふき上った。かれは、その方向に眼を向けた。俊一ののけぞる姿と、籠の中の釣糸がまき散らす飛沫に虹《にじ》がゆらいでいるのを見た。

かれには、一瞬なにが起ったのかわからなかった。釣糸は、順調に籠の中から跳ね出ているし、船も張られた釣糸の方向に進んでいる。が、かれは、籠から出た釣糸がいったん俊一の頭部の方向に進んでから海面に伸びているのに気づいた。俊一の鉢巻は朱色に染まって、額から顔に血が流れている。

かれは、ようやく籠から跳ね出た釣糸が俊一の額に巻きついて、皮膚を破り肉に食い入っていることを知った。

しかし、釣糸を頭からはずすことは不可能で、勢いよく繰り出されている糸を切ることは出来ない。自然に糸が切れるか、それとも船の速度が糸の伸びてゆく速度に打ちかって糸の動きがとまるのを待つ以外に俊一の額から糸を除く方法はなかった。

船は、エンジンを全速にして走りつづけている。そのうちに糸の繰り出す速度もおとろえて、籠の上に立ちのぼる虹も消えた。

かれは、舵を固着させるとうずくまった俊一に近づき糸をはずしにかかった。が、糸はかたく食い入っていて、力を入れて引かねばならなかった。

糸がはずれると、新たに血がふき出てきた。俊一は呻《うめ》き声をあげると、船底に顔を突っ伏した。

かれは、俊一を一刻も早く村に運ばねばならぬと思った。俊一の傷は深く、出血も多い。

かれは、刃物をとり出すと張られた釣糸に刃先を近づけた。が、かれは釣糸をつかんだまま立ちつくした。

かれの亡父の欠けた人差し指がよみがえった。それは、釣糸がからみついて切断されたのだが、その折も父は釣糸を切らずマグロを追いつづけた。父は、釣糸に指をからませたのは緊張感が欠けていたからで、それは漁師としての恥辱であり、たとえ傷ついてもマグロとりの漁師は自ら釣糸を切ることは許されぬと言いつづけていた。

かれもその言葉を忠実に守って、釣糸を自ら切ることは一度もしたことがなかった。

マグロを二昼夜も追いつづけ遠く太平洋上に出てしまった折も、かれは霞《かす》んだ意識の中で釣糸をつかんだままはなさなかった。そうした漁師としての鉄則を、かれは守りたかった。

ふとかれは、マグロとりの漁師の本領を俊一に示してやろうと思った。もしも自分が不覚にも俊一と同じ傷を負ったとしても、釣糸はきらずマグロを追いつづけることは確実だった。

かれは、刃物を捨てた。俊一がマグロとりの漁師を志しているなら、苦痛に堪えることが必要なのだと思った。

かれは、釣糸をつかみ海面に眼を向けた。恐らく最後の本マグロ漁になるにちがいない漁を、俊一のために放棄したくはなかった。

海上を振返ると、二隻の船にマグロがかかっているらしく、一隻は北の方向に他の一隻は房次郎の船と同じ方向に突き進んできている。

マグロの力は、衰えない。かれは釣糸が切れることを恐れて、糸の緊張が強まると釣糸をゆるめた。

「なんとかしてくれ」

俊一の声がした。

ふり返ると、俊一がこちらに顔を向けている。その顔は大きな血塊のようで、両眼も血糊《ちのり》にふさがれ、胸にも血が流れている。

「辛抱しろ。マグロとりは、たとえどんなことがあってもかかったマグロは追いつづけるんだ」

房次郎は、怒鳴った。

為体《えたい》の知れぬ快感が、胸の中に湧《わ》き上った。それは傷ついた俊一を放置している嗜《し》虐《ぎゃく》的な感情か、それともマグロとりの矜持《きょうじ》をそのまま実行しているためのものか、かれ自身にもわからなかった。

マグロは、潮流にさからうように進みつづけている。鉤はマグロの腹部深く入って、骨の間に食いこんでいるはずだった。

一時間ほどすると、マグロの動きに衰えがあらわれはじめた。かれは、エンジンを半速にし、釣糸をたぐった。

三十分後、船べりに引き寄せられたマグロはかなり大きく、船に引き上げることはできなかった。かれは、マグロをロープで船にしばりつけ、舳を村の方向に向けた。

かれは、あらためて俊一を見つめた。恐怖が、かれを襲った。俊一の顔は血におおわれ、なおも出血はつづいている。

死ぬかもしれぬと、かれは、肩を喘《あえ》がせながら船底に横たわっている俊一を見つめた。登喜子の顔が、胸に浮び上った。娘は、不慮の事故に半狂乱になるにちがいない。

かれは、俊一の姿から視線をそらせ舵をにぎりしめていた。

六

俊一は、村医の手で応急手当を受けると、町の病院に自動車で運ばれた。出血が甚《はなは》だしかったため、意識は薄れていた。

事故原因ははっきりしていたが、房次郎は、警察官から事情を聴取された。マグロ漁の内容について知識のない警察官は、房次郎が傷ついた俊一を二時間近く放置したことには気づかないようだった。

しかし、村の漁師たちは、房次郎が百六十キロの本マグロを村に曳《ひ》いて帰ってきたことですべてを理解していた。釣糸がからむのは、籠から勢いよく糸が飛び出す時にかぎられるはずだし、房次郎がマグロを得たのは、俊一を無視してマグロを追いつづけたことをしめしている。マグロとりの漁師としての職業意識に徹した房次郎らしいと評する者もいたが、多くの者は、かれの非情さに顔をしかめていた。

登喜子は、俊一を看護するため病院に寝泊りしていた。入院した二日後に身の廻りの物をとりに帰ってきた登喜子の話によると、俊一は一時意識も混濁して危険だったが、その危機も脱したという。傷口は深く、治療がおくれたので化膿《かのう》しかけていたが、それも徐々におさまっているということだった。

登喜子は、夜も眠らぬらしくひどく憔悴《しょうすい》していて、房次郎一人きりの生活を気づかいながら匆々《そうそう》に家を出て行った。

かれは、放心したように日を過した。俊一を放置したことに対する後ろめたさと、マグロを追いつづけたことは漁師として当然のことなのだという思いが、交互にかれの胸を訪れた。が、果して俊一が自分の息子であったとしたら、同じ行為をしたかと思うと、かれには自信がなかった。恐らくかれは、子の生命を救うためマグロを捨てて村に急いで帰ったはずだと思った。

かれは、自分の行為が俊一に対する憎悪に原因があることを知っていた。そして、漁師としての誇りを口実に俊一を放置したことをも自覚していた。

かれの推測通り、大物のマグロ漁はそれが最後で、本マグロは姿を消した。そして、村の前面の海にはメジマグロが回游《かいゆう》するようになった。

餌は、烏賊から飛魚の子やサンマ、アジなどに変った。飛魚やアジは生簀《いけす》の中で二、三日は生きているが、サンマは一斉に激しくはねて水槽《すいそう》に体を打ちつけて死んでしまう。が、死んだサンマでも鮮度が保たれているものはマグロがよく食った。

かれは、夜沖に出て餌をとり、朝から夕方まで連日のようにメジマグロを釣った。気温が低下して、潮風が冷たく皮膚を刺すようになった。

登喜子は三日に一度ずつ帰宅していて、夕方房次郎が漁からもどると洗濯物が整理され、夕食の仕度がととのえられたりしていた。そして、食卓の上にその都度短い手紙が置かれていた。その文面によると、俊一の傷口は十針縫われたが、経過もよく快方に向っているということであった。

房次郎は、罪の意識もあって貯金通帳を食卓の上に治療費と記した紙片とともに置いておいた。そして、その日漁からもどると感謝の意を記した手紙が置かれ、通帳は消えていた。

かれは、俊一の負傷が登喜子と俊一の間柄を一層深めさせていることに気づいていた。登喜子は、すでに俊一のもとに行っていて家で泊ることはなくなっているし、それは今後も続きそうな予感がした。

諦《あきら》めの感情が、かれの胸にもきざしていた。妻に去られた時の苦悩とは異質の、地底に身の沈んでゆくような寂寥《せきりょう》感であった。かれは、漁から人気《ひとけ》のない家にもどり、一人で食事をとると漁に出ることをくり返していた。

十月下旬、海のしけた日、かれは家にもどってきた登喜子と久しぶりに会った。登喜子は、俊一が数日後に退院すると眼を輝かせていたが、ふと思いついたように貯金通帳を印鑑とともに畳の上へ置いた。開いてみると、意外にも預金額は少しも減っていなかった。

「私にもよくわからないの。俊一さんは通帳の金を使うなと言って、自分の通帳から出させるのよ。そのお金は親の持っていた土地を処分した代金で、かなりの額なの」

登喜子は、眼を輝かせた。

房次郎は、一瞬顔から血のひいてゆくのを意識した。登喜子に渡した貯金通帳の金を使わせぬのは、俊一が房次郎に対して憎しみをいだいているからにちがいない。「なんとかしてくれ」と血だらけの顔で叫んだ俊一の顔が、おびやかすようによみがえった。俊一は、船底に突っ伏して呻きながら、房次郎の自分に対する激しい憎悪を感じつづけていたのだろうか。

それとも俊一は、自分が一人前の男であり貯えもかなりあることを登喜子にしめすために、房次郎の恵みを拒んだのかも知れない。少なくとも登喜子の明るい表情から察すると、俊一が登喜子に房次郎を非難するような言葉を口にしていないことはたしかだった。

房次郎は、いずれともきめかねて貯金通帳を受けとった。

しかし、やがてかれの楽観的な推測は裏切られた。

かれは一週間後、俊一が前日に登喜子に付添われて退院し、漁網商の離室《はなれ》にもどってきたことを近隣の者からきかされた。そして、登喜子も俊一とその部屋に落着いたという。

退院すれば、当然登喜子だけでも家に顔をみせるはずであるのに、姿を現わさないことは異常であった。

おそらく俊一は、傷を負った直後の房次郎の態度を登喜子に告げたにちがいない。それは登喜子を驚かせ、房次郎に激しい反感をいだかせたのだろう。

そのうちに登喜子が、俊一と町の神社で簡素な結婚式をあげ新婚旅行に出たという話も伝わってきた。そのような親の参加しない結婚式は村でも皆無であったので、村人はその話で持ちきりのようだった。

叔父の米蔵も来て、登喜子と俊一の行為を責めたが、その語調は弱かった。米蔵も、俊一たちのそうした行為が房次郎に原因があることを十分に知っていたのだ。

初雪が、舞った。

房次郎は、悪天候の日を除いて連日海に船を出したが、その年のマグロ漁も終りに近づいた。

かれは、漁からもどる度に登喜子が家へもどってきてはいないかと思った。たとえ自分を憎んでいても、父である自分の身を案じて姿を見せはしないかと期待したのだ。

家には、登喜子の日常使っていた衣類などもそのまま残されていた。が、登喜子はかれの留守にやって来た気配もなく、板戸を開けると家の中にはいつも冷えきった空気がひろがっているだけだった。

かれには、登喜子に会いに漁網商の家へ出掛ける気はなかった。それは、登喜子と俊一に詫《わ》びを入れる形になるが、かれは漁師として当然のことをしたにすぎず、それが理解されぬならやむを得ないと、自分に言いきかせていた。

登喜子には、妻の血が濃く流れているのではないか、とかれは思った。幼い娘を置いて去った妻と同じように、登喜子もあっさりと自分を残して去った。その冷やかな性格が、かれには共通しているように感じられた。

年が、明けた。

かれは、いつの間にか一人きりの生活になじむようになっていた。海上ではいつも一人であったし、それが家の生活にも延長してきている。以前からかれは常に孤独で、その方が自分には適しているのかも知れぬと思った。

かれは、鱒《ます》を釣って日を過した。マグロのやってくる六月までの一種の休養期間であった。

かれの体重は、半年間のマグロ漁で七キロも減っていた。他の漁師も同じで、厳しい労働に頰はこけ、皮膚も乾ききっている。かれは、毎朝生卵と蜂蜜《はちみつ》を攪拌《かくはん》して飲み、衰弱した体調の恢復につとめた。

かれは、俊一が登喜子とともに和歌山県へ行ったという話をきいた。その地方ではマグロ漁が冬から春にかけてもおこなわれていて、漁の修得に出掛けたのだという。房次郎は、俊一が自分に挑もうとしていることを知った。

かれは、俊一の自分に対する憎悪の深さを思った。が、同時に娘を奪った俊一などに負けてなるものかと感情が激した。マグロ漁は、豊かな経験を必要とする。他の地方で初歩的な漁法をおぼえてきたとしても、津軽海峡の海は独自で、海の性格を知らずに漁はできないのだ。

かれは、若い俊一の皮相的な考え方を滑稽に思った。

房次郎の体には、徐々に肉づきが増した。が、頭髪にも髭《ひげ》にも白毛《しらが》がふえて、かれは自分の老いを一層感じていた。

春が去り、初夏の季節を迎えた。水温がたかまって、マグロ漁のはじまる日が迫った。その年は、強靭《きょうじん》な新しい釣糸が漁業組合を通じて導入され、かれも糸をその釣糸に替えた。そして、船を整備しエンジンの部品を交換して漁の開始に備えた。

叔父の米蔵の口から、俊一が村にもどってきて新しい漁船を買い入れたことを耳にした。釣糸も新しいものを備え、組合にも加入したという。

「おれも登喜子に二度ほど会って意見をしたが、お前も気づいている通り俊一が傷を負った時のことを恨みに思っているようだ。いずれは和解しなければならないが、今はその気になれないと言っていた。もう少し時機を待つことだ」

米蔵は、沈鬱な表情で言った。

「あいつらには、マグロとりの漁師のことはなにもわかっちゃいねえんだ。おれには釣糸をはなすことなんかできやしねえ」

房次郎は、口もとをゆがめた。

米蔵はしばらく黙っていたが、

「登喜子は妊娠している。八月頃には生れるという話だ」

と呟《つぶや》くように言うと、立ち上った。

房次郎は、放心した眼で米蔵の出て行った板戸を見つめていた。登喜子が、子の母になろうとしている。それは当然の成行きかも知れぬが、かれには想像もつかぬ驚きであった。

かれは、登喜子の頑《かたく》なさに自分の性格との類似を感じた。妊娠していることを自分に伝えぬ登喜子は、完全に父である自分を無視している。これで登喜子との縁も切れたのかと、かれは悲しげに眼をしばたたいていた。

六月に入ると、房次郎は本マグロを求めて船を沖へ出してみた。が、魚影は見えず、村の漁師たちもマグロを釣り上げた者はいなかった。

或る日、組合事務所に鉤《はり》を購入するため出掛けて行ったかれは、事務所から出てくる俊一と顔を合わせた。

かれは、俊一が余りにも変貌しているのに唖然《あぜん》とした。顔は日焼けしていて、体も逞《たくま》しくなっている。殊にいつも明るい輝きをただよわせていた眼には、別人のような鋭い光が浮んでいる。そして、額には傷痕《きずあと》が薄赤い線になって刻まれ、縫合した部分の皮膚がちぢれていて、その顔を凄惨《せいさん》なものにしていた。

俊一の眼は瞬間的に房次郎の眼に射られたが、無言で傍をすりぬけると足早に去って行った。

房次郎は、俊一の敵意にみちた態度に反発を感じた。俊一は、漁師らしい風貌になっている。が、それも房次郎に対する挑戦のように思えた。

やれるものならやってみろと、かれは胸の中で叫んだ。マグロとりは未熟な者に出来るはずはない、と怒鳴りつけてやりたかった。

それから二日後、若い漁師が小型の本マグロを釣り上げたのが初漁になって、マグロ漁がはじまった。その年のマグロの形は良く二百キロ近い大物もしばしば上り、房次郎も十日間に三尾の大型マグロを釣り上げた。

七月に入ると、さらにマグロの回游は頻繁《ひんぱん》になって、村は活気にみちた。例年にない豊漁で、日に二尾を揚げて八十万円近い金を得た漁師もいた。

そうした中で、俊一の船は無残だった。漁獲は皆無で、ただ海上を走りまわっているだけにすぎず、他の漁船にまじって鉤を役げることもあったがマグロはかからない。房次郎も俊一の船を眼にすることもあったが、常に空船で、船が新しいだけに一層みじめにみえた。

八月下旬、房次郎は、午前と午後に一尾ずつ二百キロ以上の本マグロを村にひいてきて、村人たちを驚嘆させた。かれは、七年前一日に四本のマグロを揚げたことがあるが、それにつぐ収穫だった。

かれは、例年になくマグロの量が多く、しかも形も大きいことに気づいていた。そして、翌日も、百八十キロのマグロを釣り上げた。その年は天候が不順で八月には雹《ひょう》が降ったりしたが、そうした不安定な気象条件がマグロの回游をうながしているとも想像された。

九月に入っても豊漁がつづき、漁師たちは疲労に喘ぎながらもその表情は明るく、早朝から船を沖へ出していた。

房次郎は、その月の上旬にまた二百キロを越す本マグロを釣り上げた。そして、夕方マグロをひいて村にもどってきたが、水揚げ場の係員から俊一が海に出たままもどってこぬことを耳にした。

俊一は、前日沖へ出たが一夜すぎても帰ってこない。海上は穏やかで遭難することは考えられぬが、一応捜索の手続きをとったという。

房次郎は二昼夜マグロを追いつづけたことがあったが、その時も村では捜索船を出す騒ぎになった。それに類することは時折あるが、漁の知識に乏しい俊一が、二日にわたってマグロを追うとは思えなかった。

かれは家にもどったが、気持が落着かなかった。俊一が沖へ出たままもどらぬことは、なにか異常事態が起ったことをしめしている。しかし、かれは、娘と結婚したことも妊娠したことも報《しら》せぬ男のことに気を遣う必要はないと自分に言いきかせ、その夜も餌を得るため沖へ船を出した。

しかし、翌朝漁からもどったかれは、隣家の者から俊一が依然としてもどっていないことを耳にして眉をしかめ、家を出ると組合事務所に足を向けた。俊一のためではなく同業の者の安否を気づかうためだ、とかれは自らを納得させていた。

事務所には数人の漁師が集まってきていて、叔父の米蔵の顔も見えた。米蔵の話では、俊一の携帯した食糧は二食分で、当然それは尽きているはずだし遭難は確実だという。

「子供が生れたばかりだし、可哀想なことをした」

米蔵は、眼をうるませた。

房次郎は、事務所を出るとためらうこともなく漁網商の家の方向に歩いていった。歪《ゆが》んだ感情は消えていて、登喜子を慰めてやりたい気持だけが胸の中を占めていた。

漁網商の大きな家の裏手に廻ると、かれは離室の外に立った。部屋の中央で登喜子が乳房をあらわにして、嬰児《えいじ》に乳首をふくませている。登喜子が、顔をこちらに向けた。

「どうした」

房次郎の口から、自然に言葉が流れ出た。

登喜子の顔がゆがむと、顔を嬰児に押しつけた。肩が激しく波打ち、嗚咽《おえつ》がたかまった。

房次郎の胸に、熱いものがつき上げてきた。かれは、眼をうるませて嬰児を抱いた登喜子の姿を見つめていた。

俊一の遺体が発見されたのは、十月に入って間もなくであった。

北海道の蟹《かに》漁に従事する船が、漂流している小型漁船を見出した。船中には半ば白骨化した遺体が横たわっていて、近くの漁師町に曳いて行くと同時に警察にも報告した。警察からの通知を受けた登喜子は、組合事務所の者と房次郎に付添われて現地に船で赴いた。

棺は町役場の倉庫に置かれていて氷塊がつめられ、その中に俊一の遺体が横たわっていた。それを眼にした登喜子は、意識を失い、倒れた。

房次郎は、町役場の吏員に案内されて浜にあげられた船を見に行った。

「長い釣糸が船についているので引き揚げましたらね、あれが先端についていたんです」

男は、近くの磯を指さした。

房次郎は、身を硬くした。波に洗われた磯に白いものが横たわっている。それは大きな魚の骨であった。

かれは、覚束《おぼつか》ない足どりで魚骨に近づいた。それは三メートルを越す長さのマグロの骨で、一見して三百キロ近い大物であることが知れた。

かれは、ようやく事情を理解することができた。俊一の鉤にマグロがかかって、かれはマグロを追った。漁獲に恵まれないかれは、その大物をのがすまいと釣糸をにぎりつづけた。しかし、未熟なかれはマグロの疲れを誘うこともできず、マグロとともに海上遠く進んだ。

深い疲労と飢えが、かれを襲った。が、房次郎が傷ついた俊一を無視してマグロを追いつづけたと同じように、かれも釣糸をはなそうとはしなかったのだ。

房次郎は、俊一のその行為は自分に対する憎しみによるものだということを知っていた。が、魚骨を見つめているかれの眼には、ただ物悲しい光が浮んでいるだけであった。

俊一に死が訪れ、マグロも死んだ。俊一の体は陽光と潮風にさらされて白骨があらわになり、マグロの体もむらがる魚に食い荒されて骨だけになってしまったのだろう。

房次郎は、海に眼を向けた。洋上を白骨化した俊一をのせた船が、魚骨をひいて漂い流れる光景が思い描かれた。

かれは、吏員に深く頭をさげて礼を言うと町の家並の方へ歩いて行った。

解説　吉村昭さんの眼

栗原正哉

平成十八年夏に吉村昭さんが亡くなられたとき、夫人である津村節子さんに宛てた遺言書には、こう書き記されていたという。作家の死後は作品も読まれなくなり、収入は激減するから、家は手放してアパートに移り、つつましく暮らすようにと。吉村さんらしい周到な配慮であるが、作家として独立した生計も営める夫人に対してはやや失礼な言葉ともいえる。吉村さん生来の用心深さだったのか、あるいは病による貧困妄想だったのか。それはともかく、作品が読まれなくなるという予測は、みごとに外れた。

遺作短編集『死顔』が大きな話題となったばかりでなく、没後三年目には大部の『吉村昭歴史小説集成』全八巻（岩波書店）が刊行された。ほかにも、生前雑誌に発表されたまま埋もれていた多くのエッセイや短編小説が、次々と単行本化されている。

平成二十三年三月十一日に発生した東日本大震災のあとには、『三陸海岸大津波』が歴史の教訓を伝える本として脚光をあびた。明治二十九年、昭和八年、昭和三十五年と三度にわたって東北地方沿岸をおそった津波の惨禍を、生々しく描き出した記録文学である。現地を歩き、証言をもとめ、記録を探って描き出したこの作品からは、大災害の状況が目にうかぶように描かれ、被災者の生の声が聞こえてくる。

「津波は、岸に近づくにつれて高々とせり上り、村落におそいかかった。岸にもやわれていた船の群がせり上ると、走るように村落に突っこんでゆく。家の屋根が夜空に舞い上り、家は将棋倒しに倒壊してゆく。」

映像の残されていない昭和八年の津波の描写だが、まるで東日本大震災後にテレビでたびたび放送された映像を見るようである。徹底した取材と作家の想像力が、このようなリアルな描写を可能にしているのだ。

動物を仲立ちとして人間の営みを描く〈動物小説〉四編を収めた本書『魚影の群れ』は、記録文学ではなくフィクションとして構成された小説である。しかしここでも作者の現地取材と聞きとり、それを背後からささえる資料の調査が徹底的になされている。

「海の鼠」は、昭和二十年代に瀬戸内の離島で実際に起こった鼠の大量発生をテーマにしている。

鼠の習性、そして人々が駆除するためにこうじた必死の手段、さまざまな鼠捕獲器の設置や天敵の導入、幾種類もの殺鼠剤の試み、さらには、天敵のニシキヘビやイタチの生態から殺鼠剤の副作用まで、調査は行届いている。そのことが、登場人物はフィクションであっても、作品全体のリアリティを支えている。

鼠の異常発生を発端とする小説には、カミュの『ペスト』や開高健の『パニック』などもある。それらが鼠の発生を何らかの象徴としてとらえ、寓意をふくんだ作品であるのに対して、吉村作品では事件の経過をひたすら追っていく。それも冷めた眼で。

そうした一つの事件の徹底的な追究は、かえって逆に普遍性を獲得するのである。書類などの手続き重視で遅れがちな行政の対応や、慌てて立てた対策がかえってより一層の混乱を生み出す場面などを読みながら、私は大震災の事後処理のあれこれを二重写しに思い浮かべた。

「蝸牛」は、四編の中で唯一、幻想的味わいをもつユニークな作品である。

新種の蝸牛を飼育する農家がある。植物防疫所の研究員である主人公が、その謎の生物の生態を調べ、食用に供しても毒はないのか、美味なのかを調べる。描写はあくまでも具体的である。しかし結末は一転して、蝸牛のもつ金属光沢のぬめりのような、エロティックで妖艶な印象を鮮やかに残す。

明治三陸大津波が発生した五日ほど前の六月十日頃から、津波の前兆現象としてマグロの大群が海岸近くに押し寄せてきたという。黒潮に乗って北上してきたマグロである。

「魚影の群れ」の舞台は、その黒潮と日本海を北上する対馬海流とがぶつかる津軽海峡に面した大間の町だ。下北半島の先端に位置するこの町では、六月半ばから年末近くまで、二つの暖流に乗ってきたマグロの漁獲が盛んで、冷凍ではない牛のマグロとして高値で取引される。マグロの一本釣りはこの地特有のもので、ただ一人で船をあやつり、マグロと闘う孤独で過酷な漁だ。

作者はこの作品でなにを書きたかったのだろうか。その答を『三陸海岸大津波』の本文中に見つけた。観光地や都会の海とちがって「海は生活の場であり、人々は海と真剣に向い合っている。／海は、人々に多くの恵みをあたえてくれると同時に、人々の生命をおびやかす過酷な試練も課す。海は大自然の常として、人間を豊かにする反面、容赦なく死をも強いる。」

初夏になれば現れ、冬の訪れとともに去っていくマグロは、大自然の秩序と摂理を反映している。一方、「鵜」で描かれる鵜飼は、そうした自然の摂理を人間の都合で歪めた世界である。とはいえ、人間が動物と共生しながら生み出した高度の知恵であり、長い伝統に培われた独自の様式美をもつ。

「魚影の群れ」の房次郎は、かつて妻に去られ、いままた娘にも去られる。「鵜」の松次郎も娘に背かれ、古鵜には敵意も露わに逃げ去られる。ふたりの主人公はともに、徒労感に苛まれ孤独の影を色濃く宿しているように見える。しかし、そう読むだけでは不十分だろう。

房次郎には、半ば自分の肉体の一部になっていて、舵の操作で意のままに操れる船があり、些細な乱れも許されない一本釣りの手順を身につけている。針にかかったマグロとの闘いでは、いかなるときにも釣糸を切ることなく釣り上げるという矜持を持つ。これこそが海の男の生の充実感だ。

少年時代から父と同じ鵜匠になることを憧れていた松次郎も、「手縄を扱う時、鵜と完全にとけ合って一つの荘厳な儀式をおこなっているのだという陶酔感にひたる」し、「気心の合った者たちと仕事ができることに満足感を味わっていた」。まさに仕事に打ち込むことで得られる、命の充実である。

生の充実感とうらはらに生まれる徒労感、充実した生であればあるほど、悲哀もまた深い。人が生きるとは、そういうことなのだろう。

吉村さんが亡くなられて五年が経つ。担当編集者としての三十年余の付合いを通して、なつかしく思い出すのは、吉村さんの眼だ。談笑するときにはにこやかに眼を細められていたが、普段なにげないときや取材のときの眼は鋭かった。

地方へ取材に行くと、よく刑事に間違えられたという。鋭い眼光と愛用のコートが、そうした印象を与えたのだろう。また、たとえば空港の待合いロビーで、「ほら、あそこにいるのは政治家の○○。その左、奥の方には俳優の××もいる」と、雑踏する人込みの中から並はずれて目ざとく著名人を見つけ出す。

吉村さんは現場を見る。決してたじろぐことなく見る。見る眼は精巧なレンズのように鋭く、常人の何倍もの感度で網膜にやきつける。これが吉村文学の秘密の一端かもしれない。


この作品集は昭和四十八年五月『海の鼠』と題して新潮社から刊行され、昭和五十八年七月、『魚影の群れ』と改題し、新潮文庫に収録された。

ちくま文庫

魚影《ぎょえい》の群《む》れ

二〇一一年九月十日　第一刷発行
二〇二四年二月五日　第三刷発行

著　者　吉村昭（よしむら・あきら）
発行者　喜入冬子
発行所　株式会社　筑摩書房
東京都台東区蔵前二―五―三　〒一一一―八七五五
電話番号　〇三―五六八七―二六〇一（代表）

装幀者　安野光雅
印刷所　明和印刷株式会社
製本所　株式会社積信堂

ISBN978-4-480-42871-4 C0193